TEULU

TEULU

Lleucu Roberts

Argraffiad cyntaf: 2012
© Hawlfraint Lleucu Roberts a'r Lolfa Cyf., 2012

Dymuna'r cyhoeddwyr gydnabod cymorth ariannol
Cyngor Llyfrau Cymru.

Seiliwyd prif gymeriadau'r nofel hon ar gymeriadau'r gyfres *Teulu,* a gynhyrchir ar gyfer S4C gan gwmni Boomerang, a'u heiddo hwy yw'r hawl ar y cymeriadau hyn a'r syniad gwreiddiol.

Diolch i gwmni Boomerang, ac yn arbennig i gynhyrchwyr ac awduron y gyfres, Branwen Cennard a Meic Povey, am eu hanogaeth a'u cefnogaeth i'r nofel hon.

Cynllun y clawr: Y Lolfa
Lluniau'r clawr: Keith Morris a Warren Orchard

Rhif Llyfr Rhyngwladol: 978 1 84771 519 7

FSC

Cyhoeddwyd ac argraffwyd yng Nghymru
ar bapur o goedwigoedd cynaladwy
gan Y Lolfa Cyf., Talybont, Ceredigion SY24 5HE
e-bost ylolfa@ylolfa.com
gwefan www.ylolfa.com
ffôn 01970 832 304
ffacs 01970 832 782

I Nans

Diolch o galon i Meleri a Nia yn y Lolfa;
i Caryl Lewis am ei hawgrymiadau gwerthfawr;
i Nans am helpu gyda'r dafodiaith, y cyfnod a'r lleoliad;
ac i Branwen a Meic am gael benthyg eu cymeriadau
am damaid bach.

1

Gorweddodd Margaret yn ôl ar y bêls a theimlo'r gwair yn pigo'i chefn. Teimlodd yr haul yn llyfu'n gynnes drosti a chlywodd y bêlyr ym mhen draw'r cae yn gwthio'i gynnyrch yn rhythmig drwy ei berfedd cyn ei esgor y tu ôl iddo, fel geni llo. Doedd cwsg ddim ymhell, ond gwyddai Margaret yn iawn na chysgai. Ymhen eiliad byddai'n ailfywiogi, yn codi ac yn rhoi ei llaw drwy ei gwallt er mwyn cael gwared ar y darnau bach o wair oedd wedi mynd yn sownd ynddo, cyn mynd ati eto i helpu.

Adeg lladd a chywain gwair oedd un o'i hoff adegau o'r flwyddyn. Cofiai sut y byddai'n arfer diflasu ar y gwahanol dasgau bach y byddai ei thad yn eu mynnu ganddi i geisio cymell y tamaid lleiaf o ddiddordeb ynddi mewn ffermio: hôl y da i'w godro, dala'r defaid i'w thad gael eu dosio, golchi'r parlwr godro – mynych dasgau oedd yn codi cyfog arni wrth feddwl am eu gwneud. A doedd defodau blynyddol wedyn, fel plygu gwlân ar ddiwrnod cneifio a pharatoi da ar gyfer y sioe hon neu'r llall, ddim tamaid yn llai o dân ar ei chroen. Gallai dreulio dyddiau ar ben ceffyl, a hyd yn oed ymdopi â'r bawiach oedd yn mynd law yn llaw â phrydferthwch y creadur hwnnw yn ei golwg, ond roedd gwahaniaeth rhwng baw buwch a baw ceffyl, a'r gwaith o ofalu am yr anifail a'i cariai dros erwau meithion Coed Ffynnon yn bleser nad oedd yn ymestyn i rannau eraill o'r fferm. Diolchodd Margaret yn dawel bach fod ei thad wedi rhoi'r gorau i'w ymdrech i wneud ffermwraig weithredol ohoni, a'i fod i'w weld yn gadael lonydd iddi wneud fel y mynnai bellach. Teimlodd y pigau bach o wair yn cosi drwy wead ei thop, a meddyliodd na wnâi munud fach arall o orwedd ddrwg i neb. Buan iawn y clywai ei mam neu un o'r criw a ddilynai'r bêlyr yn galw 'Dihuna'r bwdren!' arni.

Bob blwyddyn, edrychai ymlaen at adeg lladd gwair. Dôi ewythrod a chefnderwyr, ac ambell gyfyrder, ynghyd â chymdogion – Jac Ty'n y Foel a'i feibion, Huw Fron Helyg a'i was – at ei gilydd i helpu i stacio bêls, eu codi ar y trelyr a'u casglu i'r sgubor cyn y glaw: ras fawr dyn yn erbyn y tywydd. A'i thad a gweision Coed Ffynnon wedyn yn talu'r ddyled yn ei hôl cyn pen y mis drwy helpu yn Nhy'n y Foel a Fron Helyg. Er bod dau was – un a hanner a bod yn fanwl gywir – ar fferm Coed Ffynnon, roedd gofyn i'r teulu cyfan bitsio mewn. Dôi'r cynhaeaf gwair â Mary Coed Ffynnon o'r tŷ i'r cae, yr unig ddefod yn y calendr amaethyddol blynyddol a lwyddai i wneud hynny: Mary a'i dwy ferch, Elinor a Margaret, i gwmnïaeth y cae, a gynhwysai bawb ac unrhyw un a fyddai â gobaith yn y byd o allu codi bêl fwy na throedfedd oddi ar y llawr, neu i weini te ar fordydd o wair i ddynion sychedig y gymdogaeth.

Esgus i gael dangos fod Coed Ffynnon yn gallu paratoi te cae gwair gwell na neb yn yr ardal oedd presenoldeb ei mam ar achlysur blynyddol cynaeafu gwair, fe wyddai Margaret yn iawn. Er nad oedd Mary'n cerdded yr ardal i helpu gyda'r gwair, fe wnâi Teifi, ei thad, a chario straeon 'nôl adre gydag e ynglŷn â'r gwleddoedd a gâi gan wragedd y ffermydd eraill, gan ymestyn y gwir gydag ambell ddisgrifiad cogyddol, fel hongian clwtyn gwaed wrth drwyn ci hela: doedd Mary ddim yn un i ochel rhag y gystadleuaeth. Byddai wrthi am ddyddiau, ag un glust ar ragolygon tywydd y radio, yn rhowlio a thylino toesau, yn gweithio dŵr 'sgawen ac yn rhoi eisin ar ddigon o gacs bach i bawb yn y greadigaeth, a Bet wrth ei hochr yn helpu, cyn iddi ddechrau mynd yn fwy o drafferth nag o werth. Ac roedd yn rhaid i Margaret gyfaddef iddi fod mewn priodasau lle cafwyd gwleddoedd salach na the cae gwair Mary Morris Coed Ffynnon.

Ni allai gofio'i chynhaeaf gwair cyntaf. Rhaid bod ei mam yn dod â hi ac Elinor i'r cae cyn iddynt allu cerdded, gan eu rhoi i eistedd ar flanced â gwarchae o fêls i'w cadw rhag cwympo 'nôl. Gwelodd ei hun felly mewn llun, ac Elinor, oedd ychydig yn hŷn na hi, yn ei nicyrs rybyr a ffrils dros y cewyn trwm, yn ben-ôl i gyd. Gallai ddychmygu ei mam yn rhoi pryd o dafod i bwy bynnag a'i tynnodd – nid ei thad, byddai hwnnw'n cadw trefn draw gyda'r bêlyr – am dynnu'r fath lun cyn iddi gael cyfle i gario Elinor 'nôl i'r tŷ i gael newid ei chewyn. Neu i'w hestyn i Bet gael mynd â hi, peth tebycaf, meddyliodd Margaret wedyn. Beth oedd pwynt cael morwyn a rhedeg eich hun? Nid y byddai fawr o siâp newid cewyn ar Bet heddiw, meddyliodd.

Wrth hel meddyliau fel hyn, teimlodd ei hun yn colli gafael ar yr hwyliau da oedd arni pan orweddodd ar y bêl funudau ynghynt, fel pe bai'r haul wedi dechrau colli ei wres, a chysgod cwmwl rhyngddi a'i belydrau. Dyna'r drwg gyda meddwl gormod: dim ond ar i lawr mae'n mynd â chi. Ar eich pen i bydew.

A gwnaeth meddwl hynny iddi feddwl am Defi John a'r ffordd roedd e wedi newid eleni, wedi altro o'r crwt ffein oedd wedi bod yn ffrind gorau iddi – neu ail orau os cyfrai Nel Blaen Waun, a dim ond am mai merch oedd hi y byddai Margaret yn ei gosod uwchben Defi John yng nghynghrair yr holl gyfeillion a fu ganddi er pan oedden nhw gyda'i gilydd yn nosbarth babanod Miss Davies yn yr ysgol gynradd.

Bob blwyddyn, ers dyddiau'r byrnau cyn y bêlyr, gallai gofio'r sbort a gâi'r plant yn chwarae cwato rhwng y gwair, yn codi tai bach twt cyn i'r tractor ddod heibio a chyn i'w tadau a'r gweision chwalu'r anheddau bach unawr chwap drwy eu codi ar y trelyr i'w cario i'r tŷ gwair wrth glos Coed Ffynnon. Bob blwyddyn, byddai hyd at ddwsin ohonynt, rhwng pump a phymtheg oed, yn rhedeg reiot drwy'r caeau, yn ddigon pell o lwybr y bêlyr, dan yr esgus bach eu bod nhw'n mynd lan i Goed Ffynnon gyda'u tadau i 'helpu 'da'r gwair'.

Ac eleni eto, gallai Margaret glywed ei chefnderwyr a'i chyfnitherod iau yn gweiddi chwerthin a sgrechian chwarae ym mhen draw'r cae lle roedd y lleill, ond ei bod hi ar wahân, yn teimlo fel rhywun gwahanol iddi hi ei hun eleni.

Yn y bore, roedd hi wedi anelu i lawr i'r caeau yn llawn o gynnwrf y blynyddoedd a fu, yn barod am y sbort oedd i'w gael weddill y flwyddyn hefyd, ond mewn ystyr fwy tameidiog: doedd pawb byth yn yr un fan gyda'i gilydd fel roedden nhw ar ddiwrnod casglu gwair.

Bu'n helpu i godi bêls am ychydig, gan ystyried falle'i bod hi'n mynd ychydig yn hen i chwarae tŷ bach twt gydag Anora ac Eirlys, wyresau wyth a chwech oed Wil y gwas, ac Ifan Bryn Sticil. Roedd Ellis ei chefnder, a oedd, yn unarddeg, dair blynedd yn iau na hi, wedi gwneud den gyda llwyth cyntaf y bêlyr, ac roedd y lleill am i Margaret helpu a hithau bellach yn gallu codi bêl i ben un arall gerfydd y cordyn heb ddatgelu gormod ar y boen a achosai'r ymdrech iddi. Aeth yn ôl at ochr ei hewyrth a'r hen Wil i godi bêls, er y byddai wedi bod wrth ei bodd yn chwarae gyda'r plant iau, yn cynllunio tai bach twt a fyddai'n gampweithiau adeiladu yn eu meddyliau.

Ond am ryw reswm eleni, doedd hi ddim yn berffaith siŵr ble roedd hi fod. Teimlai'n od yn chwarae gyda'r plant eraill, er mai dyna roedd hi eisiau ei wneud. Cododd gwpwl o fêls i'r plant gan roi'r argraff mai gwneud ffafr â nhw oedd hi, a throi'n ôl at wneud y gwaith iawn o stacio bêls ar gyfer y trelyr.

"Shwt mai'n mynd yn 'rysgol 'na, Magi fach?" holodd Wil rhwng gwichiadau ei ysgyfaint.

"Iawn," meddai Margaret, gan wybod mai dyna fyddai ei hateb wedi bod pa un a fyddai ei dyddiau ysgol yn nefoedd ar y ddaear neu'n uffern fyw. Ac fel arfer, roedden nhw'n tueddu i fod rywle yn y canol rhwng y ddau begwn ta beth.

"Paid becso, gelli di wystyd ddod o 'na," cysurodd gwas ei thad hi.

"Dwy flynedd," cywirodd Margaret ef. "*Sixteen* yw'r oedran gadel."

"Jiw, jiw," rhyfeddodd Wil. "Wel, ie, erbyn meddwl, yn defe. Slawer dydd o'n ni'n ca'l jengyd o 'na'n beder ar ddeg," meddai, a'i lais yn cydymdeimlo â hi'n gorfod dioddef dwy flynedd gyfan arall o garchar.

"Margaret! Coda lan stâr i ni!" clywodd Ellis yn galw arni, ac er mwyn osgoi'r un sgwrs ag a gafodd sawl gwaith o'r blaen gyda Wil am 'safone'r wlad 'ma ddim shwt buon nhw', aeth draw at y plant.

"Ni'n neud lycshyri," disgleiriodd llygaid Eirlys arni. "Manshyn, fel sda Batman!"

"Sdim manshyn 'da Batman," gwawdiodd Anora, ei chwaer.

"O's ma'ge 'te!" tyngodd Eirlys yn llawn o gynddaredd y cyfiawn, am fod Ellis wedi gadael iddi gael gweld y *comic book* roedd e'n ei gasglu cyn cyrraedd y cae gwair. Roedd e wedi gwasgu'r trysor hwnnw 'nôl i bellafion poced flaen y car cyn troi am y cae.

Saethodd Anora edrychiad o genfigen bur at Eirlys wrth sylweddoli mai hi oedd debycaf o fod yn iawn.

"Gallwch chi esgus bod stâr man 'yn," dangosodd Margaret, "a bathrwm yw'r patshyn 'na yr ochor draw i'r cordyn."

Gyda help Ellis, llusgodd gwpwl o fêls o ochr y clawdd er mwyn ychwanegu at y plasty oedd yn ffurfio o dan eu llafur.

"Be ti'n neud yn whare plant?"

Defi John oedd wedi dod i'r golwg, o flaen y tractor a lywiai ei dad drwy'r gât i'r cae i roi diwedd ar y chwarae a hela'r plant yn eu blaenau at y stac nesaf o fêls i'w troi'n blastai a dens, yn siopau neu'n ddeciau llongau gofod.

Roedd y ffordd roedd e wedi gofyn y cwestiwn wedi rhoi siglad iddi. Allai hi ddim dweud ei fod e'n gas o gwbl, na rhoi ei llaw ar ei chalon a dweud ei fod e wedi'i ddweud e'n nawddoglyd, nac yn sarhaus chwaith, ond roedd rhywbeth am y 'whare plant' 'na wedi saethu drwyddi.

Yr eiliad nesaf, roedd Defi John wedi gwenu arni a mynd ati i stacio'r bêls yn barod ar gyfer y tractor, a hithau wedi ymuno ag e yn yr un gwaith, bron fel pe na bai hi wedi bod yn gwneud dim byd arall. Ond y tu mewn, roedd ymchwydd o gywilydd wedi codi drwy ei hymysgaroedd: cywilydd am fod wedi parhau i fod yn blentyn a hithau ddim yn un rhagor; cywilydd am fod ei chorff wedi llamu yn ei flaen i fyd oedolyn a'i gadael hi, hi y tu mewn, ar ôl i chwarae plant; cywilydd am ei bod hi'n gweld y newid yn Defi John hefyd heddiw, a'i grys llewys byr, yn dangos cyhyrau ei freichiau, wedi'i wthio i mewn i'w drowsus oedd ychydig bach yn rhy dynn iddo.

Heddiw oedd y tro cyntaf iddi sylwi ei fod e'n troi'n ddyn, a nawr, wrth iddi feddwl am bore 'ma, doedd hi ddim yn siŵr pryd yn union roedd hi wedi'i weld e gynta'n troi'n ddyn – ai cyn iddo fe ofyn 'Be ti'n neud yn whare plant?' neu ar ôl hynny?

Nawr, ar ei chefn ar y bêl, daeth ysfa drosti i edrych arni hi ei hun a gweld beth oedd pawb arall yn ei weld. Dychmygodd y siorts bach plentynnaidd oedd amdani, yn dangos gormod o'i choesau ac yn rhy fach iddi bellach. Pam na wisgodd hi drowsus? A'r top *halter neck* oedd mor ffasiynol, ac mor addas i blentyn, neu i oedolyn, ond nad oedd yn addas o gwbl i rywun yn y canol rhwng y ddau fel hi. Cofiodd lygaid beirniadol ei mam drosti bore 'ma a sylweddolai nawr mai dyna oedd wedi mynd drwy feddwl honno hefyd. Roedd ganddi fra yn ei drôr yn y tŷ – hen beth mawr gwyn, llawn lastig, ar ôl cael *fitting* yn Bon Marche, Llambed – ond dim ond i'r Gymanfa roedd hi wedi'i wisgo. Roedd ei blows ysgol yn hen ddigon llac i guddio misoedd lawer o dyfu eto heb orfod gwisgo'r *contraption* ffiaidd oedd yn mynd i'w throi o fod yn ferch i fod yn fenyw.

Cofiodd yr holl flynyddoedd roedd hi a'r lleill a Defi John wedi'u cael o chwarae yn y bêls, a gwybod mai eleni fyddai ei blwyddyn olaf o helpu gyda'r gwair. Doedd y cae gwair ddim yn lle i ferched hŷn.

Cododd i fynd i helpu'r dynion. Gwenodd Defi John arni, heb wybod cymaint o ddolur roedd ei eiriau gynnau fach wedi'i achosi iddi, a heb syniad cymaint o hiraeth oedd yn llifo y tu mewn iddi am y diwrnodau casglu gwair eraill oll i gyd.

2

ER NA CHOFIAI Margaret pryd y dechreuodd Ben Jones, tad Defi John, weithio iddynt fel gwas yng Nghoed Ffynnon, gwyddai mai 'o bant' y daethai a hynny'n bennaf am ei fod e'n siarad Cymraeg gwahanol iddynt hwy. 'O Gwm Cynon' meddai ei thad wrthi rywbryd flynyddoedd yn ôl, fel pe bai hynny'n mynd i wneud tamaid yn fwy o synnwyr yn ei meddwl ar y pryd na phe bai e wedi dweud o Cape Town neu o Ddamascus. Doedd fawr o ôl cefndir ei dad ym mhyllau glo'r Cymoedd ar Gymraeg Defi John bellach, serch hynny, ac yntau wedi bwrw ei wreiddyn i dir Sir Aberteifi er pan oedd e'n chwe mlwydd oed.

"Ma bois y gweithe glo 'ma'n gwbod beth yw gwaith caled," clywodd ei thad yn canmol ei was wrth ei mam – er na wnâi hynny i'w wyneb rhag cymell gormod o feddwl o'i hunan yn y gwas, ac o'r hyn a glywsai, doedd Ben ddim yn un swil rhag rhoi ei farn ar bopeth, boed yn awdl y Gadair yn yr Eisteddfod Genedlaethol neu'n agwedd Wilson at Rwsia a brwydr y proletariat yn erbyn gorthrwm cyfalafiaeth. Doedd gan Margaret ddim syniad beth oedd ystyr 'proletariat' ond roedd e'n un o'r geiriau hynny roedd Defi John yn eu defnyddio i ddynwared ei dad ar ganol un o'i fynych bregethau. Anodd gan Margaret gredu mai'r un un oedd y Ben annwyl, parod ei gymwynas a'i sgwrs â hi pan ddigwyddai daro arno rywle ar y fferm, a hithau fel arfer yn marchogaeth Bess, â'r comi di-dduw roedd Defi John yn mynnu'i bortreadu. Roedd e wedi'i helpu hi droeon i dynnu cast o drwyn Bess cyn iddi lwyddo o'r diwedd i'w thorri hi mewn ddigon iddi allu mynd ar ei chefn hi'n hyderus, ac wedi dweud wrthi fwy nag unwaith am adael y gwaith carthu ar ôl Bess iddo fe'i wneud gan ei fod yn siŵr fod ganddi hi bethau pwysicach i'w gwneud na charthu sied y ceffylau. Fyddai 'na byth, wrth gwrs – dim byd pwysicach na gorwedd ar wastad ei chefn ar ei gwely yn darllen *Jackie* ac yn gwrando ar y Beatles ar y chwaraewr recordiau bach newydd roedd hi wedi begian amdano gan ei mam y Nadolig cynt. Ond pa un a fyddai Ben Jones yn gwybod hynny ai peidio, doedd ei diolch hi iddo ddim tamaid yn llai. Roedd Ben Jones â lle bach sofft iddi yn ei galon – fel roedd gan ei fab. Neu falle mai oherwydd ei fod e'n gwybod faint o feddwl oedd gan ei fab o Margaret roedd e'n fodlon cerdded y filltir ychwanegol drosti.

Pan gyflogodd Teifi Morris Ben yn y lle cyntaf, y bwriad oedd i Wil, gwas Coed Ffynnon ers deugain mlynedd, ymddeol. Doedd e byth wedi gwneud hynny – fwy na thebyg am na wyddai sut – a doedd Teifi erioed wedi crybwyll y gair 'ymddeol' na 'riteiro' wrth Wil rhag i hwnnw deimlo'i fod yn cael ei droi mas i bori. Coed Ffynnon oedd ei fywyd, ei fywoliaeth a'i fod. I lain hirsgwar chwe troedfedd wrth dair yng nghysgod y capel y byddai'r unig symud i Wil bellach.

Clywodd Margaret glic y nodwydd ar y chwaraewr recordiau yn cyrraedd y canol a'r grŵn bach a ddynodai daith y fraich yn ôl i'r ochr allan. Sylweddolodd fod y Beatles wedi hen orffen canu. Roedd hi'n breuddwydio eto yn lle canolbwyntio ar waith ysgol, a'r prawf Saesneg ddydd Iau yn llawer rhy bell iddi deimlo digon o banic i wneud ymdrech iawn i weithio. Yn gefndir i Shakespeare roedd *Pick of the Pops* ar y radio wedi gwneud yn siŵr nad oedd dim wedi mynd i mewn i'w phen ers dwyawr gyfan, ac yn lle gwneud iawn am hynny beth wnaeth hi ond rhoi record ymlaen: roedd hi'n llawer iawn haws gwrando ar *Please Please Me* nag ar gnoad ei chydwybod.

Wyddai hi ddim pam roedd hi'n gweithio: llai na blwyddyn eto a châi droi ei chefn am byth ar yr ysgol. Fe welai golli ffrindiau, ond byddai'r rhan fwyaf o'r rheiny'n gadael ysgol yr un pryd â hi beth bynnag, a mater o newid lleoliad eu cyfarfod â'i gilydd yn unig fyddai gadael ysgol.

Byddai'n colli cwmni dyddiol Defi John, fe wyddai hynny, ac yntau â'i fryd ar goleg, ond câi ddigon o gyfle i'w weld y tu fas i'r ysgol. Doedd hi ddim yn ei weld gymaint ag o'r blaen yn yr ysgol ta beth, nawr ei fod e'n y chweched. Roedd e wedi ceisio'i chymell i fwrw yn ei blaen i'r chweched hefyd, a hithau wedi chwerthin am ei ben.

"Beth ti'n meddwl 'yf i? Jiniys?"

"Sdim raid i ti fod yn athrylith i neud lefel A."

"Ma raid i ti aller rhwto dou frên-sel yn erbyn 'i gili a sdim dou frên-sel i ga'l 'da fi," chwarddodd Margaret.

"Ma mwy 'da ti na ti'n folon cyfadde," meddai Defi John, ond doedd e ddim am ddadlau chwaith.

Gwyddai Margaret gystal â Defi John ei hun nad oedd gan Teifi Morris damaid yn fwy o uchelgais drosti hi ac Elinor na'u gweld nhw ill dwy'n priodi bobo *gentleman farmer* gyda cheiniog neu ddwy'n sbâr i'w gwario ar gadw'r ddwy'n hapus weddill eu dyddiau. Nid bod Defi John erioed wedi cydnabod hyn yn agored wrthi, fwy nag y byddai ei thad yn cyfaddef ei uchelgais mewn cyn lleied o eiriau â hynny. Gwyddai Margaret fod Defi John yn ymatal rhag lleisio'r peth – er gwaetha'r ffaith eu bod nhw'n trafod bron bopeth arall â'i gilydd – yn union fel pe bai lleisio'r ffaith yn mynd i'w gwneud yn fwy gwir, neu'n mynd i blannu hedyn y syniad yn ddyfnach ym meddwl Margaret ei hun.

Gwyddai'n iawn, heb i neb ei grybwyll erioed, mai dyma oedd ar fap ei thad ar ei chyfer hi a'i chwaer a doedd hi ddim eto wedi gallu ffurfio barn yn ei meddwl ei hun ynglŷn â'r peth. Peth pell i ffwrdd oedd gadael ysgol a phriodi a gweddill ei hoes, pwy bynnag fyddai'n ei drefnu: roedd ganddi dipyn o fyw i'w wneud yn gyntaf.

Cododd a gosod ei llyfr Saesneg ar ben y pentwr o lyfrau eraill ar y ddesg wrth droed ei gwely. Agorodd ei drws a bu bron iddi sgrechian wrth weld Bet yn sefyll yno.

"Ers pryd wyt ti wedi bod yn fyn'na?" holodd Margaret.

Gwenodd yr hen wraig ei phedwar dant arni nes bod ei llygaid dwfn yn disgleirio yn yr wyneb gwelw, rhychiog.

"Ers pedwar ugen mlynedd," meddai Bet a chwerthin fel dau bishyn o do sinc yn crafu'n erbyn ei gilydd.

Dyrchafodd Margaret ei llygaid wrth ei phasio am y grisiau: i beth oedd eisiau iddi fod wedi gofyn, a'r gobaith o gael ateb call yn llai bob tro y trafferthai gynnal sgwrs â'r forwyn? Gwelodd Bet yn troi ar ei sawdl a cherdded ar draws y landin at y grisiau cefn. Hyd yn oed â *dementia*'n tynnu mewn fel dyddiau'r gaeaf dros ei hymennydd claf, roedd rhywbeth o'r hen ddyddiau'n dal i'w gyrru at risiau'r morynion a'r gweision yn lle defnyddio'r grisiau mawr fel roedd ei rhieni wedi blino dweud wrthi am wneud. Cofiodd am Bess a'i chastiau, a meddwl wrth gamu lawr y stâr nad dim ond ceffylau oedd yn greaduriaid caeth i arfer.

"So ti'n dod i cwrdd fyl'a," meddai Mary, er mai prin droi i edrych arni roedd hi wedi'i wneud.

"O'n i wedi anghofio am cwrdd," meddai Margaret wrth ei mam, gan ochneidio'n ddiflas. Ond ar yr un gwynt, gwelai esgus cyfleus dros gael diogi am awr fach yn lle gwneud gwaith ysgol.

"Cer i newid o'r stecs 'na," meddai ei mam yn swta, gan dynnu cacen o'r ffwrn.

'Y stecs 'na' oedd geiriau ei mam am unrhyw wisg o eiddo Margaret na ellid ei chyfrif yn addas i'w gwisgo i'r capel, ac roedd hynny'n bendant yn wir am yr *hotpants* glas oedd amdani'n awr.

Cododd Elinor ei golygon o'r cylchgrawn merched roedd

hi'n ei ddarllen â'i thraed lan ar y setl ar wal gefn y gegin fawr. Tynnodd wyneb ar Margaret yng nghefn ei mam. Hawdd y gallai, meddyliodd Margaret. Doedd ei rhieni ddim yn mynnu fod Elinor yn mynd i'r capel ers iddi ddechrau gweithio fel derbynnydd i'r deintydd yn y dref bedwar mis ynghynt. Gwyddai Margaret mai drwy ymladd brwydrau ffyrnig dros y blynyddoedd rhag trefn lem ei rhieni drosti roedd Elinor, o'r diwedd, wedi ennill ei rhyddid, a'i bod hi wedi gwneud gwaith Margaret o ymladd ei brwydrau hithau lawer yn haws o fod wedi braenaru'r tir o'i blaen, ond methai beidio â theimlo rhyw damaid o eiddigedd at ei chwaer hŷn weithiau.

Glaniodd Bet yn y gegin, ar ôl bustachu ei ffordd i lawr y grisiau cefn.

"Wedes i wrtho fe am gau'r iet," mwmiodd yn flin gan sefyll wrth y sinc â'i breichiau ymhleth.

"Gweud wrth bwy?" holodd ei mam, nad oedd eto wedi dysgu anwybyddu parablu disynnwyr Bet.

"Yr Howard Wilson 'na, pwy arall?" meddai Bet â'i llygaid yn llawn o dymer.

Clywodd Margaret Elinor yn rhegi o dan ei gwynt wrth droi tudalennau *She*.

"Harold Wilson," cywirodd Mary, fel pe bai unrhyw bwrpas yn y byd iddi wneud hynny.

"Harold, Howard, yr un *peth* yw e! Ma'r gât yn dal ar agor, a'r da lawr wrth yr afon!" pregethodd Bet ar dop ei llais.

Gwthiodd Margaret ei bys i'r bowlen lle bu ei mam yn gweithio cacen sbynj. Sugnodd y melyster a gwylio Bet yn mynd drwy'i phethau. Gallai gofio adeg bell yn ôl pan oedd hi'n ferch fach, pan oedd Bet yn ei phethau, neu fwy yn ei phethau nag oedd hi nawr o leiaf. Âi â nhw am dro, hi yn un llaw ac Elinor yn y llaw arall. Byddai'n sôn wrthynt am 'slawer dydd' fel pe bai hi'n sôn am wlad yn bell dros y môr, ac am 'ganrif ddwetha' pan oedd hi'n ferch fach, a'r rhyfeddod yn ei llais yn cyfleu cystal lle oedd 'ganrif ddwetha' o'i gymharu â nawr, fan hyn, a'i straeon am y poni a'r trap oedd yn cario 'Mishtir a Mistres' Coed Ffynnon y pryd hwnnw, a Margaret fach yn gwybod fod rhyw gysylltiad rhyngddi hi ei hun a'r bobl 'ma roedd Bet yn siarad amdanynt gyda'r fath barch yn ei llais.

"Hon wrthi eto." Daeth ei thad i mewn i'r gegin gan glymu ei dei.

Gwnaeth ei mam lygaid 'gad iddi' ar ei gŵr, heb fentro yngan y geiriau. Gwyddai Margaret nad oedd gan Teifi fawr o amynedd â Bet yn ei henaint. Roedd hi'n anodd ganddi gredu mai dyma oedd ei agwedd at yr hen forwyn ffyddlon wedi bod erioed. Efallai mai gofid wrth ei gweld yn dihoeni oedd wrth wraidd ei ddiffyg amynedd, ond ni allai fod yn siŵr; un digon diamynedd ei agwedd tuag at bobl eraill oedd eu tad yn eu cefnau: un gwahanol iawn yn gyhoeddus, ymhlith ei etholwyr yn y ward, o'i gymharu â'r hyn oedd e adre, y tu ôl i ddrysau caeedig. Byddai ei mam yn aml yn defnyddio straen gwaith cynghorydd fel rheswm dros ei hwyliau drwg ac yn mynd mor bell weithiau â datgan mai *oherwydd* ei fod e'n gwneud ei waith mor drylwyr fel cynghorydd sir, *oherwydd* ei fod e'n gwasanaethu ei etholwyr mor ddiflino roedd e'n dweud pethau cas yn eu cefnau. Bu adeg pan fyddai Margaret wedi llyncu rhesymeg ei mam yn ei chyfanrwydd heb ei chnoi, ond bellach roedd hi'n ddigon hen i ddeall nad oedd hi'n gwneud rhyw lawer o synnwyr.

"Y da, mishtir!" Rhythodd Bet arno.

O leiaf roedd hi wedi ei nabod. Clywsai Bet yn galw ei thad yn Mr Churchill ac yn Mr Macmillan ac yn Mr Simpson cyn nawr, pwy bynnag yn y byd oedd Mr Simpson ym meddwl yr hen wraig. Edrychodd ar fol ei thad yn profi nerth botymau ei wasgod ddydd Sul, a synnu dim i'r hen Bet gymysgu rhyngddo a Churchill. Roedd rhyw debygrwydd...

"Cadw lygad arni," gorchmynnodd i'w ferch hynaf gan archwilio dan ei ên am flewiach strae yn y drych bach ar y wal wrth yr Aga.

Hymffiodd Elinor heb adael unrhyw sicrwydd ym meddwl Margaret ai cytuno i wneud ynteu wrthod gwneud oedd hi. Ond fyddai Teifi ddim wedi ystyried am eiliad fod ei ferch hynaf yn gwrthod ei gais, er iddi wneud ei siâr o gicio dros y tresi yn ei ffordd fach ddiogel ei hun dros y flwyddyn neu ddwy ddiwethaf.

"Siapa'i!" gwaeddodd ei mam wrth ei hysgwydd nes gwneud i Margaret neidio. "Cer i newid, ma'i'n ugen munud i whech."

Gwnaeth Margaret yn ôl ei gorchymyn fel ei harfer, a llamu lan y grisiau cyn pwyllo ac arafu, a phenderfynu nad oedd y byd yn debygol o ddod i ben pe bai hi'n penderfynu peidio mynd i'r cwrdd a dysgu mwy yng nghwmni'r Beatles, y Beach Boys a Gerry and the Pacemakers nag a wnâi gan unrhyw sychbeth unllygeidiog o oes yr arth a'r blaidd a ddigwyddai fod yn y pwlpud yn chwydu ei ragfarnau.

Ond eto, gwyddai wrth ei feddwl yr âi. Newidiodd i'r *trouser suit* las a llwyd a brynodd ei mam iddi yn B J Jones, Llambed, i fynd i'r Gymanfa llynedd ac a oedd eisoes yn dechrau mynd yn rhy fach iddi. Syllodd am eiliad ar y siâp dieithr yn y drych o'i blaen, y ffurfiau anghyfarwydd o dan ei dillad na feiddiai edrych arnynt nes iddi wisgo amdani. Er mai hi oedd yr olaf o'i chriw yn yr ysgol i fod angen gwisgo bra – ac roedd hi wedi bod yn gwneud hynny'n ddyddiol ers iddi ddechrau yn *form five* – roedd y sioc o weld ei chorff yn newid o hyd yn dal yn anodd dygymod â hi. Roedd ei mam wedi siarad â hi am y newidiadau eraill a fyddai'n digwydd 'unrhyw ddwrnod nawr' gan ei gadael mewn mwy o ddryswch ac ofn nag oedd hi'n ei deimlo cyn iddi ddweud gair am y peth. Diolchai am unwaith fod ganddi chwaer yn hŷn na hi oedd yn gwybod popeth am bopeth, ac ers iddi siarad ag Elinor bu'n pendroni pam nad oedden nhw wedi dechrau. Roedd hyd yn oed Nel Blaen Waun, polyn lein fel styllen o denau, wedi dechrau defnyddio'r *sanitary towels* a gariai mewn cwdyn yn ei satshel.

"Fe fydd pethe'n digwydd i dy gorff di," roedd ei mam wedi'i ddweud. "Tu fewn. A fe fydd raid i ti ddysgu cliro ar dy ôl."

Safai o'i blaen yn ei hystafell wely, a'i bysedd yn chwarae â'i brat yn nerfus. Methai edrych ar Margaret, ddim yn iawn, yn union fel pe bai ei merch wedi troi'n rhywun dieithr iddi ar amrantiad.

"Cliro," ailadroddodd Margaret yn betrus. Gwyddai o'i sgyrsiau ag Elinor fod rhywbeth a wnelo'r dirgelwch â'r cewynnau hirion yng nghwpwrdd dillad ei chwaer, a'r sypiau wedi'u lapio mewn papur tŷ bach a wthiai ei chwaer i'r bin tu fas yn lle'u taflu i lawr y tŷ bach, ond doedd gwybod y ffeithiau ddim yn ei gwneud hi'n haws iddi ddychmygu sut beth fyddai 'troi'n fenyw' chwaith.

Oedodd ei mam heb wybod beth i'w ddweud nesaf.

"*Cleanliness is next to godliness*, cofia." A mas â hi.

Dyna fyddai ei mam yn ei ddweud pan gyrhaeddai Margaret y ford â'i dwylo'n frwnt ar ôl bod yn chwarae tu fas, felly rhaid bod gan yr hyn roedd hi'n ei ddweud am y pethau a ddigwyddai i'w chorff rywbeth i'w wneud â bryntni. Bob tro y clywai am 'y gwaed a redodd ar y Groes' wedyn, byddai'n ei droi'n 'y gwaed a redodd lawr fy nghoes' ac yn meddwl am y cewynnau gwyn a'r belt i'w cadw yn eu lle a roddodd ei mam iddi mewn bag papur brown i'w cadw yn ei chwpwrdd nes y byddai'n barod i'w defnyddio.

Roedd bron i flwyddyn ers hynny, a dal i ddisgwyl troi'n fenyw roedd Margaret.

Tynnodd frwsh drwy ei gwallt a synnu nad oedd ei mam yn gosod *cleanliness* yn uwch na *godliness*: treuliai oriau bwy'i gilydd bob dydd yn glanhau neu'n golchi neu'n clirio neu'n cael gwared ar lwch a baw, a dim ond dwyawr fore a nos Sul yn y capel, ac awr arall yn y te capel yn y festri ddydd Mercher cyntaf y mis, yng nghwmni ei duw. Gallai Margaret yn hawdd ddychmygu ei mam yn dweud wrth Dduw am siafo'i farf oherwydd bod miloedd o jyrms yn cwato tu fewn iddi, ac i'w mam roedd jyrms gyn atgased â'r Jyrmans yn chwarae'r plant ar iard yr ysgol fach.

"Hasta!" daeth llais ei mam o waelod y grisiau mawr. Taflodd Margaret y brwsh gwallt ar ei gwely a mynd i lawr at ei rhieni, oedd yn gwisgo'u cotiau yn y cyntedd.

"Os daw'r fenyw tai cownsil 'na lan i wen'yno ambitu'r twll yn 'i ffens hi, wy'n gweutho ti, sai'n mynd i fod yn gyfrifol am beth 'naf i. Wy wedi paso'i chonsŷrns hi mla'n. Wy ddim yn credu fydd hi'n hapus heblaw bo fi'n mynd lawr 'na i fenjo'r blwming twll yn hunan."

"O's dim busnes 'da'i," cadwodd Mary ran ei gŵr gan wybod yn iawn na wnâi yntau ddim byd heblaw gwenu'n rhy lydan ar Harriet Tai Cownsil pe bai honno mor ddwl â lleisio'i chŵyn wrth ei chynghorydd eto fyth. "Os o's hawl 'da'r Bod Mowr i bach o lonydd ar ddydd Sul, wy'n syrten bo hawl 'da bob cynghorydd sir i'r un peth."

Pe bai ei etholwyr yn gwybod sut roedd ei thad yn siarad amdanynt yn eu cefnau, meddyliodd Margaret, ai e ddim yn agos i'r un sedd cyngor eto tra byddai byw. Gwenodd wrthi ei hun ac edrych ymlaen at awr o bwdrwch yn y capel.

3

"JIW, JIW, MA rywun wedi ca'l tröedigeth," meddai Margaret wrth ddod mas drwy ddrws y capel i lle roedd Defi John yn siarad gyda'i frawd hŷn.

"Beth wyt ti'n wbod am dröedigeth?" atebodd Defi John. "Wy'n synnu bo ti'n gwbod y gair."

"So ti'n credu mewn duw," dadleuodd Margaret. "Religion is the poison of the people."

"Opium of the masses," cywirodd yntau hi.

Gwelodd Margaret ei thad yn cael ei gornelu gan Harriet Tai Cownsil a gwenodd wrthi ei hun wrth ei weld yn siarad sebon â hi. Gwyddai y byddai e'n berwi tu mewn. Wrth ei ochr, roedd ei mam yn ceisio'i amddiffyn: clywodd hi'n datgan yn finiog drwy'i gwên na ddylen nhw 'siarad siop mewn lle o addoliad'. Gwyddai Margaret hefyd na fentrai ei thad wrthod trafod mater y twll yn y ffens yn rhy bendant a lecsiwn arall ar y gorwel mewn rhai misoedd.

"Sdim raid bo fi'n credu'r un peth â 'nhad," clywodd Defi John yn dadlau.

Trodd Margaret yn ôl ato a difaru gwisgo'r hen *trouser suit* blentynnaidd las a llwyd. Byddai wrth ei bodd pe bai Defi John yn penderfynu troi mas bob dydd Sul: byddai ei bresenoldeb yn y capel yn gwneud y gwaith o fynychu dipyn yn llai diflas o wythnos i wythnos.

Heno roedd e'n eistedd yn y man perffaith, ar draws yr eil ac ychydig yn nes i lawr at y tu blaen. Roedd hi wedi gweld Ianto'i frawd yno o'r blaen, ond erioed wedi credu y byddai Defi John yn tywyllu drws capel a'i dad yn gymaint o 'gomi jawl', fel y byddai ei thad yn ei ddweud am ei was yn ei gefn. Ond doedd hi ddim yn deall digon ar wleidyddiaeth i wybod faint oedd ei thad yn ymestyn y gwir. Gwyddai ei bod hi'n destun peth rhyfeddod yn y dref fod brawd Defi John yn dod i'r cwrdd a'i dad e'n anffyddiwr, ond roedd hynny wedi bod yn digwydd ers rhai blynyddoedd bellach. Roedd Ianto flynyddoedd yn hŷn na Defi John, ac yn gweithio yn siop y cigydd. Y sôn oedd mai Billy Haleliwia y Bwtsher oedd wedi troi Ianto – drwy ddala cyllell ato fe yn ôl rhai mwy blodeuog eu cleber – yn fuan wedi iddo ddechrau gweithio yno yn syth o'r ysgol.

"Ta beth, dod er mwyn dod 'nes i," meddai Defi John. "Cwmni i Ianto."

"Sdim raid i ti neud esgusodion i fi," meddai Margaret yn henaidd. "Wy'n dod bob wthnos, a nele fe lot o les i bawb neud 'ny."

Gwenodd Defi John yn llydan arni a gadael iddi gael y gair olaf.

"Ddoi di mas 'da fi am dro nos fory?"

Dychrynodd Margaret drwyddi gan ffurfioldeb y cwestiwn. Roedd hi a Defi John wedi bod mas am dro gyda'i gilydd ganwaith, wedi chwarae yn y caeau a'r coed, wedi treulio oriau bwy'i gilydd yng nghwmni ei gilydd ar ôl ysgol ac ar benwythnosau, naill ai lan ar y fferm neu lawr yn y dref pan dyfodd y ddau'n ddigon hen i gael eu gadael i fynd i ddilyn eu trwynau eu hunain.

Ond doedd e erioed, ddim unwaith, wedi gofyn iddi o flaen llaw fel hyn o'r blaen. Dod i'r drws a wnâi, a gofyn a oedd hi'n 'dod mas i whare', neu hi fyddai'n dod i chwilio amdano fe yng nghysgod ei dad ar y clos neu yn y caeau, neu i gnocio ar ddrws eu tŷ teras yn y dref. Byth fel hyn, y cynllun bwriadus, 'trefnu *date*' fel y dywedai ei mam. Dim ond un peth oedd hynny'n ei olygu. Aeth hyn drwy ei meddwl ar amrantiad, ond rhaid bod Defi John wedi sylwi arni'n oedi gan iddo ruthro i ychwanegu: "Jyst gofyn i neud yn siŵr bo ti ambitu'r lle, bo dim hoci 'da ti neu rwbeth, achos ma 'da fi rwbeth i weu'tho ti."

"Gweda nawr." Er ei gwaethaf, roedd y ffordd ddi-hid roedd e wedi ychwanegu at ei gwestiwn wedi creu mesur o rywbeth tebyg i siom ynddi, a'r unig ffordd o gael gwared arno oedd drwy siarad, drwy fod fel yr arferai fod gyda Defi John, yn dipyn o deyrn arno. "Beth yw'r holl seiens sy 'da ti?"

Gwelodd Defi John yn taflu cipolwg i gyfeiriad Teifi a Mary ar ben arall y sgwaryn o flaen y capel.

"Ddim nawr," meddai wrthi. "Fory. Ewn ni lawr i Paris House ar ôl ysgol."

Twt-twtiodd Margaret yn ddiamynedd heb roi unrhyw arlliw o argraff y byddai'n mynd yno ato wrth i'w rhieni lwyddo o'r diwedd i ddatod eu hunain o rwyd Harriet Tai Cownsil ac anelu tuag ati.

Ond gwyddai y byddai yno'n ei ddisgwyl yn Paris House ar ôl ysgol y noson wedyn gystal ag y gwyddai mai codi wnâi'r haul drannoeth, a gwyddai fod Defi John yn berffaith ymwybodol o hynny hefyd.

4

Bu bron iddi beidio â mynd, er hynny.

Yn y tai bach, cyn y ddwy wers olaf, roedd Sylvia Humphries wedi ceisio'i pherswadio i fynd gyda nhw lawr i lan y môr i nofio a hithau mor ffein. Câi fenthyg *bathing costume* gan Sylvia a oedd yn byw yn y dref. Byddai wedi dwli mynd gyda nhw i nofio, neu o leiaf i 'whare tshaso tonne', gan alw yn y siop bapur am Sherbet Fountain ar y ffordd. Ni allai ddweud wrth Sylvia a'r lleill ei bod hi'n mynd i gwrdd â Defi John yn y caffe neu fe gâi dynnu ei choes yn ddidrugaredd unwaith eto: doedd yr un o'i ffrindiau yn yr ysgol fawr erioed wedi gallu tyfu lan a deall mai ffrindiau'n unig oedd hi a Defi John. Aethai pedair blynedd a mwy heibio o geisio'u cael i ddeall hynny, a doedden nhw ddim taten yn nes at allu gwneud.

"Ma Mam ise fi gartre," celwyddodd. "Ma'i ise help i eiso cacen briodas 'y nghyfneither."

"Gei di eiso ta faint ti ise o gacenne wedyn, dere lawr i lan y môr gynta."

Ceisiodd ddadlau nad oedd hi'n ddigon cynnes i fynd i lan y môr, fod cymaint â rhoi'u traed yn y dŵr ganol mis Hydref gystal â bod yn gwahodd niwmonia, a chafodd ei gwawdio am siarad fel ei mam.

"Ddo i 'da chi i Aber tro nesa chi'n mynd i'r King's Hall os chi ise," cynigiodd, yn lle cael ei chyhuddo eto o swnio fel menyw yn ei deugeiniau. Doedd hi erioed wedi bod, er bod clywed Sylvia a Pat yn sôn am yr hwyl a gaen nhw yng nghyngherddau'r King's Hall yn codi blys eithriadol arni i fynd.

Byddai'n rhaid meddwl am esgus a fyddai'n berffaith ddiogel o ddal dŵr cyn gallu ystyried gwneud y fath beth, wrth gwrs: byddai ganddi fwy o obaith perswadio'i rhieni i adael iddi fynd i'r gofod 'da'r bachan Gagarin 'na na chael sêl eu bendith ar noson mas yn Aberystwyth. Ers rhai misoedd, roedd hi wedi bod yn teimlo'i hun yn nesu at Sylvia a Pat, ac yn treulio mwy o amser yng nghwmni'r ddwy nag y gwnâi yng nghwmni Nel Blaen Waun a'i sbectol pot jam a'i syniad fod gwisgo lipstic yn arwydd pendant o golli gwyryfdod: gwisgai Sylvia a Pat ddigon o lipstic i gadw Thomas y Cemist i fynd.

Ond yn gyntaf, roedd esgus arall ganddi i'w ddyfeisio i'w roi i Sylvia er mwyn gallu mynd i gwrdd â Defi John heb gael ei thynnu'n ddarnau gan ei ffrindiau.

Eisteddodd ar sedd y tŷ bach a gwrando ar Sylvia'n canu clodydd nosweithiau'r King's Hall yn y ciwbicl nesaf.

"Ma fe'n grêt, Mags, yffach o sbort. *Smashing.* Ddreifith Richard ni, ma 'da fe fflash car. Ti wedi gweld fflash car e?"

"Beth sda fe?"

"Fflash car. Sai'n gwbod beth yw 'i enw fe, ond ma fe'n goch."

"Digon o arian 'da Richard Bryn Celyn."

"Paid ti gweud dim byd, ma teulu ti'n *loaded* hefyd, ma tad ti'n y cownsil."

"Sdim bob cynghorydd yn gyfoethog."

Tra daliai Sylvia i siarad rwtsh, sylweddolodd Margaret nad oedd hi eisiau mynd i'r tŷ bach wedi'r cwbl. Er hynny, sychodd ei hun yn frysiog, a dyna pryd y sylwodd fod ganddi'r esgus perffaith rhag gorfod mynd i lan y môr gyda'r merched.

"Fi ffili dod 'da chi i nofio, ma piriyds fi wedi dachre."

Sgrechiodd Sylvia. Roedd hi, fel gweddill y criw, wedi bod yn aros i Margaret Morris – yr un ladi fach ar ôl o'u plith – ddechrau cael ei misglwyf ers misoedd lawer. Yn wahanol i Nel Blaen Waun, roedd misglwyf a dynion a bronnau a secs yn destunau trafod cyson gan Sylvia a Pat a merched *with-it* eraill *form five.*

Heb ddod mas o'r ciwbicl, gwnaeth esgus nad oedd pads ganddi, er bod 'na un ym mhoced fewnol ei satshel, wedi'i lapio yn y bag papur brown ers blwyddyn bellach, ynghyd â *sanitary belt* bygythiol iawn yr olwg. Aeth ati'n syth i osod y belt amdani. Gosododd y pad yn ei le a'i deimlo'n anferth rhwng ei choesau.

Llwyddodd i gael gwared ar Sylvia a'i phlagio drwy hynny, ac ar ôl ysgol gadawodd i'r merched gerdded i lawr o'r ysgol o'i blaen, cyn eu dilyn o bell i gyfeiriad y dref, a'r caffi, a Defi John.

Roedd e yno'n barod.

"O'n i'n dachre meddwl bo hoci 'da ti wedi'r cwbwl."

"Beth yw hyn? Ti byth yn trefnu i gwrdd. Ma'r merched lawr ar lan y môr a 'na le licen i fod 'fyd. Wedes i bo fi'n mynd gartre, sai ise iddon nhw ddod 'nôl a 'ngweld i 'ma."

"Wei, wei, hold on, Defi John," meddai Defi John.

Eisteddodd Margaret glatsh gyferbyn ag e, a sylweddoli wrth wneud na fyddai hi byth yn gallu rhannu ei chyfrinach fawr â Defi John, er iddi rannu popeth arall oedd wedi digwydd iddi ag e – popeth a greodd unrhyw fath o argraff ar ei bywyd erioed. Teimlodd emosiwn a oedd yn dechrau dod yn gyfarwydd iddi: hiraeth am rywbeth roedd hi wrthi'n ei golli. Nid plentyndod yn hollol: roedd hi ar hast i roi hwnnw y tu ôl iddi a gwneud yr holl bethau roedd ei ffrindiau ac Elinor i'w gweld yn cael eu gwneud. Rhywbeth arall, tebyg i blentyndod.

"Ti 'ma nawr," dechreuodd Defi John, yn ddall i'w theimladau. Roedd yntau i'w weld yn reit gynhyrfus er hynny, ystyriodd Margaret. Beth oedd y gyfrinach fawr? Oedd e wedi dod o hyd i gariad?

Tynhaodd cyhyr yn ei stumog: feddyliodd hi erioed am hynny o'r blaen. Defi John yn caru.

"Sicret," meddai wrthi. "Wy ise i ti addo pido gweud wrth neb. Ddim am nawr."

"Beth ti 'di bo'n neud?"

"Sda fe ddim i neud 'da fi, pam ti'n gofyn? Wel, ddim yn uniongyrchol 'te."

"Mas ag e," meddai Margaret yn ddiamynedd. Difarai beidio â mynd gyda'r merched, a dechreuodd ystyried y gallai ymuno â nhw eto unwaith y dôi Defi John i ben â'i stori.

Ond cyn iddo allu ei gorffen hi, roedd gofyn iddo allu ei dechrau.

"Y peth yw," dechreuodd, gan chwarae â'r croen rownd ei ewinedd. "Sai'n gwbod shwt i weud wrthot ti."

Dechreuodd Margaret boeni eto fod Defi John wedi dod o hyd i gariad. Sut yn y byd gafodd e gyfle i wneud hynny a hithau heb sylwi, doedd ganddi ddim syniad. Câi fynd a dod yn fwy rhydd gan ei dad nag y câi hi gan ei rhieni hithau, a gwyddai ei fod e a chwpwl o fois ei flwyddyn wedi bod am beint neu ddau yn y Snooker Club a'r Black Lion lond llaw o weithiau. Rhaid ei fod e wedi bachu rhywun bryd hynny. Ond gwyddai nad oedd merched yn cael mynd i mewn i'r Clwb Snwcyr, a fuodd e ddim yn yr un o'r ddau le nos Wener na nos Sadwrn, meddai wedyn yn ei phen: roedd e lan yng Nghoed Ffynnon tan ddeg y ddwy noson yn gwrando ar recordiau yn ei hystafell hi ac yn gwylio Morecambe and Wise ar y teledu yn y parlwr gyda hi a'i mam.

"Beth ti'n feddwl ti ddim yn gwbod shwt i weu'tho fi?"

Doedd hi ddim eisiau clywed. Gallai godi a mynd mas, a bron na wnaeth hi hynny cyn i Defi John ddweud:

"Dad."

"Ben? Beth amdano fe?"

"Mae e'n sefyll lecsiwn."

"Ma'r lecsiwn wedi bod. Llynedd. Y bachan Lystan 'na gariodd."

"Ie. Ar 'ny ma'r bai 'fyd. Fe a Wilson. Ma Dad yn meddwl bod hi'n nefo'dd ar y ddaear."

"So fe'n credu mewn nefo'dd." Teimlai Margaret ar goll yn lân.

"Odi ma fe, os yw hi ar y ddaear. Nefo'dd sosialedd. Ma Marcsieth Dad yn mynd gam neu ddau'n bellach nag un plaid Wilson, ond treia di weud 'ny wrtho fe."

"Defi John, stopa!" Gwyddai ei bod hi'n ei wylltio drwy ei alw wrth ei enw llawn yn hytrach na dim ond John. "Sai'n dyall politics, na thamed o ise'i ddyall e whaith."

"Dy golled di. Ma Cymru'n dihuno ag 'yt ti ise mynd 'nôl i gysgu."

"Beth sda dy dad yn sefyll lecsiwn i neud 'da fi?"

"Ti'm yn gweld? Lecsiwn y Cyngor Sir?"

"Ie, ie, wy ddim yn dwp."

"Mae e'n bwriadu sefyll yn ward dy dad."

Cymerodd eiliad i Margaret gael ei gwynt wrth iddi ddeall beth oedd e'n ei ddweud.

"Gall e ddim, ward Father yw hi."

Dim ond edrych arni wnaeth Defi John. Wrth gwrs ei bod hi'n deall, ond roedd hi'n anodd amgyffred y peth ar yr un pryd. Doedd neb wedi trafferthu sefyll yn erbyn Teifi yn yr etholiad cynt, ac roedd e wedi bod yn gynghorydd ers o leiaf ugain mlynedd, ers etifeddu'r sedd gan ei thad-cu, a duw a ŵyr pryd etholwyd hwnnw gyntaf.

"Mae e wastad yn ennill," meddai Margaret wedyn, heb wneud llawer o synnwyr iddi hi ei hun.

"Fydde 'nhad ddim yn sefyll yn erbyn rhyddfrydwr," meddai Defi John, "ddim ond yn erbyn Tori."

"Odi Father yn gwbod?" holodd Margaret a hoelio'i llygaid ar Defi John.

"Ddim eto," meddai Defi John a chymryd sip o'i goffi.

"Ond sai'n gweld shwt all e wrthwynebu. Ma dy dad yn amal yn tynnu'i go's e ddyle fe sefyll etholiad ar gyfer y cyngor sir os yw e mor frwd ambitu'i wleidyddieth. Wy'n siŵr na feddyliodd e eriôd y bydde 'nhad yn neud 'ny mewn gwirionedd, ond ddim 'na'r pwynt."

Weden i mai 'te, meddai Margaret yn ei phen, weden i mai 'na'r pwynt yn union.

"Ond ma Ben yn *gwitho* i Father!" ebychodd yn lle hynny. Ai arni hi neu ar Defi John roedd colled? Sut oedd e'n methu gweld?

"Odi," meddai Defi John. "A mae e'n amal yn dadle 'da fe am wleidyddieth, ond sdim casineb rhynton nhw – lot o dynnu co's, o's, ond dim byd gwa'th. 'Na fel fydde hi, yr un dadleuon, ond bo nhw bach mwy cyhoeddus, 'nai gyd."

"Ti'n meddwl?"

Margaret, wedi'r cyfan, oedd yn clywed ei thad yn bytheirio am ei wrthwynebwyr gwleidyddol yn y cyngor, nid Defi John. Y cwbl a welai Defi John, a Ben yn ôl yr hyn a brofai ei barodrwydd i ymladd y tarw, oedd y wên deg. Yr uchelgais oedd bod yn gynghorydd: dod wedyn, fel ffordd o sicrhau'r uchelgais yn fwy na dim arall, roedd gwasanaethu etholwyr y sir. Dyna'r gêm, ac roedd pawb wedi bod yn ddigon bodlon i'w chwarae hi. Sut na welai Ben Jones hynny? Oedden nhw'n chwarae'r gêm yn wahanol yng Nghwm Cynon?

"Ma Dad yn gwbod bod dim gobeth 'da fe o ennill."

"Pam treial 'te?"

"Codi ymwybyddieth, dachre torri drwyddo. Pwy a ŵyr, falle gweithith e. Ma gwyrthie'n digwydd. 'Drych ar Ga'rfyrddin."

"So dy dad yn syporto Gwynfor."

"Ddim 'to, nag yw. Rho bach o amser iddo fe a ddaw e i weld sens. Fi sy'n cefnogi Gwynfor. Ryw ddwrnod, falle daw dy dad dithe i'w gefnogi fe 'fyd."

Chwarddodd Margaret yn chwerw.

"Sai'n credu 'ny," meddai a'i llais yn llawn gwawd. "So'r Welsh Nashis yn gall. Off 'u penne'n glir."

"Ti neu dy dad sy'n gweud 'na?"

Trodd Margaret i edrych drwy'r ffenest yn lle gorfod edrych ar Defi John. Os oedd un peth y llwyddodd ei thad i'w fagu ynddi, casineb at y cenedlaetholwyr oedd hwnnw. Doedd hi ddim yn anodd eu casáu nhw, nhw â'u hen hunangyfiawnder a'u hen wepau hyll, merthyraidd yn siarad fel pregethwyr am bethau nad oes neb arall yn siarad amdanynt. Pethau od oedden nhw – Gogs yn amal iawn – ac roedd eu hanner nhw'n *hooligans*, yn defnyddio'r iaith fel esgus i acto fel lowts.

"Sai off 'y mhen," meddai Defi John wedyn ac edrych i mewn i'w gwpan ar waddod ei goffi. "O'n i'n meddwl set ti'n falch bo fi ddim fel 'y nhad," tynnodd Defi John arni.

"Se well 'da fi i ti fod yn gomi nag yn nashi," saethodd Margaret ato.

"Ma Ca'fyrddin wedi dangos bod unrhyw beth yn bosib," meddai Defi John.

"Fyddi di'n gweu'tho fi nesa bo ti wedi joino'r criminals 'na sy'n whalu seins a torri'r gyfreth."

Cododd Margaret a mynd mas cyn iddo'i hateb, rhag iddo gadarnhau ei hofnau. Arhosodd Defi John i droi ei lwy de yn ei gwpan wag.

Gwthiodd Margaret ei dwylo i bocedi ei chot ysgol a charlamu cerdded ar hyd y strydoedd, mas o'r dref, at y ffordd fach a arweiniai adre. Cadwodd ei golygon ar y llawr o'i blaen a gweddïo na ddôi i gwrdd ag un o'r merched neu gydnabod arall a fynnai siarad â hi.

Pam oedd raid iddo sbwylio bob dim? Dyma fe nawr yn troi'n rhywun arall o flaen ei llygaid, yn union fel pe bai e eisiau ei chlwyfo hi. A dewis y nytyrs od a dwl wnaeth e, nid pobl ei dad na sosialwyr Llafur y gallai hi weld rhywfaint o reswm yn yr hyn roedden nhw'n ei ddweud, gyda'u chwarae teg i'r gweithiwr: gweithwyr oedd pawb yn y diwedd, hyd y gwelai hi, hyd yn oed ei mam.

Ceisiodd ddadansoddi pam roedd hi'n teimlo fel hyn – ai oherwydd dicter hunangyfiawn dros ei thad, neu am fod Defi John wedi datgelu'r hyn oedd e go iawn? Doedd e erioed wedi dweud rhyw lawer wrthi am Gymru o'r blaen. Rhaid bod rhywun wedi bod yn hau syniadau yn ei ben.

Roedd e wedi cael digon arni, dyna oedd. Roedd hi'n rhy anaeddfed iddo fe, fe a'i syniadau gwleidyddol pwysig. Rhaid ei fod e'n meddwl ei fod e'n ddyn nawr, ac am roi heibio'r pethau bachgennaidd y clywodd Margaret amdanynt yn yr ysgol Sul, ac a oedd, am ryw reswm, yn gwneud iddi feddwl yn syth am set Meccano.

5

"MA BET ISE cusan." Daeth llais babi'r hen forwyn i'w chlustiau'n syth. Byddai adeg pan oedd Margaret yn blentyn bach pan na fyddai'r cwestiwn wedi gwneud iddi deimlo fel llefain. Ond o leiaf roedd Bet yn cofio pwy oedd hi ei hunan heddiw, ystyriodd.

Caeodd y drws y tu ôl iddi a hongian ei chot a'i satshel ar y bachyn yn y cyntedd.

"Ma Bet ise *cusan!*" clywodd eto.

Sychodd Margaret ei llygaid a gweld Bet yn sefyll o'i blaen â gwên lydan fel un plentyn bach ar ei gwefusau. Pam oedd popeth yn gorfod newid, troi'n rhywbeth arall?

Rhoddodd gusan sydyn i foch Bet.

"Ble ma Mam?"

"Mam? Sai'n gwbod!"

Pefriai llygaid Bet yn fawr arni a difarodd Margaret ofyn yn syth.

"Mas yn ca' yn domi?" holodd Bet wedyn, â'i hwyneb yn bictiwr o ddifrifoldeb.

"'Na beth fydde seit," mwmiodd Margaret ac anelu drwy'r gegin i'r cyntedd at weddill y tŷ.

Wrth ei ddesg roedd ei thad. Ystyriodd Margaret grybwyll wrtho yr hyn a glywsai gan Defi John. Doedd ganddi ddim i'w golli o wneud.

Yn lle hynny, aeth i'r parlwr, lle roedd ei mam wrthi hyd ei breichiau'n polisio cynnwys efydd ac arian y cwpwrdd gwydr.

"Mam..." dechreuodd, a methu â mynd yn ei blaen am fod siarad yn bygwth troi'n llefain yn ei llwnc.

"Beth sy'n bod?" Cododd ei mam ar ei thraed wrth ei gweld yn ymladd y dagrau. "Beth wyt ti wedi neud?"

Ysgydwodd Margaret ei phen, yn grac â'i mam am gymryd

yn ganiataol mai diffyg ynddi hi ei hun oedd yn gwneud iddi lefain, ac yn grac â hi ei hun am ildio i'r llefain y tu mewn iddi yn y lle cyntaf. Roedd ganddi boen yn ei bol.

"Ma'n nhw wedi dachre," llwyddodd i gael allan.

Deallodd ei mam bron yn syth a daeth ati. Rhoddodd ei breichiau am ysgwyddau ei merch ieuengaf gan gadw'r rhannau o dan ei pheneliniau yn ddigon pell o wallt Margaret rhag gorchuddio hwnnw hefyd â Brasso.

"Safia dy ddagre, 'merch fach i," mwmiodd ei chysur cyndyn wrthi. "Dachre gofidie wyt ti 'to."

Wrth i'r llefain ddod i ben bron cyn gynted ag y dechreuodd, ystyriodd Margaret ofyn i'w mam os câi fynd gyda'r merched lan i Aberystwyth i'r King's Hall nos Wener nawr ei bod hi'n fenyw – a nawr bod neb ganddi'n ffrind heblaw am Sylvia a Pat, i fynd i afradu amser yn ei gwmni.

Ond roedd ei mam eisoes wedi tynnu ei breichiau'n ôl.

"'Na fe, sdim ise sôn rhagor amdano fe nawr," meddai'n reit hwyliog, fel pe bai Margaret wedi bod yn treulio'i dyddiau'n sôn am ddim byd heblaw'r misglwyf oedd i'w weld mor araf deg yn dod.

6

WRTHI'N GWEINI PWDIN reis i bowlenni'r lleill roedd Mary pan ddaeth cnoc ar y drws.

Llygadodd Bet y bowlen yn awchus. Roedd Wil eisoes wedi mynd i eistedd o flaen y tân yn yr ystafell fyw ar ôl cael ei swper: doedd e ddim yn rhy hoff o bwdinau.

"Pwy sy 'na nawr?" cwynodd Mary. "Ma'n nhw'n gwbod bod hi'n amser swper arnot ti."

Bob tro y byddai rhywun wrth y drws, cymerai Mary'n ganiataol mai un o'r etholwyr fyddai yno i nychu Teifi am bethau pitw bach ac yntau heb orffen ei swper.

Ond cyn iddi gael cyfle i osod y sosban 'nôl ar y ringsen ac anelu am y cyntedd i agor y drws, roedd drws y gegin eisoes wedi agor a Ben yn sefyll yn y gegin â'i gap yn ei law. Wrth ei ysgwydd, yn dalach na'i dad bellach, safai Defi John.

Daliodd Margaret lygaid Defi John a chododd ar ei thraed.

"Ben!" meddai Teifi, yn falch o weld ei was yn hytrach nag unrhyw un arall o'i etholwyr cwynfanllyd.

"Ble ti'n meddwl wyt ti'n mynd, madam?" holodd Mary i Margaret yn llym.

"Po'n yn bol," meddai Margaret, gan ystyried y byddai ei mam yn deall a hithau'n gwybod ers ddoe fod ei merch bellach yn fenyw.

"Iste lawr fyn'na a benna dy swper," gorchmynnodd Mary iddi, heb adael unrhyw le i Margaret amau fod pethau'n newid dim ar gloc amser bwyd beth bynnag am ei chloc biolegol hi. Eisteddodd Margaret a dewis syllu ar y bowlen dato hanner gwag o'i blaen tra byddai'r hyn fyddai'n gorfod digwydd yn y gegin, a hithau'n bresennol, *yn* digwydd. Dim i neud 'da fi, ailadroddai yn ei phen, gan ewyllysio'i hun i beidio â phoeni beth fyddai effaith yr hyn roedd gwas ei thad yn mynd i'w ddweud wrth ei thad, a fyddai'n ddigon i hwnnw gael strôc o'i glywed.

Roedd ei thad wedi dweud wrth y ddau am dynnu bobo gadair at y ford, a'r ddau wedi gwneud hynny'n llawen, heb arlliw o ôl nerfau nac o embaras ar eu hwynebau, y ffyliaid dwl.

"Gymrwch chi rwbeth i fyta'ch dau?" holodd Mary ac estyn y bowlen bwdin reis yn barod i'w weini.

"Na, na, so ni ise pechu Nesta," atebodd Ben. Byddai chwaer fach Defi John eisoes wedi dechrau paratoi swper cyn troi at ei gwaith cartref. "A sdim lle 'ma i ddou bryd," ychwanegodd gan batio'i fol, y gallai Margaret dyngu nad oedd e'n ddigon mawr i ddala mwy na thwten rost gweddol o faint.

"Beth alla i neud i ti, Ben?" holodd Teifi. "O'n i'n meddwl bo ti wedi mynd gartre gynne. Odi popeth yn iawn mas 'na?"

"Odyn, odyn, ar 'yn ffordd gitre o'n i, ond o'n i ishe gair gynta. Ma John yn gwbod beth sda fi a 'na pham ofynnes i iddo fe ddod lan i gwrddyd â fi 'ma."

"Jiw, jiw, wy ffili dala'r syspens. Mas ag e. Gobeitho mai ddim dod 'ma i ofyn i fi os geith Defi John law Margaret mewn glân briodas 'yt ti, 'chan," chwarddodd Teifi a theimlodd Margaret y gwrid yn ei bochau'n bygwth ffrwydro'i phen ar agor. "Achos jawch eriôd, so hi'n *sixteen* 'to!"

Doedd dim chwerthin yn agos i Defi John. Roedd hi'n amlwg ei fod yntau hefyd wedi cael ei glwyfo gan eu cweryl yn Paris House y diwrnod cynt. Eithaf peth hefyd, meddyliodd Margaret. Gorau po gyntaf y dôi e at ei goed.

"Ishe gofyn 'ych barn chi o'n i, Mr Morris," meddai Ben a chlosio at fraich Teifi, oedd heb adael i ymweliad ei was a'i fab darfu ar ei fwynhad o bwdin reis ei wraig.

Gwelodd Margaret y tensiwn yn gafael ar dalcen ei mam.

"Mas ag e," meddai Teifi.

"Wy wedi bod yn gwitho i chi nawr ers crugyn o flynydde. Douddeg siŵr o fod."

"Ise rhagor o gyflog wyt ti?"

"Nage, nage, nage, chi'n garedig iawn 'da'ch cyflog fel ma'i."

"Ti yw'r sosialydd cynta i fi glywed sy'n folon 'i fyd 'te," chwarddodd Teifi. "Gwen'yno am 'ych stad fyddwch chi'n neud gan amla."

Lluchiodd Bet ei llwy i'w phowlen wag nes bod honno'n canu, a llyfu ei gwefusau i wneud yn siŵr fod y gronyn olaf wedi'i flasu.

"Gwen'yno, gwen'yno, gwen'yno bi-dinc!" canodd. Roedd hi wedi bod yn anarferol o ddistaw tan nawr, ond doedd dim sicrwydd y gallai gau ei cheg unwaith y byddai wedi dechrau dilyn rhyw sgwarnog eiriol, gerddorol.

"Cerwch chi fewn at Wil i weld y niws," meddai Mary wrthi.

Cododd Bet yn drafferthus, a gwnaeth Margaret le iddi fynd heibio iddi. Gwenodd Bet ar Ben wrth ei basio ac anelodd yntau ddyrnod bach chwareus i'w braich fel pe bai hi'n bedair ar ddeg yn hytrach na phedwar ugain.

"Y'n ni'n siarad gwleidyddieth yn amal, nag y'n ni?" gwenodd Ben ar ei gyflogwr wedi i Mary gau'r drws ar ôl Bet.

Roedd e'n moeli, a rywle tebyg i'r un oed â'i thad, ond yn ddim ond hanner ei faint. Rhaid bod gweithio o dan ddaear yn galetach nag oedd hi erioed wedi'i ddychmygu, meddyliodd Margaret. Doedd dim owns o gig wast ar gorff Ben Jones pan gyrhaeddodd e Goed Ffynnon, a doedd e erioed wedi gallu magu pwysau, er gwaetha'r ciniawau helaeth a gâi gan Mary bob dydd.

Roedd Margaret wedi clywed yn yr ysgol am weithwyr fferm yn gadael cefn gwlad Sir Aberteifi a Sir Gaerfyrddin i fynd i weithio yn y pyllau glo, ond dim ond Ben oedd hi'n gwybod amdano oedd wedi gwneud y daith am yn ôl, o'r pyllau i'r caeau.

"Ag yn tynnu coese'n gili heb feddwl dim drwg yn bersonol, chi na finne."

"Odyn," cytunodd Teifi'n betrus, heb syniad i ble roedd hyn yn arwain. "'Na beth sy ga'l o fyw mewn democratieth iach," ychwanegodd, yn fwy sicr ohono'i hun. "Gwa'nol iawn i beth gelet ti yn Mosco set ti'n meiddio anghytuno 'da Khrushchev."

"Brezhnev," cywirodd Ben. "Ond sai'n ame dim," cytunodd gan wenu'n llydan, wedi hen arfer â thynnu coes ei gyflogwr. "Y peth yw, mewn democratieth iach, fe allech chi weud y galle fe fynd yn bellach na dim ond siarad," meddai, ac am y tro cyntaf clywodd Margaret y tamaid lleiaf o amheuaeth yn ei lais.

Roedd Teifi yn y niwl unwaith eto, a rhaid bod hynny'n amlwg i Ben gan iddo ddal ati i egluro.

"Ma lot i ddysgu wrth ddadle 'da'ch gelynion gwleidyddol, dadle iach, sy byth yn mynd yn bersonol, a dros y blynydde, fel y'ch chi'n gwbod, wy wedi bod yn aelod o'r Blaid Gomiwnyddol, cyn i fi weld taw totalitarieth oedd yn 'u cymell nhw, a wedyn 'ny'r Blaid Lafur am taw sosialydd odw i i fêr 'yn esgyrn, yn credu mewn cydraddoldeb a gwerinieth atebol sy'n rhoi whare teg i'r gweinied, drwy wladwrieth les – "

"Wei, hold on," torrodd Teifi ar ei draws, a daeth i feddwl Margaret nad oedd ei thad, fwy na hithau, wedi deall hanner y geiriau oedd yn llifo mas o Ben fel pe na bai'n gallu rhoi ffrwyn ar ei dafod. "Sai'n gweld lle 'yt ti'n meddwl mynd 'da hyn."

"Ma cangen Sir Aberteifi o'r Blaid Lafur wedi gofyn i fi sefyll yn etholiade'r Cyngor Sir."

Rhythodd Teifi arno nes gwneud i Ben ostwng ei lygaid at y ford o'i flaen. Edrychodd Margaret ar ei mam, ond roedd hithau hefyd fel pe bai hi wedi anghofio'i hun yn ei syndod ac yn syllu â'i cheg ar agor ar Ben. Daliodd Margaret lygaid Defi John. Wrth wybod nad oedd y sioc i'w rhieni ond megis dechrau, trodd Defi John ei olygon at ei fysedd, lle roedd rhyfeddodau lu yn ôl y sylw a gaent ganddo.

"Gobeitho bo ti heb ddod i ofyn i fi seino dy bapur di," meddai Teifi o'r diwedd, a gwyddai Margaret nad yn ysgafn roedd e'n ei feddwl. Doedd e'n dal ddim wedi'i deall hi'n iawn.

"Nagw, wrth gwrs nag 'yf i," meddai Ben gan chwerthin gyda pheth rhyddhad.

Chwarddodd Teifi hefyd, a'r un rhyddhad i'w glywed ar ei lais yntau.

"Wel, pwy 'yf i i dy stopo di," meddai Teifi. "Ma hawl 'da dyn i neud beth mae e ise hyd yn o'd os odw i'n anghytuno 'da beth 'yt ti'n weud."

"Hollol," meddai Ben ac anadlu'n ddwfn. "O'n i'n gwbod taw 'na beth wedech chi. O'dd hwn man 'yn yn gweu'tho fi fod yn ofalus, gweud wrtha i na fyddech chi'n dyall – "

"Dad – " Rhoddodd Defi John ei law mas i atal ei dad rhag siarad. Gallai Margaret weld oddi arno ei fod wedi deall nad oedd ei thad eto wedi gweld ei hyd a'i lled hi'n llawn.

"Wel, bob lwc i ti weda i, hyd yn o'd os nag wy'n credu'n dy Feibil di." Cododd Teifi ar ei draed a chynnig ei law i Ben. Cododd Ben yntau i'w derbyn. "Gwe'tha i, lle ti'n meddwl sefyll?"

Gallai Margaret weld Ben yn gwelwi wrth sylweddoli nad oedd y geiniog wedi cyrraedd y llawr a gwelodd Defi John yn pwyso'i ben ar ei law fel pe na bai'n gallu dioddef edrych ar yr un o'r ddau ddyn.

Roedd Teifi'n dal i ysgwyd llaw Ben, er bod Ben wedi stopio'i hysgwyd ond yn methu'i thynnu o law y llall chwaith.

Gostyngodd ei olwg lathen neu ddwy nes glanio ar y trydydd botwm i lawr ar grys Teifi.

"Fyn 'yn," meddai'n floesg, a bu'n rhaid i Teifi ofyn "Beth?" i wneud yn siŵr ei fod e wedi'i glywed e'n iawn.

Credai Margaret mai'r peth cyntaf a wnâi ei thad fyddai tynnu ei law o law Ben a gweiddi arno i fynd mas drwy'r drws a'i epil ar ei ôl, ac i beidio â thywyllu carreg drws Coed Ffynnon byth eto.

Ond wnaeth e ddim. Daliai i afael yn llaw Ben, a hwnnw'n dal i sefyll yno fel pe bai e'n ysu am gael ei law yn ôl.

Daeth ysfa dros Margaret i chwerthin. Gwyddai mai tensiwn oedd yn peri iddi deimlo felly, nawr bod yr ofn o glywed yr hyn roedd hi wedi'i glywed wedi cilio, a'i thad heb ffrwydro fel y disgwyliasai iddo ei wneud.

"Ro'n i ishe gofyn i chi gynta," mwmiodd Ben.

Yna cododd ei ben a chlirio'i lwnc ac edrych yn syth i lygaid Teifi.

"'Na pham ddes i lan 'ma. I ofyn. Ddim i weud. I ofyn i chi a fydde 'da chi wrthwynebiad i fi 'mestyn tam' bach ar 'yn dadle ni, chi a fi, y dadle cyfeillgar rhynton ni, ag i finne sefyll yn y ward 'ma, achos taw hon yw'r unig un nag o's 'da'r gangen aelod i sefyll ynddi. A wedes i wrthon nhw y 'nelen i, ar un amod. A'r amod, wrth gwrs, o'dd bod 'da chi ddim gwrthwynebiad i fi neud. Sefyll fel bo 'da ni rywun i bobol foto iddo fe fydden i, ddim i ennill, achos wy'n ddigon llawn llathen i wbod nag o's gobeth yn y byd 'da fi o'ch maeddu chi. Wedyn…" dechreuodd yr hyder ei adael, a distawodd ei lais damaid, "wedyn 'na pham ddes i 'ma. I ofyn i chi gynta, cyn cytuno i sefyll."

A dyna pryd, sylwodd Margaret, yn y diwedd, y gadawodd Teifi i Ben dynnu ei law'n rhydd. Yn araf deg, trodd Ben a cherdded i gyfeiriad y drws. Cododd Defi John yn drwsgl a mynd i'w ddilyn.

Torrodd chwerthin Teifi dros y lle.

"Ben bach, o'dd dim ise i ti fod ofan gofyn," galwodd Teifi arno, a chamu i achub y blaen arno cyn iddo gyrraedd y drws. "Sda fi ddim gwrthwynebiad yn y byd i ti sefyll. Democratieth iach, fel gwedest ti. Rhydd i bawb ei farn ac i bob barn ei llafar."

Tarodd ei law'n gyfeillgar ar gefn ei was, a'i tharo eilwaith i ategu cymaint ei feddwl ohono.

"Chi'n siŵr nawr, Mr Morris? Fel wedes i, sai ishe 'ych pechu chi mewn unrhyw ffordd."

"Ni'n nabod 'yn gili'n rhy dda i hynny," meddai Teifi.

"Odyn," gwenodd Ben arno'n ddiolchgar. Aeth Teifi i ben drws i ffarwelio â'r ddau, ac wrth fynd mas mentrodd Defi John wenu i gyfeiriad Margaret, fel pe bai e am nodi mai fe oedd wedi bod yn iawn wedi'r cyfan. Wnaeth hi ddim troi bant oddi wrtho. Gwyddai fod tipyn o ffordd eto cyn i'r stori gyrraedd ei phen draw.

Aeth Defi John mas ar ôl ei dad, a theimlodd Margaret ei chyhyrau'n llacio – yn llawer rhy fuan, fe wyddai er ei gwaethaf – wrth iddi wrando ar lais ei thad mor hynod o fawrfrydig a chyfeillgar yn y drws. Gwelodd fod Elinor â'i phen mewn cylchgrawn, wedi llwyddo i ddianc rhag yr hyn oedd newydd ddigwydd heb adael y ford.

Cyfrodd Margaret yn ei phen: un, dau, tri, drws yn cau, unrhyw eiliad nawr, pedwar, pump, chwech, camau yn y cyntedd...

"Y bastard!" ffrwydrodd Teifi a'i lais yn atsain i bob cilfach yn y gegin fawr. Cododd Elinor ei phen, heb syniad sut roedd stori'r gegin wedi cyrraedd y fath benllanw a hithau wedi hen golli ei thrywydd wrth ei chyfnewid am stori'r cylchgrawn.

"Teifi!" ebychodd ei mam, heb ddisgwyl y gair hwnnw er gwaethaf ei chytundeb â'i sentiment.

"Y bastard!" gwaeddodd Teifi'n uwch. Roedd ei wyneb yn gochach nag y gwelodd Margaret e erioed o'r blaen a gwythïen yn ei dalcen yn bygwth dod mas drwy ei groen. Ai 'na beth yw strôc, tybed, holodd Margaret ei hun yn chwilfrydig.

"Shwt alle fe? Shwt *allith* e? Sdim busnes 'da'r pwrs bach, sdim busnes o gwbwl 'dag e, a chymryd 'yn arian i, neud 'i fywolieth ar 'y nghefen i, iddo fe ga'l cachu ar 'y mhen i. Arhosa di nes benna i gyda fe, y shit bach ag e!"

Cododd Margaret i adael y ford, heb ofyn am ganiatâd. Wrth iddi basio ei mam am y grisiau, gafaelodd honno yn ei braich.

"Sen i ti, sen i'n cadw ddigon pell 'tho'r mab 'na sda fe," meddai wrth Margaret.

A'r peth rhyfedd oedd, nes i'w mam ei ddweud, dyna'n union y byddai Margaret wedi'i wneud, cadw cyn belled ag y gallai oddi wrth Defi John a pheidio â gwastraffu ei hanadl yn siarad ag e eto. Ond am i'w mam ei ddweud, penderfynodd Margaret yn y fan a'r lle ei bod hi'n mynd i droi llygad dall at ei chyngor. Doedd hi ddim eto'n barod i golli'r ffrind gorau a fu ganddi erioed, dim ond achos rhyw gweryla dwl am syniadau nad oedd ganddynt ddiawl o ddim i'w wneud â hi.

Y noson honno, aeth ei thad i'w stydi a chau'r drws yn glep ar y tair ohonynt. Ddaeth hi ddim yn glir tan dair wythnos wedyn – rhag i bobl fod yn rhy barod i briodi achos ac effaith nad oedd a wnelo nhw ddim oll â'i gilydd – fod y Cynghorydd Teifi Morris, Coed Ffynnon, yn diswyddo Mr Ben Jones, ei was fferm. Fel y nododd yn y llythyr a anfonodd at Ben i'w hysbysu am ei ddiswyddiad, doedd ganddo ddim dewis ond gwneud hynny 'in light of inevitable reorganisation brought upon us by economic pressures within agriculture at the current time'.

"Fe wna i a Wil yn iawn heb y jawl," chwyrnodd wrth y tair pan ddaeth mas o'i stydi yn y diwedd ar ôl ysgrifennu'r llythyr diswyddo a gâi glwydo yn nrôr ei ddesg nes y byddai ei awdur yn barod i'w anfon.

Ac ar bob un o'r ugain diwrnod rhwng ei ysgrifennu gan un a'i dderbyn drwy'r post gan y llall, daliodd y ddau i chwerthin a thynnu coesau ei gilydd tra oedden nhw'n ffermio erwau âr a da a defaid Coed Ffynnon yn enw trafodaeth wleidyddol iach, heb i'r un gair croes go iawn lithro oddi ar dafod yr un o'r ddau.

7

TYNNODD JOHN SIGARÉT o boced ei got ledr, a rhedeg ei law drwy'i wallt. Wrth iddo droi ei gefn at wynt oer Bae Ceredigion, daliodd ei adlewyrchiad yn y drws. Bron na fyddai wedi nabod ei hun. O'r diwedd, roedd e wedi llwyddo i gael ei wallt i orwedd fel roedd e eisiau iddo'i wneud ers amser, a dim ond trwy fynd yn groes i ewyllys ei dad a gadael iddo dyfu'n ddigon hir i'w fwytho i siâp gyda Brylcreem yr oedd e wedi llwyddo i wneud hynny.

Gwenodd wrtho'i hun: doedd ei dad ddim yn mynd i ddigio'n ddifrifol am beth mor fach, yn enwedig ac yntau, John, wedi gwneud cystal yn yr arholiadau diwedd blwyddyn a ddaethai i ben y diwrnod cynt. Roedd John yn ddigon hirben i wybod ei bod hi'n llawer rhy fuan iddo ddechrau breuddwydio am yrfa, ond ers blynyddoedd roedd e wedi rhoi ei fryd ar astudio meddygaeth. Doedd e ddim wedi dechrau meddwl eto am y sut na'r beth na'r pwy na'r ble, ond o leiaf roedd e ar y ffordd, a thra'i fod e arni, roedd gobaith.

Tynnodd yn ddwfn ar ei ffag, ac ewyllysio i'r ciw mawr o'i flaen yn nrws y King's Hall gyflymu. Terwyn oedd wedi mynnu dod lan i Aberystwyth yn hytrach na mynd i'r Prince of Wales neu'r Black Lion, ac roedd John wedi ildio a chytuno i fynd gydag e'n gwmni y tro hwn. Wnâi punten neu ddwy o wario afrad ddim gormod o niwed, ac yntau'n haeddu dathlu ar ddiwedd blwyddyn ysgol arall. Gwyddai y byddai ei dad yn gwaredu pe bai'n gwybod fod ei fab dwy ar bymtheg yn talu arian da i fynd i weld rhywun yn canu – gweiddi canu, os canu o gwbl ym marn Ben – ac yn cael peint neu ddau ar ben hynny.

"Ti'n drychid fel un o'r bois Beatles 'na 'chan," meddai Terwyn gan fachu sigarét John o'i law a thynnu arni unwaith cyn ei phasio'n ôl.

"A finne'n treial drychid fel rywun o'r Stones," meddai John gan esgus pwdu.

"Weles i rheiny man 'yn yn *sixty-three*," meddai Terwyn, a gallai John dyngu ei fod wedi gwthio'i frest mas droedfedd neu ddwy wrth ddatgan ei ymffrost.

"Bachgen, bachgen," meddai John. Roedd Terwyn dair blynedd yn hŷn nag e a byth yn colli cyfle i'w atgoffa o hynny. Ac oherwydd ei fod e'n hŷn, a phum mlynedd ers i'r Stones fod yn Aberystwyth, doedd dim dal o gwbl faint o wir oedd yn honiad Terwyn ei fod e wedi'u gweld.

Trodd John i weld pa symud oedd ar y ciw bellach. Fyddai e ddim balchach o fod wedi gweld y Rolling Stones yn y King's Hall, na'r Beatles o ran hynny. Byddai wedi dwli pe bai cyngerdd Cymraeg wedi cael ei gynnal o fewn cyrraedd iddo, er mwyn dathlu dyfodiad gwyliau'r haf yn sain Dafydd Iwan neu Meic Stevens, ond doedd dim ar y gorwel nes y Steddfod a go brin y dôi i ben â thalu am le i aros yn y fan honno am wythnos. Nid y teithio i lawr i'r Barri oedd y broblem, na'r aros chwaith – doedd dim byd haws na bodio, a gallai'n hawdd ofyn am ddarn o lawr mewn pabell. Y broblem oedd talu i fynd i bethau, ac yntau prin yn gallu fforddio peint.

Chwarae teg, rhoddodd Ianto bapur chweugain iddo y tro diwethaf iddo ddod adre ar ymweliad o'r fferm yn Sir Benfro lle y gweithiai ers cyn y Nadolig, a'i rybuddio i'w gadw iddo fe'i hunan. Roedd Ianto eisoes wedi rhoi cyfraniad i'w dad at y cyflog bach a enillai hwnnw fel gofalwr rhan-amser yn yr ysgol uwchradd ar ôl i Teifi Morris gael ei wared. At hynny, roedd e wedi gadael ei siaced ledr ar ôl er mwyn i John ei benthyg – y siaced roedd e wedi gweithio'n galed i dalu amdani rhwng ei gyfraniadau i'w dad a'i frawd a'i chwaer.

"Gei di fwy o gyfle i'w gwisgo hi na cha i," roedd Ianto wedi'i ddweud, ac aeth ias o gywilydd neu gydwybod i lawr asgwrn cefn John wrth gofio hynny nawr, er nad oedd unrhyw chwerwedd o gwbl at ei stad wedi cymell Ianto i yngan y geiriau. Diolchai John yn dawel bach fod Ianto wedi gallu mynd yn ddigon pell o Aberaeron, cyn iddo ddechrau chwerwi.

Ryw ddydd fe gaf i ddechrau talu 'nôl, meddyliodd John.

Naw mis yn ôl bellach, cyrhaeddodd y llythyr gan Teifi'n diswyddo eu tad, yna, ymhen wythnos, derbyniodd Ianto'r un newyddion, yr un esgusodion, mewn llythyr gan Billy Haleliwia'r Bwtsher, yn ei ddiswyddo yntau. Cyd-ddigwyddiad bach digon hynod oedd bod Teifi Morris, cynghorydd, a Billy Haleliwia, bwtsher, yn mynychu'r un *lodge*.

"Ti'n siŵr?" holodd John iddo a'r cynnwrf yn amlwg ar ei lais, wrth i Ianto estyn ei siaced iddo.

"Dyw hi ddim un iws i fi ar y ffarm," meddai Ianto. "Edrych ar 'i hôl hi i fi nes bo fi gartre nesa."

Hanner ofnai i Ianto dynnu'r cynnig 'nôl ar ôl ei roi mor barod. Roedd y got ledr wedi bod yn rhan o freuddwyd lle gwelai John ei hun yn sefyll wrth y bar yn y King's Hall yn ei gwisgo, ei wallt fel roedd e nawr, yn ufudd, a pheint yn un llaw, ffag yn y llall, a merch benfelen bert yn dod ato a gofyn iddo am dân; yntau'n tanio ei sigarét drosti a gofyn iddi beth roedd hi'n ei feddwl o'r grŵp ar y llwyfan, a hithau'n ateb, digon da, ond trueni nad y Blew oedden nhw, roedd hi wedi clywed fod y Blew'n ffab. A finnau hefyd, byddai John yn ei ddweud, wedi clywed yr un peth, 'na dr'eni'u bod nhw wedi bennu – a beth oedd ei henw hi, gyda llaw? Gwenllian, byddai hi'n ei ddweud, ond mae pawb yn 'y ngalw i'n Gwenlli. Wel, Gwenlli (neu unrhyw enw arall dan haul), byddai John yn ei ddweud, licet ti ddod am dro ar hyd y prom? Os na chewn ni'r Blew, gewn ni glywed symffoni tonne Môr Iwerddon yn taro creigiau Consti...

"John!"

Daeth yn ymwybodol fod Terwyn wedi galw ei enw fwy nag unwaith. Trodd, a gweld fod y ciw wedi mynd i mewn drwy'r drws, a Terwyn bellach yn ei ddal yn agored iddo.

8

DOEDD E ERIOED wedi bod mewn cyngerdd lle roedd pawb yn sefyll ar eu traed o'r blaen. Bu mewn twmpathau a nosweithiau llawen, a dim byd gwell na bêls gwair i osod ei ben-ôl arnynt, ac mewn eisteddfodau a chyngherddau mewn capeli a neuaddau pentref; bu mewn cyngerdd yn y King's Hall cyn hyn, gan eistedd yn un o'r rhesi seddi a orchuddiai'r llawr, yn edrych ar Gôr Orffiws y Rhos, Jac a Wil a'r Pelydrau, yn yr union fan yma lle roedd cannoedd o bobl ifanc yn dawnsio nawr, yn poeni dim am roi gorffwys i'w traed. Prin roedd rhai o'r dawnswyr yn edrych ar y band ar y llwyfan. Ceisiodd John wneud pen neu gynffon o'r geiriau roedden nhw'n eu canu, ond lwyddodd e ddim i ddeall mwy na llond llaw ohonynt. Doedd e ddim wedi cael clywed y Blew, ond hyd yn oed os mai sgrechen anystywallt oedden nhw wedi'i wneud o'i gymharu â melodïau swynol Dafydd Iwan, o leiaf roedd e'n sgrechen anystywallt Cymraeg.

"Ti ise peint arall, Elvis?" gwaeddodd Terwyn arno.

Naill ai roedd e wedi newid o fod yn edrych yn debyg i un o aelodau'r Beatles i fod yn edrych yn debyg i Elvis, neu roedd Terwyn yn credu mai un o aelodau'r Beatles oedd Elvis – a gwyddai John mai'r ail oedd fwyaf tebygol o fod yn wir. Nid meibion fferm Sir Aberteifi oedd y bobl ddisgleiriaf eu gwybodaeth am ddiwylliant canu pop Lloegr ac America, er na fentrai e honni hynny'n gyhoeddus wrth neb dros ei grogi.

"Na, wy'n iawn," meimiodd ar Terwyn dros y sŵn.

Doedd e ddim am afradu arian ar fwy nag un peint. Gwyddai'n rhy dda o'r hanner beth oedd cynilo. Golygai peint o gwrw beint o laeth a thorth. Gwelodd adegau pan oedd ei dad yn torri'r bara'n deneuach ac yn pilo tato fel siafo babi ar ôl symud o'r tŷ teras yn Queen Street i un o dai cyngor llai o faint Sir Aberteifi am na allen nhw fforddio'r rhent wedi i'w dad golli ei waith.

Wedyn daeth ei dad o hyd i waith fel gofalwr yn yr ysgol uwchradd, a stopiodd y mesur tafelli a marcio modfeddi ar y botel laeth. Ond daliai John i fethu'n lân ag edrych ar beint o gwrw heb weld potel laeth ac ystyried y gwastraff ar arian prin.

"Defi John?" Clywodd lais cyfarwydd yn galw ei enw. Byddai wedi'i hadnabod hyd yn oed pe na bai ei llais mor gyfarwydd gan mai hi oedd yr unig un fyddai'n ei alw'n Defi John.

Ceisiodd ymladd y dryswch yn ei feddwl a phenderfynu – pe bai dim ond iddo fe'i hunan – a oedd e'n falch ei bod hi yno, neu a oedd e'n ddiawledig o grac fod hon o bawb yn gorfod bod yn yr un fan ag e, ac yntau'n trio'i orau glas i fwynhau ei hun am unwaith.

"Bennu ysgol!" Lledodd Margaret ei breichiau a gwenu fel gât. Gallai John weld ar hynny fach ei bod hi wedi bod yn yfed.

Trodd John oddi wrthi. Doedd dim hwyliau mân siarad arno o gwbl, a dim ond mân siarad oedd wedi bod rhyngddynt ers misoedd, ers mis Hydref. Mân siarad fel lliain bwrdd gwyn dros bob math o stecs…

A dyma hi nawr. Roedd e newydd deithio 'nôl yn ei ben i'r rheswm pam roedd e'n teimlo'n euog fod ganddo beint yn ei law – neu waddod peint bellach – a'r eiliad nesaf roedd Margaret wedi ymddangos. Fel barn.

"Wel!" Safai yn ei ymyl, yn pwyso i mewn ar ei fraich, yn fflyrtio ag ef. "Ti'm yn mynd i brynu drinc i fi 'te?"

Aeth rhywbeth drwy John. Gwyddai o'r gorau mai mewn diniweidrwydd pell-o-fod-yn-sobr roedd hi'n siarad, ac na allai fod yn tynnu arno o fwriad. Roedd hi wedi cadw'i phellter ar ôl y llythyr, am wythnos neu ddwy o leiaf, ond roedd hi'n amlwg wrth iddo edrych arni yn y gwasanaeth boreol ac ar goridorau'r ysgol, lle byddai'n bwrw mewn iddi, ei bod hi'n teimlo cywilydd am yr hyn a wnaethai Teifi Morris. Cymerodd amser iddi fagu digon o ddewrder i siarad ag ef, a doedd pethau ddim yr un fath â chynt pan ddigwyddodd hynny.

"Ma'n flin 'da fi," cofiodd hi'n dweud.

"Ddim ti roddodd y sac iddo fe," roedd yntau wedi ateb, gan wthio'r geiriau mas heibio i lwmp o atgasedd at bawb a phopeth a berthynai iddi.

Gadawyd y peth ar hynny. Gorchmynnodd Ben ei fab i beidio â siarad â neb am y peth y tu fas i'r teulu. Doedd e ddim yn fusnes i neb arall, a waeth pa mor grac oedden nhw'n teimlo ynglŷn â'r anghyfiawnder, wiw iddynt ei leisio, gan fod hynny ond yn creu baw a llaca na fyddai byth yn clirio. Gwyddai aelodau cangen y sir o'r Blaid Lafur beth oedd wedi digwydd i Ben, ond ddywedodd Ben erioed air pellach wrth neb am y peth. Gwelai gydymdeimlad ac roedd hynny'n ddigon. Cynigiodd un neu ddau ei helpu'n ariannol, ond gwrthododd Ben yn raslon.

Daliodd ati i ganfasio'n frwd dros gael ei ethol i'r Cyngor, gan wybod yn iawn na lwyddai i ennill trwch yr etholaeth o blaid dieithryn di-waith o'r sowth. Ond doedd dim troi arno. Mynnodd sefyll, ac yn y diwedd llwyddodd i wneud yn rhyfeddol, gan ddod o fewn llai na hanner cant o bleidleisiau i gyfanswm Teifi Morris, canlyniad y gallai fod yn eithriadol o falch ohono. Roedd yn destun balchder i John hefyd, er gwaetha'r ffaith ei fod e wedi ymuno â Phlaid Cymru ers cyn yr etholiad ac wedi bod yn canfasio drosti mewn wardiau eraill. Ni rwystrodd hynny fe rhag mynd gyda'i dad o ddrws i ddrws unwaith neu ddwy, ac roedd e'n dal yn ffyddiog y gallai droi ei dad at y Blaid cyn etholiadau nesaf y Cyngor, a threchu Teifi

Morris y tro hwnnw. Rhwbio'i wyneb e yn y baw cyn belled ag y gallen nhw.

"Os ti ise rwbeth i yfed, ma tapie'n y tai bach," meddai John wrthi. Sylweddolodd ei fod yn swnio'n gasach nag oedd e'n fwriadu oherwydd iddo orfod gweiddi uwchben sŵn y grŵp.

"Defi John!"

Arferai ei ffordd hi o'i alw wrth ei enw llawn ei wylltio, ac roedd e wedi dweud wrthi droeon, 'nôl yn yr adeg pan oedden nhw'n treulio amser gyda'i gilydd, am ei alw'n John. Ond doedd hi erioed wedi gwrando. Rhaid ei bod hi, o hir arfer, wedi mynd i fethu â'i alw'n ddim byd arall. Bellach, doedden nhw ddim yn siarad â'i gilydd yn ddigon aml i'r peth ei gorddi.

Doedd e ddim wedi mynd ati'n fwriadol i'w hosgoi, na hithau i'w osgoi yntau, ond dyna lwyddon nhw i'w wneud yn y diwedd. Gwelai hi sawl gwaith y dydd yn yr ysgol, wrth gwrs, ond doedd yr un o'r ddau'n ddigon dewr i gynnal sgwrs iawn, sgwrs fel o'r blaen.

Ymestynnodd Margaret ei gwddw er mwyn dweud yn ei glust:

"Wy wedi gweld dy golli di."

Teimlodd John rywbeth yn rhoi y tu mewn iddo, fel pe bai'r wal fawr o gasineb – na, nid casineb, rhywbeth tebycach i ddihidrwydd bwriadus – erioed wedi cael ei chodi ynddo. Ers naw mis roedd e wedi ei chau hi mas, i ffwrdd yn bell oddi wrth ei deimladau, gan wybod ei bod hi yno, rywle, y tu mewn o hyd, yn barod iddo gydnabod ei cholli.

A dyma hi nawr yn dweud yr union eiriau roedd e wedi gwadu'u bodolaeth yn ei feddwl ei hun yn ôl wrtho. Dyna i gyd oedd angen iddo'i wneud oedd cyfaddef wrthi'n ôl: "A finne tithe."

Ond merch Teifi Morris a safai o'i flaen a mab Ben Jones oedd e.

Wedyn, pan welodd hi nad oedd e'n mynd i ddweud yr un peth 'nôl wrthi hi, roedd Margaret wedi gafael yn llawes ei got ledr a'i arwain at y drws.

"Beth ti'n neud?"

Pasiodd Terwyn a pheint newydd yn ei law, a gwelodd hwnnw Margaret yn tynnu John gerfydd ei fraich.

"Jawch, whila un 'run peth i finne."

Mas yn y cyntedd, anelodd Margaret at y grisiau i'r balconi, a phenderfynodd John mai digon oedd digon.

"Hei!"

Trodd hithau ato a golwg ddiniwed ar ei hwyneb.

"Stopa'i. Sai'n gwbod beth yw dy gêm di, ond sai'n was i ti."

Deallodd Margaret lif ei feddyliau'n syth. Pasiodd Sylvia Humphries i fyny'r grisiau fraich ym mraich â rhyw fachan dieithr, ond wnaeth Margaret ddim troi i'w chyfarch. Gadawodd iddynt fynd i mewn drwy ddrws y balconi cyn parhau i siarad â John.

"Ise gair 'da ti wy," meddai wrtho. "Sai'n gallu siarad lawr myn 'na. So ti'n meddwl bod hi'n bryd?"

Bron na ddôi dagrau i'w lygaid gan mor bert oedd hi. Doedd e erioed wedi'i gweld hi felly o'r blaen: gweld ffrind oedd e slawer dydd, nid gweld merch. Ac roedd hi wedi newid cymaint, wedi llenwi mewn mannau, a meinhau mewn mannau eraill; wedi ymestyn nes ei bod hi o fewn tair modfedd i'w daldra fe, mae'n rhaid; a choesau menyw oedd ganddi nawr yn y teits sgleiniog dan y ffrog fach fini goch, nid coesau merch fferm wedi'u gorchuddio â chrafiadau lu. Roedd hi wedi torri'i gwallt hir melyn yn steil y 'bob' ffasiynol, a gweddai iddi, gan gwpanu'r wyneb oedd yn llawn o'i llygaid dyfnion, tywyll a'i gwefusau coch. Nid ei Fargaret e oedd hi, ond roedd hi'n Fargaret roedd e'i heisiau mewn ffordd na fu arno'i heisiau o'r blaen, ddim fel hyn, nes mynd yn boenus ynddo.

Arweiniodd e i fyny'r grisiau i gornel y cyntedd y tu fas i ddrysau'r balconi lle roedd y cyplau'n mynd i gusanu. Eisteddodd John mewn alcof yn y cysgod, mas o olwg y rhan fwyaf o'r rhai oedd yn mynd a dod law yn llaw. Gwthiodd Margaret i mewn heibio iddo a chodi ei choesau y tu ôl iddo nes ei bod hi'n eistedd yn dwt yn yr alcof a'i breichiau am ei phengliniau.

"'Da Sylvia ddest ti 'ma?" holodd John, am nad oedd hi wedi dweud dim byd, dim ond edrych arno. Diolchodd John nad oedd e'n gorfod edrych arni, gan mor boenus oedd hynny iddo.

"Ie. Yn car Richard Bryn Celyn. Sylvia, fi, Pat McNulty a Robert Carrington sy'n mynd mas 'da'i, ffrind Richard Bryn Celyn."

Roedd John wedi gweld Richard Morgan Bryn Celyn yn rasio rownd sgwâr Aberaeron yn ei Triumph Herald, a chlywodd fod merched y dref i gyd yn tynnu ato fel pryfed er mwyn mynd am sbin yn ei *open top*. Digon i godi cyfog.

"Ti'n ffrindie da 'da Richard," meddai wrthi heb allu stopio'i hunan mewn pryd.

"Fi prin yn nabod e," meddai Margaret, "mynd 'da Sylvia a Pat wy. Handi i ga'l lifft, 'nai gyd. Gaf i gar 'yn hunan flwyddyn nesa, wedyn fydd dim angen lifft arno fi."

"Neis i ti," meddai John, heb allu stopio'i hun unwaith eto. Doedd e ddim yn nabod ei hunan wedi mynd: fuodd e erioed yn berson cenfigennus ei natur, er iddo gael achos i fod droeon. Welai e ddim gwerth mewn dyheu am bethau oedd mas o'i gyrraedd – hyd yn oed pe bai ganddo ddiddordeb mewn ceir a phethau felly. Peiriannau i'w gario o A i B oedd ceir, fel bysys a threnau, ac ni welai synnwyr o fath yn y byd mewn rhynnu i farwolaeth mewn ceir to agored.

"Ffarm dda yw Bryn Celyn. Yn fwy na Coed Ffynnon hyd yn o'd. Sdim lot o ffermydd rownd ffordd hyn mor fowr â hi."

"Beth ti'n dreial neud, John, priodi fi off 'da Richard Bryn Celyn?"

Doedd e ddim yn gwybod beth roedd e'n geisio'i wneud. Roedd y genfigen a deimlai'n ei wneud yn ddieithr iddo'i hun. Ond roedd hi wedi'i alw e'n John am y tro cyntaf erioed.

"Ti'n swno'n union yr un peth â Father," meddai Margaret a sylweddoli wrth ei ddweud, mae'n rhaid, na ddylai grybwyll ei thad wrtho, gan iddi ddweud 'sori' yn syth wedyn.

"Odi dy dad ise ti briodi fe 'te?"

"Paid siarad dwli. Ddim fe. Rywun. So fe ise i Elinor a fi offo gweitho. Cadw tŷ, ie, ond ddim mynd mas i ga'l job."

Ynganodd 'mas i ga'l job' fel pe bai hi'n sôn am fynd mas i gachu'n y cae, a wyddai John ddim faint o'i amhleser oedd yn ddynwarediad o agwedd ei thad a faint oedd yn deillio ohoni hi ei hun.

"Mae e ise i ni hastu lan a phriodi. Oedd Elinor a fe arfer cwmpo mas ambitu'r peth trwy'r amser."

Sylweddolodd John nad menyw mewn oed oedd hi wedi'r cyfan, ond croten ysgol un ar bymtheg, flynyddoedd lawer yn rhy ifanc i'w thad fod yn siarad fel hyn.

"Ma fe ffili madde i Elinor a fi am fod yn ferched."

"So ti'n *ca'l* gadel ysgol," meddai John er mwyn symud yn ddigon pell o siarad am ei thad.

"Tyff. Wy wedi'n barod. Ddoe. Ar ôl bennu'n *exam* ola."

Trodd John i edrych arni mewn syndod wrth sylweddoli fod cymaint o ddŵr wedi mynd o dan y bont ers iddynt siarad yn iawn.

"Ma raid i ti neud lefel A a mynd i coleg, ma gormod yn dy ben di i beido."

"So fe wir yn ddewis i fi."

"Yw dy dad yn dy orfodi di?"

"Elen i ddim mor bell â 'ny. Ond sai eriôd wedi meddwl am goleg a stwff fel 'ny. Setlo lawr, 'na beth 'yf fi'n plano neud."

"Sdim mwy na 'ny o uchelgais 'da ti?"

Doedd e ddim yn credu ei glustiau. I ble'r aeth yr wmff yn y ferch? Doedd hi ddim wedi siarad am yrfa erioed, fe wyddai, a doedd hi ddim y disgleiriaf yn ei blwyddyn, ond roedd e wedi cymryd yn ganiataol y byddai hi 'nôl yn yr ysgol fis Medi fel arfer.

"Sai'n galler credu bo ti wedi dishgw'l sen i'n neud lefel A."

"Wrth gwrs bo fi."

"I beth? Sdim byd mwy dibwynt na dwy flynedd arall o ysgol. A ti off dy ben os ti'n meddwl elen i byth i goleg."

Er mai gwamalu roedd e wedi'i wneud ynghynt wrth sôn amdani'n priodi ffermwr cyfoethog – gwamalu am fod ei genfigen yn gwneud iddo ddweud pethau casach nag oedd e'n ei feddwl mewn gwirionedd – gwelai nawr ei fod e, yn ddiarwybod iddo, wedi taro'r hoelen ar ei phen.

"Odi fe'n meddwl dei di o hyd i ŵr mewn lle fel hyn 'te?" gofynnodd, gan wybod ei fod e'n trethu ei hamynedd yn dal ati ar yr un hen diwn. Pam na allen nhw siarad am rywbeth arall? Roedd hi'n ymddangos mor barod i dderbyn y dyfodol diflas roedd ei thad wedi'i fapio ar ei chyfer, fel pe na bai dewis arall ond ei dderbyn yn ddigwestiwn, cael ei denu gan y trimins a ddôi o fod yn wraig i ffermwr cyfoethog.

"So nhw'n gwbod lle 'yf i," meddai Margaret, ac roedd tamaid bach o sbarc yn ei llygaid hi bellach. "Ma Elinor yn cyfro drosta i, gweud bo fi mas gyda hi a'i chariad yn ca'l pryd bach o fwyd. Union fel o'n i arfer cyfro drosti hithe."

Cofiodd John iddo ddarllen yn y *Cambrian News* fod Elinor wedi dyweddïo â rhyw fab fferm o gyffiniau Aber-arth rai misoedd ynghynt. Ni allai honno fod fawr hŷn na deunaw.

Doedd ei rebelio tra oedd yn ifanc (beth oedd hi nawr ond ifanc?) ddim wedi troi dim ar lanw anorfod cynlluniau ei thad ar ei chyfer. A'r peth anoddaf un i John ei dderbyn oedd bod y ddwy i'w gweld yr un mor analluog i ddirnad fod unrhyw drefn arall yn bosib.

"Ti'n cofio ni'n hala orie'n whare mas?" meddai Margaret, ac aeth trydan drwyddo wrth iddo'i theimlo'n chwarae â choler ei siaced ledr. "Ag yn hala orie'n gwrando ar records."

Cofio, oedd. Sut gallai e beidio? Roedd e wedi treulio canran go helaeth o'i oes yn ei chwmni; yn chwarae, yn dringo coed, yn gwrando ar y grwpiau a âi â'i bryd hi, yn chwarae Scrabble ar lawr ei hystafell wely, tŷ bach twt yn y sied wair, cicio pêl yn yr ydlan, cwato yn y tai allan, tenis ar y clos…

"Ti'n dala i wasto dy amser 'da'r pethe whalu seins 'na?"

Meddyliodd John am Terwyn, nad oedd e erioed wedi mynd ymhellach nag estyn sbaner i rywun arall gael tynnu arwydd 'Lampeter' yng Nghiliau Aeron, a phenderfynu nodio yn lle ysgwyd ei ben.

"Withe," meddai. "Fydd hi'n haws protestio yn coleg… os af i i coleg."

Difarodd adael i'r sgwrs fynd yn ei blaen at ei gynlluniau e ar gyfer y dyfodol. Doedd y dyfodol ddim yn ddigon rhydd o effeithiau'r gorffennol iddo allu bod yn siŵr o beidio â sôn am bethau na ddylid eu trafod.

"Wrth gwrs 'ny. Ti'n mynd i fod yn ddoctor. Ti wystyd wedi gweud bo ti'n mynd i fod yn ddoctor."

"Wel, ma hawl 'da dyn i newid 'i feddwl." Ymdrechodd i swnio fel pe bai e'n dweud y gwir. "A phwy call sy ise whech mlynedd o goleg?"

"'Na beth sy," meddai hi'n ddistaw, a sylweddolodd John nad oedd dim a âi heibio i hon. Roedd hi'n ei nabod e'n iawn.

"O's dim grantie i ga'l?" holodd wedyn.

"O's," meddai John yn ffug ddidaro. "Digonedd."

"Pam na ei di 'te?"

Trodd i edrych arni. Ymbiliai ei llygaid am gael ei ddeall eto fel yr arferai ei ddeall a theimlodd yntau awydd i ddweud wrth rywun beth oedd yn gwasgu arno, beth oedd wedi bod yn gwasgu arno ers bron i flwyddyn. Bu adeg pan allai ymddiried ei gyfrinachau iddi. Oedd y dyddiau hynny wedi dod i ben?

"Ddim mater o allu talu'n ffordd yn coleg yw e, ond mater o fethu talu'n ffordd gartre. Mai'n anodd ar Dad a Nesta. I beth af i i hala whech mlynedd yn coleg i ddod yn ddoctor a nhwythe'u dau'n byw ar y nesa peth i ddim?"

Daliai i syllu arno, fel pe bai gobaith ganddi o ddod o hyd i'r ateb rywle yn ei wyneb.

"O's neb – ?"

Ysgydwodd John ei ben. "Na. Ddim heb fynd i fegian."

Roedd un wedi cynnig helpu. Cyfaill i'w dad, nad oedd e ond saith mlynedd yn hŷn na John ei hun. Daethai 'nôl adre i Aberaeron y flwyddyn cynt, yn ddoctor teulu ifanc i bractis Dr Featherton. Doedd e'i hunan ddim yn aelod o'r Blaid Lafur ond roedd e'n ffrindiau â chadeirydd y gangen ac yn aml yn ymuno â nhw wedi'r cyfarfodydd i drafod y sefyllfa wleidyddol, yn enwedig sut oedd hi yn y gwasanaeth iechyd gwladol dan lywodraeth Wilson. Er mai bachgen lleol oedd Walter, roedd ei wraig yn hanu o'r un ardal â Ben, o Abercynon yng Nghwm Cynon, a hynny rywsut yn creu cysylltiad arbennig rhyngddynt. Unwaith y clywodd Walter – sut y clywodd, ni chofiai John, ai slip gan Nesta neu beth? – fod mab Ben â'i fryd ar fynd yn ddoctor, nid oedd pall ar ei anogaeth iddo wneud hynny a'i gyngor ar y llwybrau cyrsiol gorau ar gyfer y crwt.

Rhaid mai Dot, ei wraig, oedd wedi deall yn y diwedd pam nad oedd John yn ymateb fel y disgwylid iddo wneud i frwdfrydedd heintus Walter ar ei gyfer, gan mai hi awgrymodd wrth alw heibio â llond basged o gacs bach i Ben a'r plant y gallen nhw ddod i ryw fath o drefniant at goleg y plant pe bai Ben yn fodlon iddynt helpu.

'Y plant' ddywedodd hi, cofiai John hynny nawr. Roedd hi'n betrus iawn, fel pe bai hi'n gwybod y byddai ei chynnig yn glanio ar glustiau byddar. Diolchodd Ben iddi, a dweud yn gwrtais y dôi i ben yn iawn ei hunan, ac os mai doctor oedd ei fab e eisiau bod, yna welai e ddim pam na châi e, yn y dyddiau goleuedig oedd ohoni dan lywodraeth sosialaidd, wneud yn siŵr ei fod e'n mynd i goleg a'r un ohonynt yn gorfod mynd yn brin o ddim byd o gwbl.

Wnaeth Dot ddim gofyn wedyn rhag pechu ei dad, ond gwyddai John y gallai droi ati hi a Walter pe bai gwir angen. Ond roedd gwneud i'w hunan ymostwng i wneud hynny'n fater gwahanol. Teimlai ei fod e wedi'i gau rhwng dau rym a wrthdynnai, ond a oedd eisiau'r un peth ar ei gyfer: roedd ei dad yn rhy styfnig i gydnabod effaith chwe mlynedd o goleg John ar ei fywyd e'i hun a Nesta, ac roedd Walter a Dot yn gweld hynny ac yn benderfynol o helpu, a John ofn pechu ei dad drwy dderbyn eu help, tra gwyddai ar yr un pryd na allai fynd yn agos i goleg heb fodd o helpu tipyn ar ei dad. Yr unig ateb oedd anghofio'i freuddwyd o fynd yn ddoctor tan y byddai'n haws arnynt fel teulu o leiaf.

"Balchder!" meddai Margaret. "Ti'n swno fel Mam."

Parodd y syniad fod unrhyw debygrwydd o fath yn y byd rhyngddo a Mary Morris Coed Ffynnon i John chwerthin yn uchel.

"Gaf i weld," meddai i gloi'r drafodaeth ar ei ddyfodol.

Roedd hi'n dal i chwarae ei bys ar hyd ei goler.

Trodd ati, a cheisio darllen ei llygaid i weld a oedd gwahoddiad ynddynt. Roedden nhw fel ogofâu y gallai'n hawdd fynd ar goll ynddynt. Ar wahân i gusan garbwl rhyngddo a

Morfudd Pen Ffordd mewn parti priodas fisoedd ynghynt, doedd John erioed wedi cusanu merch o'r blaen. Gobeithiodd â'i holl galon wrth blygu ei ben ati na fyddai hi'n tynnu 'nôl, neu'n waeth byth, yn rhoi clatsien iddo.

Wnaeth hi ddim. Cusanodd hi a'i theimlo'n ildio'n llwyr i'w goflaid. Daliodd ei hun yn poeni mai dim ond y ddiod oedd yn gadael iddi wneud hyn, na fyddai'r Fargaret sobr byth wedi caniatáu iddo wneud y fath beth. Yn ei feddwl, gwyddai na ddôi da o hyn.

"Ewn ni i'r balconi," meddai Margaret â'i llais yn gryg.

Dilynodd John hi am na fyddai byth wedi gallu peidio.

9

GAN FOD GOLWG wedi blino ar ei dad, roedd John wedi cynnig mynd lan i'r ysgol drosto i gloi'r neuadd ar ôl i'r côr fod yn ymarfer. Ar ei ffordd yn ôl oedd e pan welodd hi'n eistedd gyda Sylvia a Pat wrth y ford agosaf at ffenest Paris House. Croesodd John y stryd tuag atynt.

Gwyddai ei fod e'n mentro'i llid yn mynd atynt, ond doedd e ddim wedi gallu meddwl am fawr ddim byd arall ers y noson yn y King's Hall dros saith wythnos yn ôl bellach. Roedd yn rhaid iddo gael gair â hi.

Aethai lan i Goed Ffynnon wythnos wedi'r cusanau yn seddi ôl y balconi yn y King's Hall, a llyncu pob owns o falchder, a oedd yn gymysg â nerfusrwydd, wrth roi cnoc ar y drws mawr derw. Gwyddai y byddai'n rhaid iddo wynebu ei mam a doedd e erioed wedi bod yn gawr o hyder yng nghwmni honno. Go brin y gwelai ei thad a hithau'n ganol prynhawn: byddai cant a mil o dasgau'r fferm yn galw am ei sylw a fawr o siâp eu cyflawni ar ei ben ei hun ar yr hen Wil, yn go wahanol i'r hyn y medrid ei honni am ei dad. Ond byddai Teifi Morris wedi cyflogi gwas arall bellach, debyg iawn, meddyliodd wedyn, gan bentyrru'r rhesymau dros grynu yn ei esgidiau wrth nesu at y tŷ.

Ond Bet atebodd y drws, a llanwyd John â mwy o ryddhad nag y byddai wedi disgwyl ei deimlo o beidio â gorfod wynebu Mary na Teifi Morris. Arferai gael amser da yn tynnu coes yr hen Bet a'i meddwl carbwl, druan fach.

"Odi Margaret gartre?" holodd hi wrth weld nad oedd hi'n mynd i'w gyfarch.

"Pwy ga'i weud y'ch chi 'te?"

"John," meddai John, heb synnu llawer. Roedd hi ymhell o fod yn ei phethau flwyddyn yn ôl pan fu yno ddiwethaf. Gwell dangos iddi ei fod e'n ei nabod hi. "Ffrind Margaret. Shwt y'ch chi, Bet?"

"Ma Bet yn itha da," meddai gan droi ar ei sawdl. Petrusodd John am eiliad, rhag ei phechu, neu rhag ofn bod Mary ar ei ffordd tuag atynt o grombil y tŷ. Ond gan na ddaeth neb, dilynodd Bet i'r gegin, gan sylwi ar y sandalau Scholl swnllyd eu clep oedd ganddi amdani. Go brin mai hi oedd pia nhw, meddyliodd: roedd y fenyw ymhell dros ei phedwar ugain, ac yn fwy cartrefol mewn clocsiau nid annhebyg eu sŵn, ond annhebyg iawn eu ffasiwn, i'r hyn oedd amdani.

Trodd Bet ato eto ar ôl cyrraedd pen y ford fawr, a gallai John dyngu iddo'i gweld yn neidio yn ei syndod o weld fod rhywun wedi'i dilyn i'r gegin.

"Odi Margaret 'ma?" holodd John eto.

"Hmm." Cododd ei llaw at ei cheg a golwg meddwl yn ddwys arni. "Margaret… sefwch chi…"

Ac yna roedd y meddwl wedi'i gadael unwaith eto wrth iddi edrych ar John a dilyn trywydd arall.

"Nawr'te, pwy ga'i weud y'ch chi?"

Gallai hyn bara am byth, meddyliodd John.

"Oes rywun arall gartre?" cynigiodd.

Go brin y bydden nhw wedi mentro i unman a gadael Bet ar ei phen ei hun yn y tŷ.

"Gartre?" holodd Bet, cyn lledu ei breichiau led y pen a bwrw iddi i ganu "Do's unman yn debyg i ga–", ac ar y pwynt yma, triliodd y nodyn "a–a–a–" yn bur effeithiol o ystyried ei hoed mawr, a chynnal y nodyn olaf un: "–rtreeeeeeee."

"Brafo! Brafo!" curodd John ei ddwylo'n frwd, ac aeth Bet ati i fowio'n ddwfn ac yn ddramatig gan chwerthin, yn falch o'r gymeradwyaeth.

Rhaid bod yr holl sŵn wedi tynnu Margaret o'i hystafell wely, gan iddi ymddangos yn ystod y sbort. Chwaraeodd gwên ar ei gwefusau wrth weld John yn hiwmro'r hen Bet, ond pharodd hi ddim yn hir.

Eisteddodd Bet wedi blino'n lân ar y setl wrth y wal, ac aeth Margaret at John.

"O'dd raid i fi dy weld di," meddai yntau cyn iddi allu dweud dim.

"Alli di ddim," meddai Margaret.

Doedd John ddim wedi arfer â'i gweld hi'n nerfus. Arferai fod yn orlawn o hyder, ac yn poeni dim beth ddywedai ei rhieni.

Ond roedd pechu a phechu, a gallai weld arni y byddai iddynt wybod am eu perthynas yn creu pob math o drwbwl.

"Fydd raid i ti fynd," meddai Margaret a rhoi ei dwylo ar flaen ei grys, yn union fel pe bai hi'n ei wthio at y drws.

"Pwy ga'i weud y'ch chi 'te?" clywodd Bet yn holi iddo fe, neu i Margaret, allai e ddim dweud. Neu hyd yn oed i'r hen gloc tad-cu a safai o'i blaen yn y gegin.

"Plîs…"

"Na, John!"

"Muned fach…"

"Weloch chi shwt siâp o'dd ar 'i John Wili fe?"

Trodd Margaret ei llygaid yn ei phen.

"Fel 'yn ma'i'n ddweddar, sharad mochyndra."

Rhaid bod y dargyfeiriad wedi llacio'i nerfusrwydd gan iddi gytuno yn y diwedd i fynd gydag e i'r sied fach wrth y berllan i siarad. Ddôi ei thad ddim i'r fan honno a gallai weld mas trwy'r twll yn y drws i'r clos rhag i'w mam gyrraedd 'nôl o'r dref yn y Wolseley llwyd.

"Stedda fyn'na, fydda i 'nôl nawr," gorchmynnodd Margaret yr hen wraig.

"Iste ar 'yn ffobet," meddai honno a gwenu fel haul y gwanwyn arni.

Yn y sied roedd Margaret wedi adfeddiannu ei hun.

"Ddylet ti ddim 'di dod lan 'ma, John."

"So ti ise 'y ngweld i." Gwyddai ei fod e'n swnio fel crwt bach yn pwdu. A dyna hefyd sut y teimlai.

"Ddim mater o beth wy ise, mater o nhw'n mynd off 'u penne os gwelan nhw ti. So nhw ise i fi siarad 'da ti."

Doedd e ddim wedi disgwyl iddynt fod cweit mor elyniaethus, yn union fel pe baen *nhw* wedi cael eu rhoi ar y clwt ac yn gorfod cyfrif eu ceiniogau prin cyn rhoi un goes o flaen y llall.

"Fydd raid i ni gwrddyd yn gyfrinachol 'te," meddai John. Fyddai hynny ddim yn amhosib.

Edrychodd Margaret arno'n hir a gwelodd nad oedd ynddi'r un hyder â fe.

"Drych, gad i fi ddod i gysylltiad â ti," meddai wrtho yn y diwedd. "Mai'n anodd, a finne gartre man 'yn drwy'r dydd, ag ond yn mynd mas 'da Sylvia a Pat pan 'yf fi'n mynd mas. Fentra i ddim gweud wrthon nhw, a fe glywe Mam o rwle."

Teimlodd John ei galon yn suddo.

"Fe ddoi di i gysylltiad 'te?" holodd yn daer. "Yn glou. Plîs."

"Dof," meddai Margaret. "Dof, wrth gwrs do i. Fi ffili meddwl am neb ond ti."

Rhoddodd gusan sydyn iddo, a chyn iddo fe gael cyfle i afael yn iawn ynddi roedd hi wedi rhyddhau ei hun.

"Fydd Bet wedi tynnu'r lle 'co ar 'i phen," meddai gan agor y drws. Trodd i ychwanegu: "Cer di lawr 'da'r llwybr at y ffordd fawr, welith Mam ddim 'no ti fel 'ny."

Wrth basio'r drws mawr derw, gallai daeru iddo glywed llais Bet yn holi eto, i Margaret y tro hwn: "Pwy ga'i weud y'ch chi 'te?"

Roedd hynny chwe wythnos yn ôl bellach, a'r ysgol wedi

dechrau hebddi. Nesaodd at ford y tair, a gweld Margaret yn delwi wrth ei weld.

"Shwmai," meddai wrthynt.

"*Long time no see*," meddai Sylvia Humphries wrtho gan fflachio'i hamrannau arno'n gyflym. "'Na un *drawback* o adel ysgol. Fi'n gweld itha colli rhei o'r pishyns sy 'na."

"Diolch yn fowr," meddai John gan obeithio'i fod e'n swnio'n ddoniol.

"Der i iste 'da ni," meddai Sylvia, a gallai John fod wedi'i chusanu.

"Ym, ie, reit," meddai, fel pe na bai ots yn y byd lle'r eisteddai. "Af i i ofyn am gwpaned gynta."

Galwodd am gwpaned o de gwyn, dou siwgwr, heb foddran aros i'r weinyddes ddod ato â'i phad i nodi'r archeb, ac aeth at y tair i eistedd.

"Shwmai'n mynd yn 'rysgol?" holodd Pat.

"Pwy s'ise gwbod, ni well off mas o 'na," meddai Sylvia.

Dywedwst oedd Margaret ond gallai John weld ei bod hi'n llyncu popeth â rhyw hanner gwên fach yn chwarae ar ei gwefusau.

"Shwt mai'n mynd 'da chi ferched?" holodd John gan ddechrau chwarae â'r potyn siwgwr.

"Joio," meddai Sylvia. "A ma Pat yn priodi mis nesa."

"Odi 'ddi?" meddai John heb synnu llawer. Cofiodd Margaret yn sôn wrtho am garwriaeth Pat ag un o'r Carringtons oedd â fferm yn Llanarth.

"Cacen yn ffwrn," meddai Pat a mwytho'r lwmpyn perffaith grwn o fol nad oedd John wedi sylwi arno cynt. Ac yntau wedi bod mor ddwl â meddwl mynd yn ddoctor!

"Seiensys ti'n neud yn *form six*?" holodd Sylvia, gan ychwanegu'n awgrymog: "Fi'n cofio ti'n helpu fi 'da'n *biology*. Sbort oedd e 'fyd."

Chwarddodd John. Gwyddai'n iawn mai tynnu coes oedd hi. Os oedd e erioed wedi helpu Sylvia gyda'i gwaith cartref, fyddai e byth wedi mynd ddim pellach na hynny. Yn un peth, roedd Sylvia gaeau ar y blaen iddo o ran ei phrofiad o 'fioleg'.

"Beth 'yt ti'n neud dyddie 'ma, Margaret?" mentrodd John holi, gan obeithio'i fod e'n swnio'n naturiol er gwaetha'r cryndod oedd yn gwisgo'i du mewn. Ers saith wythnos, doedd e ddim wedi gallu cysgu'n iawn o'i hachos hi; doedd e ddim yn bwyta'n iawn, ac roedd cusanau'r King's Hall mor fyw iddo, gallai fod wedi rhoi cyfrif am bob un iddi. Ond doedd hi ddim wedi cysylltu ag e, ddim wedi codi ffôn, ddim wedi aros iddo gerdded o'r ysgol a digwydd taro arno. Dim byd. Roedd e wedi gwneud ei siâr o oedi rownd y dref, wedi bod lan yn y King's Hall ar nos Wener unwaith hyd yn oed, gan dalu mwy nag y gallai fforddio am docyn bws a mynediad. Dim golwg ohoni.

A fyddai hi byth wedi gallu ei feio am siarad â hi nawr, siarad fel ffrindiau, a phawb yn gwybod yn iawn gymaint o ffrindiau roedden nhw'n arfer bod. Byddai wedi bod yn fwy od iddo *beidio* â siarad â hi.

"Dim lot," atebodd Margaret yn ddi-hid.

"Weles i ti'n y King's Hall ar ôl yr *exams*," meddai Sylvia fel pe bai hi newydd daro ar ryw wirionedd mawr. "Ti ddim y teip."

"Teip i beth?" holodd John.

"I fynd i'r King's Hall? Saim'bo. Ti miwn i'r pethe Cymrâg 'ma nag 'yt ti? Y Nashis."

"Ma pethe Cymrâg yn ca'l 'u cynnal yn y King's Hall," meddai John gan geisio peidio swnio fel pe bai e'n dadlau â hi.

Chwerthin wnaeth Sylvia: "Siarad yn *proper* 'yt ti. *Proper Welsh*."

"Ca' dy ben, Sylvia," meddai Margaret yn swta. "Ni gyd yn

siarad Cymrâg. Sdim ise tynnu ar neb am 'i siarad e'n well na ti."

"Wps," meddai Sylvia, a gallai John dyngu iddi gyfnewid edrychiad bach gwybodus â Pat dros y ford.

Mae gobaith eto, meddyliodd John wrtho'i hun.

Ond ar ôl deg munud arall o siarad am yr ysgol a'r dref a'r digwyddiadau oedd i ddod yn y King's Hall, cododd Sylvia a dilynodd Pat a Margaret ei hesiampl. Anelodd y tair am mas.

Ceisiodd John ddal llygaid Margaret ond roedd hi'n amlwg yn osgoi ei edrychiad. Ffarweliodd y tair ag e'n sydyn a gostyngodd John ei ben i edrych am gysur yn ei de. Wyddai e ddim beth i'w feddwl, dim ond ei fod e eisiau cyrraedd adre mor sydyn ag y gallai, unwaith yr âi'r tair o'r golwg, er mwyn iddo gael cau ei hun yn ei ystafell wely i ail-fyw'r sgwrs drosodd a throsodd er mwyn gweld ble roedd e'n mynd o'i le a beth allai e newid ynddo'i hun a'i sgwrs fyddai'n ei denu hi ato yn lle gwneud iddi droi ei chefn drwy'r amser.

Wedyn, roedd hi'n dweud wrth y ddwy arall wrth y drws,

"Un funed, wy ise mynd i'r tŷ bach."

A dyna lle roedd hi'n dod ato eto, ac yn arafu wrth ei basio gan ddweud:

"Pedwar o'r gloch fory, wrth y Memorial Hall," cyn anelu yn ei blaen am y tai bach.

10

Bu'n troi ei hymddygiad a'i geiriau yn y caffe drosodd yn ei feddwl drwy'r rhan fwyaf o'r nos. Ceisiai restru esgusodion dros ei dieithrwch ers y diwrnod yr aeth lan i Goed Ffynnon, ac ni allai oddef meddwl mai atgasedd tuag ato oedd ei rheswm dros beidio â chysylltu, neu ddiffyg diddordeb, a fyddai wedi golygu mai twyll oedd cusanau'r King's Hall.

Gwyddai John yn iawn, er gwaetha'i ddiffyg profiad, fod glaslanciau a glaslancesi yn gallu mwynhau cusanau heb ymserchu'n rhy bendant yn y sawl a'u rhoddai. Ond roedd mwy na dim ond cusanau wedi digwydd rhyngddynt a gallai fynd ar ei lw fod Margaret wedi teimlo'r un peth ag yntau, ei bod hi wedi esgyn o'r teimladau a fu rhyngddynt, holl ddyddiau eu cyfeillgarwch, i rywbeth arall, rhywbeth rhwng cariadon.

Cariad.

Ceisiodd John beidio â meddwl am hwnnw. Am yn ail â meddwl am Margaret, roedd e'n gofidio am ei sgwrs â Terwyn ychydig ddyddiau 'nôl. Gadawsai Terwyn yr ysgol bedair blynedd ynghynt er mwyn mynd yn brentis i Gwil y Saer yn Ffos-y-ffin, a than ddylanwad hwnnw, credai John o leiaf, roedd e wedi tyfu'n dipyn o filwr y Gymru rydd, neu dyna oedd e'i hunan yn galw'i hun bellach. Honnai fod ganddo gysylltiadau ag un neu ddau o aelodau Byddin Rhyddid Cymru ac roedd recriwtio'n uchel ar restr eu blaenoriaethau nawr bod sôn ar led am arwisgo un o rechod y teulu brenhinol yn dywysog Cymru y flwyddyn nesaf.

Doedd gan John ddim syniad faint o brafado oedd ynghlwm wrth y cyfan – gallai gredu mai dyna oedd naw deg y cant o falu awyr Terwyn, ond doedd e ddim yn ddigon siŵr.

"Du a gwyn a dim yn y canol," meddai Terwyn wrtho a'i

lygaid yn fflachio. "Os nad wyt ti 'da'r bois, wyt ti'n 'u herbyn nhw."

Ni allai John yn ei fyw gytuno. Roedd pob lliw yn y byd yn y canol rhwng du a gwyn. A'r drwg gyda'r syniad o fyddin oedd pa mor agos oedd e i'r syniad o ladd. Achub bywydau oedd John eisiau ei wneud, lawr yng ngwaelod ei galon, nid eu difa nhw.

Ac wedyn byddai'n cofio nad byddin sy'n lladd oedd yr FWA, ond byddin syniadol. Ffrind i'r wasg a'r cyfryngau; dangoseb o ddyfnder teimladau'r Cymry gwlatgarol. Arddangosiadau o rym, ond heb fwriad i ladd a niweidio. Ffordd o alw dros Glawdd Offa: 'Hei! Ni 'ma!'

Âi'r cyfan drwy ei feddwl am yn ail â Margaret – nad oedd â dim byd ond gwawd i'w saethu at y Blaid, heb sôn am y Gymdeithas a'r FWA. Gwyddai mai dweud wrth Terwyn nad oedd ganddo ddim diddordeb a wnâi – onid oedd Emyr Llew a'r lleill yn y Gymdeithas yn pregethu heddychiaeth a'r rheidrwydd i ddefnyddio'r dull di-drais, fel roedd Martin Luther King wedi'i wneud yn America cyn cael ei ladd? A dyna yn ei galon oedd lle y safai John.

Prin ei fod e wedi cael cyfle i gyflawni unrhyw weithred o werth, yn dreisgar nac yn ddi-drais. Rhywbeth at eto fyddai hynny, at y coleg os câi fynd i un, rhywbeth at pan fyddai'n haws ar ei dad i allu dygymod â materion o egwyddor yn hytrach na sut i gadw'r blaidd o'r drws. Cofiodd am Martin Luther King a Gandhi ac Emyr Llew, a gwyddai beth y byddai'n ei ddweud wrth Terwyn y tro nesaf y'i gwelai. Aent oll drwy ei feddwl, a Margaret yn chwarae mig â phob un, a hi hefyd oedd yno gydag e pan gwympodd i gysgu yn y diwedd, tua chwarter i bump.

11

DIM OND PEDWAR ohonynt oedd yn y wers Gemeg, gan gynnwys Alan Russell yr athro. Pendwmpian oedd John â'i benelin ar y ddesg a'i law'n dal ei dalcen fel na welai Russell mo'i lygaid ar gau.

Roedd e'n lled ymwybodol o lais yr athro'n mwmian, fel pe bai e led cae i ffwrdd oddi wrtho, yn traethu am y *benzene rings*.

Methai'n lân â chael Margaret o'i ben. Rhwng cwsg ac effro, ceisiodd ddychmygu eu cyfarfyddiad o flaen y Neuadd Goffa. Doedd e ddim mo'r lle mwyaf preifat, a dechreuodd boeni wrth geisio dilyn y rhesymeg dros hynny i'w phen draw naturiol: dod yno i ddweud wrtho am gadw draw fyddai hi, felly ni wnâi wahaniaeth sylfaenol pe bai un o'i rhieni'n ei gweld. Siarsiodd ei hun i beidio â meddwl y gwaethaf, a dilynodd drywydd rhesymegol arall: dod yno i ddweud ei bod hi'n barod i gael ei gweld yn mynd mas ag e oedd hi, nad oedd raid cuddio rhagor, i'r diawl â'i rhieni, neu'n well fyth, eu bod nhw'n croesawu'r garwriaeth â breichiau agored, ac roedd y gacen briodas eisoes gan Mary yn y ffwrn, a bol Margaret yn anferth o fawr, a llaw Teifi arno'n ymffrostio mai gorau po fwyaf, a llais Bet yn canu 'Benzenedig fyddo'r Iesu', fel ceiliog ar ben y das wair yn y sgubor...

"John!"

Cododd ei ben ar unwaith a cheisio gwneud synnwyr o'r hyn oedd ar y bwrdd du.

"Angen i ti fynd," meddai Alan Russell, a doedd hyn ddim yn gwneud unrhyw synnwyr i John ac yntau'n ceisio ateb pa bynnag gwestiwn roedd ei athro wedi'i ofyn iddo tra oedd e'n cysgu.

Yna sylweddolodd nad oedd cwestiwn wedi'i ofyn.

Ysgrifenyddes yr ysgol, Miss Shellingham, oedd wedi dod i mewn ac wedi gofyn i John fynd gyda hi.

"Y Deputy ise gair," meddai honno'n ddifynegiant.

Gwthiodd John ei lyfrau Cemeg i'w satshel a neidio i lawr oddi ar stôl uchel y labordy er mwyn dilyn pen-ôl bach crwn Miss Shellingham drwy'r coridorau meithion.

Ceisiodd feddwl pa drwbwl fyddai'n ei wynebu yn ystafell yr Is-brifathro. Oedd rhywun wedi bod yn clepian am ei unig weithred erioed dros y Gymdeithas? Mewn gwirionedd, doedd tynnu arwyddion ddim yn weithredu dros y Gymdeithas achos doedden nhw, yn swyddogol, ddim yn caniatáu difrod i eiddo. Go brin y gellid ei alw'n weithredu o gwbl ta beth: eistedd ar lawr swyddfa bost yn Aberystwyth llynedd, a gludo sticeri 'Cymraeg' i guddio 'Cardigan' a 'Lampeter' ar gwpwl o arwyddion ar y ffordd 'nôl o Aberystwyth ryw noson tua deufis ynghynt yn fan Terwyn, a hwnnw – y milwr mawr ag e – yn cadw job y *look-out* iddo fe'i hunan unwaith eto rhag gorfod bod yn rhy agos at y drosedd ei hun. Damo Terwyn – ceg i gyd. A diau mai ei geg e oedd hyn hefyd. Doedd neb wedi'u dal nhw y noson honno, a dim rheswm i gredu y byddai neb wedi codi llais i gwyno fisoedd wedi'r digwyddiad. Fe fyddai Terwyn wedi clochdar am ei orchestau torcyfreithiol fel pe bai e'n chwyldroadwr go iawn, ac wedi enwi John fel *side-kick*: jyst digon o sylw i John yn y stori iddo fe gael ei dowlu mas o'r ysgol...

O wel, meddyliodd. Fyddai dim rhaid pendroni a ddylai e fynd i goleg neu beidio wedyn. Byddai'r penderfyniad wedi'i wneud drosto. Ai e ddim yno heb lefel A, a dyma fe ar fin cael ei wahardd.

Blydi Terwyn dwp! I beth ddiawl aeth e i gwmni'r ffŵl dwl yn y lle cynta? Roedd digon o rai eraill, callach na Terwyn, na fydden nhw'n breuddwydio'i ddodi fe yn y cach.

Roedd Mr Pryce-Thomas yr Is-brifathro'n dod mas

o'i ystafell pan gyrhaeddodd John wrth sodlau Miss Shellingham.

"Thank you, Miss Shellingham. Does he know?"

"Gwbod beth?"

Corddai John: dyma ddau allai siarad Cymraeg yn llawer mwy rhugl na Saesneg yn mynnu siarad Saesneg â'i gilydd.

"I haven't told him, Mr Pryce-Thomas."

Aeth hithau yn ei blaen i'w hystafell a'i phen-ôl yn ysgwyd o un ochr i'r llall yn dra phwysig.

"Gweud beth?" holodd John wedyn.

"Come in," meddai'r Is-brifathro wrtho a bu ond y dim i John wrthod ymateb i'w gais yn yr iaith fain, ond rhaid bod Pryce-Thomas wedi sylweddoli ei fod e'n lleisio'r iaith anghywir gan iddo ychwanegu "Dere fewn" ar unwaith.

Dilynodd John e a chaeodd yr Is-brifathro'r drws.

"Ma dy dad wedi'i daro'n wa'l," meddai'r Is-brifathro wrtho, cyn i John gael cyfle i eistedd.

"Ble mae e? Beth sy'n bod arno fe?" Trodd John i gyfeiriad y drws.

"Gwmpodd e wrth gliro gwteri lawr wrth yr Arts Block," meddai Pryce-Thomas wedyn. "Sdim ise i ti gynhyrfu."

"Cwmpo? Gwmpodd e'n bell?" Doedd y dyn 'ma ddim i'w weld yn ateb ei gwestiynau ac yntau eisiau clywed yr atebion i gyd ar unwaith. "Ble mae e?"

Cyrhaeddodd Pryce-Thomas y tu ôl i'w ddesg a gafael yng nghefn ei gadair cyn ateb.

"Naddo, ddim o bell. O'dd bobol yr ambiwlans yn meddwl mai trawiad mae e wedi'i ga'l…"

"Ble mae e?" Gwaeddodd John y tro hwn.

Wrth sylweddoli nad plentyn bach oedd y disgybl a safai o'i flaen, newidiodd Pryce-Thomas i gêr uwch.

"Bronglais. Ison nhw â fe i Bronglais."

Ar hynny, daeth Walter drwy'r drws ar hast.

"Newy' glywed," meddai a mynd yn syth i hebrwng John mas. "Dere. Ma'r injan yn rhedeg 'da fi."

Aeth y ddau mas, gan adael Pryce-Thomas yn dal i sefyll y tu ôl i'w ddesg â'i geg ar agor.

Roedd un o ddynion yr ambiwlans wedi nabod Ben ac yn gwybod fod cysylltiad rhyngddo â Walter yn y feddygfa, ac wedi gofyn i un o'r athrawon a ddaethai o hyd i Ben i roi gwybod i Dr Walter Lewis beth oedd wedi digwydd. Gadawodd Walter ar unwaith er mwyn dod i nôl John i fynd lan i Fronglais.

"Wedodd e ddim shwt o'dd e?"

"Naddo, John bach. Dim ond gweud mai *suspected coronary* oedd e wedi'i ga'l."

Tynnodd John ei law dros ei lygaid. Dyn iach fu ei dad erioed. Dros yr holl flynyddoedd o weithio dan ddaear, a'r holl waith trwm yng Nghoed Ffynnon wedyn, doedd e erioed wedi dangos gwendid. Llwyddodd i osgoi effeithiau gwaethaf y glo ar ei ysgyfaint. Er mai dyn main oedd e, roedd e'n gryf fel ceffyl gwedd ac egni dyn hanner ei oed yn perthyn iddo.

"Falle fydd e fawr o ddim byd nawr, John," cysurodd Walter gan wthio'i droed i lawr yn bellach ar sbardun yr hen Forris Minor bach. Er gwaetha'i ofid am ei dad, daliodd John ei hun yn ofni na chyrhaeddai'r ddau Lan-non heb sôn am Fronglais ac mai gwaelod clogwyn Graig Ddu fyddai eu diwedd nhw a'r Morris Minor.

"Beth am dy gleifion di?" holodd John.

"Gymerith y lleill ofal o rheiny. A ta beth, ma dy dad yn un o 'mhatients i lawn cyment â'r lleill."

Ystyriodd John ddiolch i Walter am roi o'i amser mor ddigwestiwn ac yntau'n perthyn dim iddynt, ond daliodd rhag gwneud. Gwyddai rywle yn nyfnder ei fod y câi sawl rheswm arall eto i ddiolch i Walter am ei gymwynas â nhw.

"Shwt ma'r gwaith yn mynd? Ti'n ffindo fe'n anoddach yn yr *higher sixth*?"

"Mae e'n oreit," meddai John.

"Aros di nes cyrhaeddi di coleg," gwenodd Walter arno gan droi ei olygon oddi ar yr hewl. Yn ei ben, roedd John yn erfyn arno i edrych ble roedd e'n mynd.

Chwarddodd John heb roi ateb, gan obeithio na fyddai Walter yn cychwyn ar y bregeth roedd e wedi'i chlywed ganddo ddwywaith neu dair o'r blaen. Difarodd sôn wrtho iddo erioed roi ei fryd ar fynd yn feddyg.

"Paid â dachre'r dwli 'na nag wyt ti'n plano mynd i coleg."

Ddim heddi, Walt, erfyniodd John arno yn ei ben. Er mai dim ond ychydig flynyddoedd yn hŷn nag e oedd Walter, teimlai fel pe bai cenhedlaeth rhyngddynt pan âi Walter i'w ben â'i gyngor gyrfaoedd. Gwyddai mai o garedigrwydd y gwnâi hynny – gweld tlodi'r teulu bach di-fam wedi i'r tad golli'i waith, a gweld cyfle i gyfrannu, yn ariannol ac fel mentor. Doedd ganddo fe a Dot ddim plant eto a gallai dyngu weithiau ei fod e a'i deulu'n llenwi rhyw fwlch i Walter, yn wrthrych cyfleus i wneud lles yn y byd: helpu'r tlodion yn ogystal â'r cleifion.

Ond roedd rhai pethau'n amhosib eu newid. Ei le fe, John, oedd gwneud fel y gwnaethai Ianto, a dod o hyd i swydd yn y presennol i'w gynnal e a'i chwaer a'i dad mewn mwy o gyfforddusrwydd nag roedd ei dad wedi arfer ag e. A nawr, os oedd e'n sâl, byddai mwy fyth o angen.

Gorfododd John ei hun i beidio â meddwl fel hyn, gan nad oedd ganddo syniad beth oedd cyflwr ei dad. Roedd e'n gwibio rownd troadau gwaethaf hewlydd Sir Aberteifi heb wybod dim am beth oedd o'i flaen, yn union fel pe bai e rhwng dau fywyd.

Yn Llanrhystud, cofiodd ei fod e i fod i gwrdd â Margaret

o flaen y Neuadd Goffa am bedwar. Ei gyfle olaf, o bosib, i ddwyn perswâd arni fod 'na drydan wedi'i danio rhyngddynt yn seddi ôl y balconi yn y King's Hall saith wythnos yn ôl, cyn gwyliau'r haf.

Doedd ganddo ddim ffordd yn y byd o roi gwybod iddi beth oedd wedi digwydd. Gallai ffonio Coed Ffynnon o'r ysbyty, ond gwyddai mai gwylltio Margaret a wnâi hynny a hithau mor gyndyn i'w rhieni wybod ei bod hi'n siarad ag e, yn canlyn gydag e, os oedd unrhyw fodd yn y byd o alw'r hyn oedd rhyngddynt yn ganlyn.

I beth oedd ei dad yn bod mor ddidoreth â chael trawiad ar y galon heddiw o bob diwrnod? Dyna'i lwc e wedi bod erioed. Derbyn ag un llaw – ei fam, ei allu, ei dad, Margaret – dim ond i orfod eu rhoi nhw i gyd yn ôl â'r llaw arall yn eu tro.

Erbyn iddo gael cyfle i egluro i Margaret, byddai hi wedi hen roi'r gorau i drafferthu ag e. Pwy allai weld bai arni? Doedd ganddo ddim oll i'w gynnig i'r ferch ta beth. Ffrind plentyndod oedd e wedi bod iddi, dim mwy, dim llai. A byddai Margaret yn fwy na pharod i symud yn ei blaen.

"Faint o'r gloch yw hi?" holodd John i Walter wedi i'r car sgrialu ar ddwy olwyn rownd y tro drwy Chancery.

"Hanner awr wedi tri," meddai Walter gan godi llawes ei siaced frethyn i edrych ar ei oriawr. "Fyddwn ni 'na cyn cwarter i."

A byddai Margaret wedi cychwyn ar ei siwrne seithug i lawr i'r Neuadd Goffa i gwrdd â rhywun fyddai ddim yn dod.

12

ER NAD EDRYCHAI'N gyfan gwbl wahanol i'r dyn a ddywedodd 'gwbei' wrtho wrth gât yr ysgol y bore hwnnw cyn anelu am gwt y gofalwr ar ochr arall y safle i ystafell gyffredin y chweched lle roedd John yn mynd, sylweddolai John nad ei dad oedd e chwaith.

Nid y tad a gofiai, nid y Ben oedd yno pan feddyliai am ei dad. Oedd, roedd e'n ei weld bob dydd, a'i feddwl, wrth edrych arno hyd yn oed, yn ei gadw'n ifanc. Ond yma, ar wastad ei gefn a masg am ei geg a'i lygaid ar gau, ni allai meddwl John barhau i'w dwyllo.

Hen ddyn a orweddai yn y gwely o'i flaen, a hen ddyn gwael iawn – doedd dim angen doctor i ddweud hynny wrtho.

Tynnodd Walter gadair draw i John gael eistedd wrth ochr ei dad. Roedd Walter wedi sôn yn y car yr âi Dot draw i nôl Nesta o'r ysgol – cawsai gyfle i godi ffôn yn frysiog ar ei wraig cyn gadael y feddygfa – ac y cadwai hi gwmni i'r ferch, a ffonio Ianto yn Sir Benfro.

Wrth edrych ar wyneb llwyd ei dad, diolchodd John nad oedd Nesta wedi dod gyda nhw.

Aeth Walter mas heb ddweud dim, dim ond rhoi gwasgad fach o gefnogaeth i ysgwydd John. Ond gwyddai John yn iawn ei fod e wedi mynd i chwilio am rywun a allai ddweud wrtho'n iawn pa mor wael oedd Ben.

Plygodd John i lawr at glust ei dad. Gwyddai fod doctoriaid yn annog teuluoedd i siarad â chleifion anymwybodol gan eu bod nhw, yn aml iawn, yn dal i allu clywed.

Wyddai e ddim ar ba sail roedden nhw'n dweud y fath beth, ond gwelodd nyrs yn ei ddweud ar *Z Cars* am ddyn a saethwyd wrth i ladron arfog dorri i mewn i fanc. A wir, roedd hwnnw wedi byw – y claf ar *Z Cars* – i dystio yn erbyn y lladron yn y llys, ac i ailadrodd yr hyn roedd e wedi'i glywed gan ei deulu pan oedd e mewn coma.

Tynnodd John ei law drwy'i wallt. Roedd e'n dechrau colli arni'n meddwl am linellau storïol *Z Cars* yn lle siarad â'i dad. Ond ni fedrai yn ei fyw â phenderfynu beth i'w ddweud wrtho. Roedd tri gwely i gyd yn y ward, a dau o'r tri chlaf ar ddihun: beth allai e ddweud wrth ddyn oedd ar wastad ei gefn yn ymladd am ei fywyd?

"Dad," dechreuodd. Ac yna roedd cyhyrau ei stumog yn gwneud dolur wrth i'w deimladau oll glymu yn ei gilydd ac i'w ofid am ei dad ddod mas ohono. Gwasgodd ei ddannedd at ei gilydd a'i ddyrnau'n dynn i atal y dagrau a gwneud ei orau glas i'w cadw rhag dod i'w lais.

"Dad," meddai eto. "Fi sy 'ma. John."

13

ROEDD WALTER WEDI dweud wrtho am gymryd hoe i ystwytho'i goesau a mynd i lawr i siop y WRVS i brynu cwpaned o de iddo fe'i hunan.

Ufuddhaodd John, er nad oedd e'n awyddus iawn i adael ei dad: byddai'n rhaid ffonio Nesta, pe bai ond i'w chwaer gael clywed ei lais, yn hytrach na chael neges drwy Walter a Dot. Doedd ganddo ddim newyddion i'w roi iddi beth bynnag: doedd dim newid o fath yn y byd wedi bod yn ei dad. Bu'n siarad ag e ers oriau bwy'i gilydd a doedd e ddim wedi agor ei lygaid unwaith, yn wahanol iawn i'r bachan ar *Z Cars.* Roedd y doctor oedd wedi'i drin pan ddaeth i mewn wedi dweud wrth Walter fod Ben wedi cael trawiad difrifol iawn, ac y byddai'r oriau nesaf yn rhai allweddol, ond roedd e hefyd wedi eu rhybuddio rhag gobeithio gormod.

Ceisiodd John gyfleu hyn wrth ei chwaer gan daro'r nodyn priodol: doedd e ddim am godi ei gobeithion, nac am ddweud y gwaethaf wrthi i'w llorio a hithau mor bell i ffwrdd o'i gysur. Cynigiodd iddi ddod ato – roedd Dot eisoes wedi dweud y dôi â hi yng nghar un o'r doctoriaid eraill yn y feddygfa – ond doedd Nesta ddim i'w gweld yn awyddus i ddod, ac roedd John, yn dawel bach, yn falch na fyddai ei chwaer yn gweld eu tad fel roedd e wedi gorfod ei weld e heddiw, fel rhywun gwahanol iawn iddo fe'i hun.

Yfodd ei baned yn nerbynfa'r ysbyty gan wylio staff ac ymwelwyr yn symud drwy'r lle i'r ward hon a'r llall – ar ba berwylion, ni wyddai. Edrychai'r nyrsys yn eu gwisgoedd glas a'r doctoriaid yn eu cotiau gwynion fel pe baen nhw'n hanner hedfan ar draws ei olwg ar ben draw'r dderbynfa. Symudent ar hyd y coridor o'r chwith i'r dde, o'r dde i'r chwith, a'u gwisgoedd yn chwifio y tu ôl iddynt fel pe baen nhw'n rhy araf deg i allu dal lan â phrysurdeb y sawl a'u gwisgai. A'r ymwelwyr wedyn, fel arall yn llwyr, yn araf din-droi heb wybod i ba gyfeiriad i fynd.

"Hei…" clywodd lais y tu ôl iddo. Trodd i gyfarch Ianto a oedd wedi rhedeg i mewn drwy'r drws. Cymerasai bedair awr iddo gyrraedd ar ôl dal bws i Gaerfyrddin, yna i Landysul a newid bws wedyn am Aberystwyth. Gwelodd John yr ofn ar wyneb ei frawd.

"Dyw e ddim yn dda o gwbwl," meddai. "Iste am funud. Af i i ôl cwpaned i ti ga'l dy wynt. Ma Walter gyda fe."

Eisteddodd Ianto a gallai John weld y chwys ar ei dalcen o dan y gwallt byr, taclus. Sylwodd fod poced siaced Ianto wedi dechrau rhwygo ac roedd defnydd ei drowsus yn sgleiniog dros ei benliniau. Ianto oedd y *second-in-command* wedi bod erioed, y bachgen hynaf, cyfrifol a gynorthwyai ei dad i gadw slac yn dynn ym mhob drycin, y pâr o ddwylo cyfrifol er pan oedd e'n fachgen bach yn yr ysgol gynradd a gymerodd arno'i hun i lenwi'r bwlch wedi i'r cancr fynd â'u mam.

Ni chofiai John hi'n iawn. Pump oed oedd e pan fu farw, ond cofiai'r ysbyty lle galwodd i ymweld â hi fwy nag unwaith. Teimlai fel pe bai e wedi bod yno droeon gan mor fyw oedd y lle yn ei feddwl. Hen adeilad Fictoraidd, a phwt o ardd wedi gweld dyddiau gwell o'i flaen, lle heidiai nyrsys a chleifion ac ymwelwyr fel ei gilydd mas i smocio. Rhyfedd fel roedd e'n cofio'r ysbyty'n glir a wyneb ei fam wedi mynd mor niwlog yn ei feddwl.

Adeilad yn llawn o greiriau o ddechrau'r ganrif, cofiai, yn risiau llydan fel mewn plasty, a phaneli pren a chilfachau, drysau mawr derw a bwlynau pres sgleiniog. Ond ehedai'r doctoriaid a'r nyrsys o fan i fan fel y gwnaen nhw fan yma, a'u cotiau a'u mentyll yn cyhwfan y tu ôl iddynt.

Dyna lle roedd e, yn bum mlwydd oed, wedi dechrau

meddwl am fod yn ddoctor pan dyfai'n fawr, yn chwifiad o wyn yn y gwynt.

A dyma lle roedd e mewn ysbyty arall, ddeuddeng mlynedd yn hŷn ac ar fin colli'r ail riant, yn mynd i orfod rhoi'r gorau i'r fath freuddwyd ffŵl.

Yn y canol rywle rhwng marw ei fam a marw ei dad y tyfodd e'n ddyn.

"Ym... Mr Jones...?" Edrychodd y nyrs fach ar John yn gyntaf, cyn sylweddoli ei fod e braidd yn ifanc yn ei wisg ysgol iddi ei alw'n Mr Jones, a throdd at Ianto, nad oedd wedi cael cyfle i wneud dim mwy na chwythu ar ei de.

"Well i chi ddod gyda fi..."

14

Roedd Dot wrthi'n gosod ffoil ar blateidiau o gacennau – a wnaed ganddi hi ei hun gan mwyaf – a'u cadw yng nghwpwrdd y gegin. Cododd y silff fach a greai ddrws i'r cwpwrdd wrth ei gau a mynd i'r ystafell fyw at y tri a eisteddai ochr yn ochr ar y setî fach bren. Plygai Walter yn ei flaen ar gadair blastig o'r gegin.

"'Na hynna," meddai Dot a gwenu'n lletchwith ar y tri, gan blygu ei bysedd yn ei gilydd heb fod yn gwybod yn iawn ble i roi ei dwylo.

"Diolch i chi'ch dau," meddai Ianto gan blygu'i ben. "Fydden ni byth wedi gallu dod i ben hebddoch chi heddi."

"Se chi wedi neud yn iawn," meddai Dot. "Ma gwa'd Abercynon yn y tri 'no chi."

Gwenodd Ianto arni. Er mai prin bedair blynedd yn iau na hi oedd e, gwnâi ei statws priodasol iddi deimlo gryn dipyn yn hŷn, ac roedd Walter bob amser wedi taro John fel rhywun hyderus, hŷn na'i oed.

Mae rhai pobl wedi'u geni i fod yn ddoctoriaid, meddyliodd John, a theimlo cnofa o siom yn ei ymysgaroedd.

Doedd dim tyrfa anferth wedi dod i angladd Ben Jones, ond roedd y rhai a ddaethai yno wedi dod o barch gwirioneddol at ei dad, oherwydd eu hoffter ohono neu ddiolchgarwch am gael ei nabod, yn hytrach na dim ond o deimlad o ddyletswydd.

Roedd meddwl am gynnal gwasanaeth angladd i anffyddiwr mor bybyr â Ben mewn capel y tu hwnt i ystyriaeth. Cynigiodd Walter a Dot eu bod yn cynnal yr angladd yn eu tŷ nhw ond go brin fod digon o le yn hwnnw chwaith. Roedd y ddau eisoes yn edrych am le mwy o faint – tŷ teulu, fel y dywedodd Dot, a'i llygaid yn disgleirio'n ddrygionus wrth ei ddweud – a'u fflat fach nhw'n rhy gyfyng i fwy na dwsin o bobl allu eistedd ynddi'n gyfforddus.

Mynnodd John fel arall, beth bynnag. Ers y diwrnod y bu'n rhaid iddo orfod symud o'r tŷ teras yn Queen Street ar ôl colli'i waith yng Nghoed Ffynnon, bu'r tŷ cyngor ar gyrion y stad a fu'n gartref iddynt ers llai na blwyddyn yn destun balchder i Ben. Aethai ati ar unwaith i greu cartref iddynt ill pedwar (tri wedi i Ianto adael am Sir Benfro) o'r gragen oer a'u croesawodd gyntaf. Roedd yr ardd lysiau o flaen y tŷ'n bictiwr ac yn llawn o amrywiaeth a ddangosai fod Ben yn arddwr wrth reddf. Gwnaethai Nesta ei gorau i gadw'r lle'n daclus, gyda help John, pan godai hwnnw ei ben o'i lyfrau.

Ystyriodd y tri y posibilrwydd o gludo corff eu tad i Dreforys i'w losgi yn yr amlosgfa yno, ond barnwyd yn y diwedd na fyddai gan yr hen fachan ddim gwrthwynebiad i gael ei gladdu yn y fynwent, lle gallai'r plant osod blodau i'w gofio: fyddai e ddim yno, fyddai e, i glywed canu eu hemynau yn yr arallfyd, a'r fath le ddim yn bodoli. Nesta gafodd benderfynu yn y diwedd mai claddu a fyddai, nid llosgi.

Dechreuodd John boeni na fyddai digon o le i bawb ar ôl croesawu'r trydydd llond car o'r Cymoedd, ond gwasgodd pawb i mewn gan ffurfio dwy res ar y grisiau, a thynnu at ei gilydd i'r gegin ac ar garreg y drws. Rhoddodd cefnder i'w dad deyrnged gynnes a soniai am ei flynyddoedd cynnar a'i gyfnod dan ddaear. Trueni bod rhaid i'w dad farw cyn iddo fe gael clywed y pethau hyn, meddyliodd John, y bach a'r mawr, y digrif a'r dwys, manylion bychain ein mynd a'n dod sy'n ein gwneud ni'n bobl gyfan. Wedyn siaradodd Walter, gan oedi dros wleidyddiaeth ferw Ben, ei sosialaeth a'i gariad at ei gyd-ddyn a'i genedl.

Yn ddistaw, llifodd yr ymwelwyr mas o'r tŷ i ddilyn yr hers yn eu ceir ac ar droed i'r fynwent, lle cafodd Ben ei gladdu ymhlith Cristnogion a'r eraill oll i gyd i gyfeiliant 'Calon Lân'.

Gwahoddwyd pawb yn ôl i'r tŷ, lle daeth Dot â gwledd o frechdanau a chacennau i'r golwg o rywle, yn ddidrafferth, ddisylw yn ôl ei harfer. Gwnaeth yn siŵr fod pawb yn bwyta llond ei wala.

Yna aeth pawb adre, ymhen hir a hwyr, a gadael dim ond Walter a Dot, fel gwymon wedi'r trai.

"Ma croeso i chi ddod aton ni," meddai Dot gan eistedd o'r diwedd ar fraich y setî. Edrychodd ar Walter i hwnnw gael ymhelaethu.

"Pan eith Ianto 'nôl," eglurodd.

"Fyddwn ni'n iawn," meddai John. Roedd caredigrwydd y ddau'n bygwth ei fygu weithiau. "Fe af i mas i whilo am rwbeth fory, a fyddwn ni'n dou'n iawn. Diolch i ti, ond ma Nesta'n bymtheg o'd ac yn gwbod shwt i edrych ar ôl 'i hunan. A finne, wy'n ddigon hen, iechyd y byd, nage plant y'n ni – "

Roedd e'n ymwybodol ei fod e'n codi ei lais, a'r peth diwethaf roedd e ei eisiau oedd swnio'n anniolchgar. Ond roedd e hefyd yn teimlo breichiau'n cau'n rhy dynn amdano, ac yntau ers dyddiau, ers i'w dad eu gadael ym Mronglais, yn ysu am gael anadlu'n rhydd.

Ers dyddiau, fyddai dim wedi bod yn well ganddo na rhedeg drwy goedwig Coed Ffynnon fel slawer dydd, rhedeg a chlywed y brigau bach yn crician fel esgyrn mân o dan ei draed a dail yn crensian hefyd, a'r haul yn diferu fesul deigryn i lawr drwy'r canghennau a gwynt bach tyner ar ei wyneb â chusan yr haul arno, a llais un arall yno gydag e, yn rhedeg wrth ei ochr drwy stribedi strôb y coed tenau, "Arosa, Defi John, arosa amdano fi!"

"Whilo am beth?" holodd Walter, a gallai John daeru yr union eiliad honno'i fod e'n dwp: hwn oedd wedi bod yn gymaint o gyfaill iddo, ac yn arwr ar yr un pryd, y Walter tal, tywyll, golygus, llwyddiannus, mwy na'i hyd a'i led, yn fwy na fe'i hun – swniai mor dwp, ac roedd ogof ei geg yn ategu hynny.

"Wel, am waith yn defe." Cododd John ar ei draed. "Allwn ni byth â byw ar y gwynt."

"Wy wedi treial gweud – " dechreuodd Ianto ddadlau eto, fel roedd e eisoes wedi'i wneud fwy nag unwaith cyn yr angladd, a John wedi gwrthod ei gynnig i anfon ei gyflog prin fwy neu lai i gyd i Nesta a John fyw arno, ac wedyn i John allu mynd i'r coleg meddygol yng Nghaerdydd.

"John!" Roedd mwy o awdurdod nag a glywodd erioed o'r blaen yn llais Walter. "Stopa fod mor blydi styfnig!"

"Walter!" ebychodd Dot yn ei syndod. "Sdim ishe 'na."

"O's."

Cododd Walter ar ei draed i wynebu John. "Wy'n gweld beth wy'n weld. Wy'n gweld rhywun nele ddoctor penigamp. Rywun ifanc, gwa'd newydd, Cymro lleol i wasanaethu pobol mae e'n gyfarw'dd â nhw ag sy'n gyfarw'dd ag e."

Distawodd ychydig, ond ddaeth e ddim i ben â'i berorasiwn.

"Nelet ti ddoctor teidi. Union beth sy ise ar y lle 'ma. Union beth *wy* ise."

"Sai ise dy gardod di!" gwaeddodd John arno i gau ei geg. Prin y gallai weld Walter yn glir gan fod dagrau poeth yn llenwi ei lygaid, dagrau'r cyfiawn, dagrau galar, dagrau'r ymdrech i wneud y peth iawn yn wyneb y temtasiynau a'r rhwystrau anoddaf un i'w goresgyn.

"Ddim cardod fydde fe," daliodd Walter ati. Ysgydwai ei ben, gan fethu amgyffred sut na allai John ddeall rhywbeth oedd mor amlwg i bawb. "Wy'n golygu agor 'y mhractis 'yn hunan nes mla'n, un y galla i ei redeg fel dyle practis ga'l 'i redeg, a galla i ddim neud 'ny'n hunan. Fydda i angen rhywun arall, rhywun ifanc, cyfaill o gyffelyb frid, enaid hoff cytûn…"

Daliai John i syllu ar ei gyfaill, gan anadlu'n ddwfn wrth i'w rwystredigaeth gilio'n raddol. Roedd rhywbeth yn llith flodeuog Walt a wnâi iddo ysu am chwerthin ar ei waethaf. Rhoddodd ei law at ei geg i esgus bach mai peswch oedd e, a chiliodd y chwerthin ar ôl rhai eiliadau.

"Tamed bach o help y'n ni'n siarad amdano fe," meddai Dot wedyn, "ddim ffortiwn."

"Buddsoddiad fydde fe," meddai Walter eto. "Buddsoddiad yn nyfodol y dre 'ma, buddsoddiad yn 'i hiechyd hi!"

Chwarddodd John dros y lle, fel rhywbeth ddim yn gall, nes bod dagrau, a daeth Dot a Walter a Ianto a Nesta ato a'i gofleidio, nes dod yn belen fawr o goflaid gynnes a roddodd fwy o gysur i John na dim a ddywedwyd drwy weddill diwrnod angladd ei dad.

A dim ond wedyn, pan ganodd cloch drws y ffrynt tua chwarter i ddeg y noson honno, wedi i Walter a Dot droi am adre, y sylweddolodd John fod un person ar goll o'r bwndel o goflaid hyfryd ynghynt yn y nos.

"Ma flin 'da fi glywed am dy dad," meddai Margaret ar garreg y drws, a'i llygaid dyfnion brown yn cau amdano'n llwyr.

15

GALLAI WELD ARNO ei fod e wedi dychryn ei gweld hi. Disgwyliodd iddo ofyn iddi fynd i mewn yn lle rhynnu ar y stepen, ond yn lle hynny amneidiodd John at ochr y tŷ.

"Mas tu fas," meddai, a mynd o'i blaen ar hyd y llwybr concrid cul o flaen y tŷ at ffens drws nesaf lle roedd hi'n bosib iddynt guddio'n rhannol yng nghysgod y llwyn bythwyrdd mawr a dyfai yno.

Er ei bod hi ofn i'w thad a'i mam ddod i wybod fod unrhyw beth fel 'na rhyngddi a John, doedd hi ddim wedi ystyried y gallai'r un peth fod yn wir o'i safbwynt e. Rhaid bod diswyddiad ei dad yn dal i wneud rhywfaint o ddolur. Ond ar y cyfan, efallai y dylai deimlo'n ddiolchgar fod John yn eu trin nhw ill dau'n gyfrinach, achos mewn lle fel Aberaeron doedd ond angen i un person gael hanner achlust ar stori a byddai'r peth wedi lledaenu ar amrantiad drwy'r holl ardal fel cwmwl llwch wedi ffrwydrad niwclear.

Bu bron iddi faglu ar y pentwr o bren llyfn ar y concrid wrth y ffens.

"Broc môr," meddai gan godi un o'r canghennau – am na wyddai beth i'w ddweud wrtho'n fwy na dim. Gwnâi profedigaeth John nhw'n ddieithr i'w gilydd. "Ma Mam yn casglu broc môr. Stwff pert."

Gwelodd y lliwiau dwfn yn y pren yn gweu drwy'i gilydd a'i olwg tebyg i asgwrn yn rhoi rhyw gadernid anarferol iddo.

"Pert iawn ar y tân," meddai John yn ddigon swta. "A rhatach na glo."

Lluchiodd Margaret y pren yn ôl i ben y pentwr. Wyddai hi ddim yn iawn pam roedd hi wedi ffwdanu dod os oedd e'n benderfynol o ladd pob rhamant.

"O'n i'n grac nes bo fi'n tasgu bo ti heb droi lan," meddai

Margaret. Roedd hi eisiau iddo wybod, er gwaetha'r ffaith ei bod hi wedi cael deall wedyn pam nad oedd e yno i gwrdd â hi wrth y neuadd. Fe'i galwodd yn bob enw dan haul rhwng pum munud wedi pedwar a hanner awr wedi, pan benderfynodd yn y diwedd ei bod hi'n mynd adre. Teimlai anghyfiawnder yn berwi yn ei llygaid: dyna lle roedd hi, mas yng ngolwg y byd a'r betws yn cael ei siomi gan gariad – doedd dim yn fwy amlwg: gallai fod wedi gweiddi 'Drychwch, 'ma shwt beth yw cael 'ych gwrthod!' ond fyddai dim rhaid iddi â'r peth yn glir fel golau dydd. Roedd hi wedi difaru ei henaid iddi drefnu i gwrdd ag e mewn lle mor agored, ac roedd hi hefyd wedi llunio esgus pe bai un o'i rhieni'n digwydd pasio yn y Wolseley.

"A wedyn, ar ôl mynd adre, y dwrnod wedyn, glywes i am dy dad."

"Shwt glywest ti?"

"Mam wedodd."

Dweud iddi glywed yn y siop fara wnaeth hi. Dweud digon didaro, diemosiwn. Dweud wrth ei thad, ddim wrthi hi.

"Glywes i bo Ben Jones wedi marw nithwr."

"Do fe nawr," meddai ei thad. Dim mwy na hynny, yn union fel pe bai e'n dweud ''Na fe, 'na beth sy'n digwydd i rywun sy'n meddwl 'i fod e'n uwch na'i stad. Syrfo fe'n iawn am bopeth.'

Roedd e wedi tynnu ei esgidiau fel pe na bai ei mam wedi dweud gair, a chodi'r *Cambrian News* oddi ar y gadair freichiau wrth yr Aga a mynd ati i'w ddarllen. Wrth y ford roedd hi, yn torri coesau blodau i'w rhoi mewn cawg mawr a gâi gartref am wythnos ar y ford yn y cyntedd. Yn ei phen, daliai'r rhegfeydd a boerodd Margaret at y pafin wrth gerdded adre y prynhawn cynt i ganu, a'i chasineb at John yn bygwth ei threchu.

Wedyn, wedi i eiriau ei mam adael eu hôl ar ei hymennydd, teimlai'n wag, wag, wrth i'r casineb at John lifo ohoni fel dŵr i ffos, a'i gadael yn ddiffrwyth, wan wedi'r holl dymer a fu ynddi. Ni adawodd diffyg diddordeb ei thad fawr o argraff arni ar y pryd – gwyddai ers blynyddoedd nad oedd Teifi'n gwastraffu geiriau gwag na chydymdeimlad ffug oddi mewn i bedair wal ei gartref. Prin y disgwyliai fawr mwy na'r 'do fe nawr' bach 'na.

"Gallen i hala cacen o'r *freezer* at y plant," meddai ei mam wedyn.

"I beth?" chwyrnodd Teifi, a gadawyd y mater.

A nawr, wrth ysgwydd John, edrychodd Margaret at y patsyn bach lle roedd Ben wedi plannu llysiau o flaen y tŷ. Edrychai'r cyfan mor dila, mor druenus o fach a heb fod yn werth yr ymdrech. Bron fel pe bai Ben wedi taenu ei dlodi fel lliain bwrdd ar y darn pitw o dir a fyddai'n cyhoeddi i bawb pa mor druenus oedd hi arno, a throi hynny, yn ei ffordd wyrdroëdig ei hun, yn fater i ymfalchïo ynddo, yr hen ffŵl. A thynnu John a'r ddau arall gydag e. Ni allai Margaret oddef meddwl am y peth. Gorau po gyntaf y câi John ddianc o'r lle 'ma.

"Sori bo fi ddim 'na," meddai John, gan gadw'i lais yn ddistaw. Gallai Margaret gredu fod y waliau'n denau fel papur, yr un mor ddisylwedd â gweddill y tŷ.

Ni wyddai a oedd e'n ceisio bod yn sarcastig wrth ymddiheuro, ond doedd hi ddim am gweryla. Gorau po gyntaf y câi hithau fynd o 'ma, hyd yn oed os oedd hynny'n golygu na châi hi ei weld e am sbel eto.

"Sdim ise bod fyl'a," meddai'n amddiffynnol. "Gweud bod e'n sioc pan glywes i wy. Ag o'n i ffili help teimlo drostot ti."

Plygodd John ei ben a rhoddodd Margaret ei llaw ar ei fraich. Trodd i edrych ar y golau stryd llachar oedd yn bygwth eu gwneud nhw'n amlwg i unrhyw un a ddigwyddai fod yn edrych i'w cyfeiriad. Yn yr un stryd fach hon o hanner dwsin o dai cyngor, gallai'n hawdd fod ugain pâr o lygaid yn eu gwylio.

"Ti'n gwbod nawr shwt ma'r ddoufis dwetha 'ma wedi bod i fi. Byth yn clywed gair 'tho ti, dim hawl 'da fi gysylltu 'da ti. Beth sy'n mynd mla'n, Margaret? Y dwrnod 'na ddes i draw i Goed Ffynnon, addawest ti – "

"Wyt ti *ise* iddon nhw wbod?" torrodd ar ei draws.

"A bod yn berffeth onest, erbyn hyn, Margaret, sdim taten o ots 'da fi os y'n nhw'n gwbod neu beido. So fe'n fusnes iddon nhw." Roedd e'n cynhyrfu.

"Ma ots 'da fi. Sai ise ypseto nhw."

"Pam?"

Atebodd hi ddim, dim ond edrych arno, gan ryfeddu na allai ddeall. Ei rhieni hi oedden nhw a doedd y ffaith nad oedd ganddo fe rieni ar ôl ddim yn rhoi'r hawl iddo fynnu ei bod hi'n troi ei chefn ar ei rhai hi.

"Oedd y King's Hall ddim yn golygu dim byd i ti?"

"Wrth gwrs bod e."

Doedd hi erioed wedi teimlo dim byd tebyg, ac er iddi geisio gwneud hynny ni allai ddileu'r iasau newydd a lifai drwyddi wrth i John ei chusanu, fel pe bai hi'n cael ei geni o'r newydd. Ac roedd yr hyn a deimlai am John nawr mor sylfaenol wahanol i'r ffordd y meddyliai amdano cyn iddo'i chusanu, fel pe bai e wedi gafael ynddi am byth a byth yn mynd i adael fynd.

Bob dydd, bob nos, roedd e gyda hi, yn bygwth ei threchu a drysu ei meddwl yn llwyr. Ai hyn oedd cariad? Colli rheolaeth yn llwyr?

Ers deufis, roedd hi wedi ceisio rheoli'r teimladau dieithr hyn, cadw ei meddwl ar y pethau pwysig a chau John mas. Doedd hi ddim yn barod i deimlo yn y ffordd a gyneuodd e ynddi, ac roedd arni ofn. Ofn yr hyn oedd rhyngddynt, ei ofn e, ei hofn hi ei hun, ni wyddai pa un, ond yn bendant ofn y newid hwn a'r ffordd roedd e'n bygwth popeth oedd yn gyfarwydd iddi, pawb oedd yn bwysig iddi. Un peth oedd chwarae Jyrmans yn llociau Cae Top; peth arall yn hollol oedd hyn.

Llwyddodd i raddau. 'Out of sight, out of mind' oedd *Jackie*'n ei ddweud. Ond roedd hynny cyn iddo lanio yn Paris House wythnos diwethaf a dihuno pob un o'r celloedd nwyd neu drydan nerfol neu beth bynnag ddiawl oedden nhw, eu dihuno bob un ar unwaith drwy gerdded drwy'r drws a hithau wedi treulio deufis cyfan bron yn eu rhoi nhw i gysgu fesul un. Ac roedd rhywbeth mewn cael Pat yn eistedd wrth ei hochr a'i bol mawr ffrwythlon yn cymell delweddau yn ei phen ohoni hi a John, tra siaradent am ysgol a phob dim diflas dan haul, yn dihuno'r ysfa ynddi eto amdano, gan ei gadael ymhellach nag erioed o allu ei gau mas o'i meddwl.

"John… allwn ni ddim… treia weld pethe o'n safbwynt i."

"Safbwynt dy rieni ti'n feddwl."

"Ise'r gore i fi ma'n nhw."

"Rwbeth na alla i ddod yn agos at 'i roi i ti."

"Ma Elinor yn priodi mis Mawrth."

Oedodd John a thynnu'n ôl oddi wrthi. Gallai weld oddi wrtho ei fod e wedi deall yr hyn oedd ar ei meddwl.

"So Glyn, 'i *fiancé* hi, yn ffito plans Father yn berffeth, ond fe neith y tro am nawr. Parhad y ffarm yw'r peth pwysica iddo fe."

Mor hawdd fyddai trosglwyddo llafur oes a'r oesau a fu o'i flaen i bâr o ddwylo gwrywaidd a fyddai'n hau ei had i genedlaethau'r dyfodol allu gwneud yr un fath yn oes oesoedd, amen.

Gyda dwy ferch, rhaid oedd dod o hyd i fab yng nghyfraith o stoc ffermio a fyddai'n barod i ffermio Coed Ffynnon wedi ei ddyddiau ef. Roedd Glyn Phillips, cariad Elinor, yn fab fferm, ond mab hynaf oedd e, a'i gyneddfau amaethyddol ddim bob amser at ddant Teifi. Fe wnâi'r tro i ffermio Coed Ffynnon pe bai raid, neu fyddai Teifi ddim wedi rhoi sêl ei fendith ar yr uniad, ond roedd ganddo fwy na digon o waith lle roedd e am nawr, yn ffermio dros ei dad oedrannus. Ail fab a wnâi orau i Margaret, un a allai roi ei holl sylw i Goed Ffynnon yn hytrach na bod y lle'n ddim byd mwy na darn ychwanegol o dir. Yn ddelfrydol, byddai Margaret yn priodi ffermwr a fyddai'n rhydd i ddod i fyw i Goed Ffynnon. Parhad go iawn, bron cystal â bod wedi cael mab wedi'r cyfan.

"Fyl'a mae e'n meddwl? Dim tamed o ots 'dag e am dy hapusrwydd di?"

Roedd Margaret ar fin dweud nad oedd raid i'r hyn roedd ei thad ei eisiau a'r hyn a'i gwnâi hi'n hapus fod yn ddau beth cwbl ar wahân, ond caeodd ei cheg: ni allai ddychmygu unrhyw sefyllfa a fyddai'n caniatáu i Teifi groesawu John yn gariad i'w ferch â breichiau agored.

Estynnodd John ei fraich i'w thynnu ato, a daeth hithau, yn falch o'i wres. Ysai amdano a gwyddai ei bod hi'n colli'r frwydr yn ei phen oedd wedi'i gyrru hi yno i gydymdeimlo ac i roi'r argraff ar yr un pryd nad oedd dyfodol i'r ddau ohonynt: dyna oedd yn ei phen wrth iddi gnocio ar y drws.

Mwythodd John ei gwallt. Ystyriodd Margaret ddweud wrtho sut y bu i'w thad ei dal yn sleifio i mewn i'r tŷ ar ôl iddi gerdded i fyny'r lôn yn y tywyllwch wedi i Richard a'r lleill ei gollwng y noson honno, noson John yn y King's Hall. Roedd Teifi yno'n barod a'i freichiau ymhleth yn y gegin, yn ei got nos â'i thasyls glas, yn barod i roi tanad iddi ar ôl i'w mam ddarganfod nad oedd hi i lawr yn Aberaeron yn cael noson fach ddigon diniwed yng nghwmni Elinor a Glyn fel roedd hi wedi'i ddweud.

Wrth i'w thad ruo tân, teimlai Margaret yn falch ei bod hi, o'r diwedd, wedi croesi rhyw drothwy i'r un byd â'r un roedd ei chwaer wedi bod yn byw ynddo, a Margaret yn rhy fach i allu deall pam roedd hi'n cymell tymer ei thad o hyd yn lle cydymffurfio fel roedd hi, y chwaer ieuengaf, wedi'i wneud yn amlach na pheidio er mwyn cael llonydd. Am eiliad, roedd hi'n mwynhau'r ffaith ei bod hi'n groten ddrwg a bywyd ei hun ganddi a redai ar hyd llwybr gwahanol i'r un oedd gan ei thad ar ei chyfer. Daethai ei mam i'r golwg yn ei chot nos hithau, a dywedodd Margaret y gwir wrth y ddau ynglŷn â lle roedd hi wedi bod, yn fuddugoliaethus, orchestgar, fel pe bai hi'n ennill pwyntiau mewn gêm.

Yna, wrth wynebu ei rhieni, dechreuodd deimlo fel croten fach unwaith eto.

"'Ma shwt wyt ti'n 'yn trin ni," edliwiodd ei mam, "a ninne'n neud popeth drostot ti."

Daethai i'r tŷ yn llawn o John, a gwefrau newydd y noson yn dal ynghynn ynddi. Ond aeth i'r gwely gan wybod fod John yn rhan o'r hyn a drigai yr ochr arall i'r ffens, lle nad oedd ganddi'r dewrder, na'r awydd yn llwyr, i fynd.

A nawr, roedd hi'n ei gusanu. Anwylodd John ei hwyneb a chododd hithau ei gwefusau ato eto, gan ysu am ragor.

Tynnodd John yn rhydd, fel pe bai e wedi darllen ei meddwl.

"Allwn ni ddim mynd i'r tŷ…" dechreuodd yn floesg.

Anadlodd Margaret yn ddwfn, fel pe bai'n carthu'r holl nwydau ohoni.

"Fydd raid i fi fynd," meddai wrtho.

"Na, na, na," meddai John gan ysgwyd ei ben fel pe bai e'n methu ei dirnad hi'n mynd a'i adael eto. "Dere lawr i'r tra'th."

"Ladde fe fi," meddai Margaret, wrthi ei hun yn fwy nag wrth John.

"Mae e'n neud 'ny'n barod," atebodd yntau. "'Yt ti'n mynd i adel iddo fe dy roi di i'r bachan sy'n cynnig y pris gore."

"Paid â bod mor ddramatic."

"'Na'n union beth yw e. Ag o't tithe'n arfer gweud 'ny dy hunan."

"Paid â gadel i ni gweryla," meddai Margaret yn ddiflas.

"Pryd gaf i dy weld di nesa 'te? Sai'n gadel dou fis i fynd hibo 'to. Dere lawr i'r tra'th."

"Sai'n mynd i ymladd nhw," meddai Margaret, iddo gael dechrau deall.

"Dere, plîs, Margaret. Neu dere i'r tŷ os o's raid. Nesta a Ianto sy 'na. Os ti ise, gallwn ni fynnu'u bod nhw'n cau'u cege ambitu ni."

"Sai'n dod miwn."

"Margaret…"

Roedd e'n crefu arni, ac er iddi freuddwydio droeon dros yr wythnosau diwethaf am gael John yn crefu arni am ei chariad, doedd hi ddim yn siŵr a oedd hi'n falch o'i weld e'n ymddwyn mor druenus.

"Ddylet ti byth bod wedi gadel yr ysgol, ddylen i fod wedi'i stopo fe rhag dy orfodi di i adel, y cwdyn ag e… ddylen i 'i ymladd e…"

Roedd e'n drysu.

"Hei, hei, hei, so ti'n ca'l siarad fyl'a am 'y nhad i. 'Y newis i o'dd gadel ysgol."

Yna roedd e'n estyn ei freichiau ati mewn ystum cymod. "Ma flin 'da fi, ma heddi wedi bod yn anodd, sai'n gwbod beth wy'n weud."

Yn lle gorfod edrych i'w lygaid, glaniodd llygaid Margaret ar y stepen o flaen y drws ffrynt lle roedd hen sach yn gwneud y tro yn lle mat.

"Na finne," meddai Margaret. "Wy jyst yn difaru tamed bach bod shwt gyment wedi newid rhynton ni."

"Fydde well 'da ti sen ni ond yn ffrindie yn dala i fod?"

Trodd ei llygaid ato a methu cuddio'r dagrau ynddynt.

"Falle bydde fe," meddai'n ddistaw. "Bydde fe'n llai cymhleth."

"Ti'n meddwl?" meddai John, yna: "Wy'n dy garu di."

"A finne tithe," meddai Margaret, yn syndod o rwydd. "Union fel wy wedi neud eriôd."

Mynd fyddai orau, barnodd Margaret. Mynd nawr, cyn iddi fethu.

"Ma hyn yn wahanol," mynnodd John. "Nage cariad rhwnt ffrindie wy'n feddwl."

Edrychodd Margaret ar ei thraed, ar ochr gam y llwybr bach o flaen y tŷ. Yna cododd ei phen i wenu arno.

"Ma raid i fi fynd nawr. Fyddan nhw'n dachre pyslo lle 'yf i."

Rhoddodd gusan sydyn ar ei foch, cyn cerdded drwy'r gât fach wichlyd yn ôl i gyfeiriad y dref a Choed Ffynnon.

16

"FYDD DIM ANGEN i ni aros yn rhy hir," meddai Mary, "ond fe ddylen ni ddangos yn gwynebe."

Tynnodd Mary ei chot amdani tra cribai Teifi ei wallt yn y drych bach. Daliai Margaret i sgriblan lluniau blodau ar gopi o'r *Radio Times* ar y ford.

"Siapa'i," meddai ei thad wrthi'n siarp a dychrynodd Margaret braidd. Doedd hi ddim wedi ystyried y byddai'n rhaid iddi hi fynd gyda nhw.

"Oes raid i fi?" cwynodd. "Sai ise siarad 'da bobol wy prin yn nabod."

"Shwt ti'n meddwl ddoi di i nabod nhw os na siaradi di 'da nhw? Ti'n ddwy ar bymtheg nawr," meddai ei mam yn ei llais mwyaf awdurdodol, "hen ddigon hen i fod wedi dysgu nag ei di drwy'r byd 'ma heb neud lot o bethe nag wyt ti ise'u neud."

"Beth am Bet? Fydd ise rywun gartre 'da Bet," dadleuodd.

"Ma Wil yn mynd i gadw llygad ar Bet," meddai ei thad.

Doedd hi ddim am dynnu ei rhieni i'w phen, a hithau ond yn wythnos ers ei phen-blwydd, a chymaint o le ganddi i fod yn ddiolchgar i'r ddau. Ers i'w cheffyl hoff, yr hen Bess, gael ei rhoi lawr fis yn ôl, bu'n galaru'n ddistaw bach wrthi ei hun, a rhaid bod ei thad wedi gweld faint o effaith gafodd marwolaeth yr hen anifail arni, gan iddo brynu poni newydd iddi'n anrheg ben-blwydd, a phoni na bu ei phertach drwy'r sir, gallai Margaret fentro.

"Wy'n gwbod mai car o't ti'n ddisgw'l ond sai wedi galler ffindo un addas i ti 'to, wedyn gei di hon yn bresant yn y cyfamser."

Gallai fod wedi cusanu ei thad pe baen nhw'n deulu felly.

Cwympodd mewn cariad â Biwt o'r eiliad gyntaf, a bu'n ei marchogaeth bob dydd am oriau bwy'i gilydd. Gallai droi ei chefn ar awyrgylch llesteiriol y tŷ a dianc ar hyd llwybrau'r coed a'r caeau, lle câi lonydd i hel meddyliau. Ai dyna oedd cael gwaith? Ffordd o lenwi'r oriau, o roi ffurf i'r dyddiau? Weithiau, teimlai'n genfigennus o Elinor yn ei gwaith, lle byddai'n dod wyneb yn wyneb â'r byd, yn gweld mwy na phedair wal Coed Ffynnon. Dro arall, cofleidiai ei rhyddid i wneud dim byd ond dilyn ei mympwy ei hunan, a chael cwmni Biwt pryd bynnag roedd hi'n dymuno. Allai hi ddim dychmygu y byddai hi byth yn blino'n llwyr ar hynny.

Bu'r marchogaeth yn help i gadw ei meddwl oddi ar John hefyd, er iddo fod mor ddwl â galw heibio i Goed Ffynnon ag anrheg ben-blwydd iddi, gan fygwth cynnau'r ffiws ar dymer ei thad.

Ei mam agorodd y drws i John, ac oedi cyn ei wahodd i mewn. Ond wrth weld yr anrheg fach yn ei law, ni allai'n hawdd ei rwystro rhag dod i'r tŷ. Sylwodd John ar Margaret yn sefyll y tu ôl i'w mam.

"Dim ond presant bach sda fi i ti," meddai. "I gofio am yr hen ddyddie pan o'n ni arfer whare yn y coed."

Gwyddai Margaret mai er mwyn ei rhieni roedd e'n ychwanegu hynny, yn lle'u bod nhw'n amau fod rhywbeth arall rhwng y ddau. Â Margaret bellach wedi argyhoeddi ei hunan nad oedd hi a John yn ddim byd mwy na ffrindiau wedi'r cyfan, ac mai hic-yp bach oedd y King's Hall, roedd hi'n weddol falch ei fod e wedi mentro yno, heb guddio rhag ei rhieni. Falle gallen nhw fynd 'nôl i fel roedd pethau wedi'r cyfan. Cyfeillgarwch ffrindiau bore oes – nid peth bach mo hynny.

"O'n i ffili meddwl am ddim byd digon da," ymddiheurodd John wrth i Margaret gymryd yr anrheg ganddo. "Dim byd digon drud, wedyn es i ddim i bendroni llawer. Feddylies i falle bydde un o'r llyfre oedd 'da ni'n tŷ yn addas."

Ddywedodd e ddim 'un o hen lyfre 'nhad', diolch byth, neu go brin y byddai ei mam, a aethai'n ôl at y toes ar y ford ond a gadwai un llygad ac un glust ar eu sgwrs, wedi gallu cadw rhag cnoi ei thafod. Ond gwyddai Margaret mai un o lyfrau ei dad slawer dydd fyddai e: go brin y byddai John yn gallu fforddio prynu dim nad oedd yn uniongyrchol gysylltiedig â'i waith ysgol.

"Cerddi T H Parry-Williams," meddai John, fel pe na bai Margaret yn ddigon clyfar i ddarllen y clawr drosti ei hun.

Plygodd John ei ben, fel pe bai e'n sylweddoli'n sydyn reit pa mor ddwl oedd yr anrheg. Doedd e erioed wedi clywed Margaret yn yngan gair o farddoniaeth. Cofiodd Margaret am bresenoldeb ei mam a meddwl tybed beth fyddai honno'n ei feddwl ynglŷn â John yn rhoi cyfrol o farddoniaeth i'w merch. Onid rhywbeth a wnâi cariadon oedd rhoi cyfrolau o farddoniaeth i'w gilydd?

"Neis," clywodd Mary'n mwmian y tu ôl i'w chefn. "Whare teg i ti, Defi John."

Heb arddeliad. Câi Margaret glywed wedi iddo fynd beth roedd ei mam yn ei feddwl o'r anrheg mewn gwirionedd.

Daeth ei thad i'r gegin o'r stydi a distawodd y tri. Sylweddolodd Margaret ei bod hi, bron yn reddfol, wedi taro'r llyfr yn erbyn ei choes, nid i'w guddio'n hollol, ond yn bendant fel nad oedd e'n rhy amlwg.

Syllodd Teifi ar John yn ddigywilydd o hir, bron fel pe bai e'n disgwyl esboniad.

"John," meddai yn y diwedd. "Ddrwg 'da fi glywed am dy dad, 'chan."

Gallai Margaret deimlo'r rhew yn ei lais er gwaetha'i eiriau cynghorydd. Edrychodd i weld pa argraff a wnaethai ymddangosiad ei thad ar John. Doedd dim ôl ofn ar ei wyneb: ôl ymdrech, efallai, brwydr i gnoi ei dafod rhag cydymdeimlad rhagrithiol Teifi.

Ond ni pharodd y twyll yn hir. Cyn i John allu ateb, roedd ei thad yn dweud:

"Wydden i ddim 'ych bod chi'ch dou'n dala'n ffrindie," a chymaint o anfodlonrwydd ynglŷn â hynny ar ei lais ag oedd yn bosib heb fynd i'w ddatgan yn blaen.

"Y'n ni ddim yn gweld 'yn gili'n amal iawn, odyn ni," meddai John, a theimlodd Margaret y straen ar bob sillaf o'i eiriau. "Ddim fel bydden ni'n blant."

"Ie, wel," gwenodd Teifi arno. "So chi'n blant rhagor."

Roedd rhywbeth yn faleisus am y wên, ac ni allai Margaret, na John fe dybiai, wneud synnwyr o beth roedd Teifi'n ei awgrymu wrth ddweud y fath beth.

Ni wahoddodd ei mam na'i thad mohono i eistedd ac ni theimlai Margaret y dylai hi wneud hynny chwaith. Roedd ymweliad John â'r gegin, pan ddaethai ei dad yno i ofyn am sêl bendith ei gyflogwr ar ei fwriad i sefyll etholiad yn ei erbyn, yn dal yn rhy fyw yn ei chof. Ysai am i John fynd.

Ac yn y tawelwch na chynigiai groeso o fath yn y byd iddo, trodd John am y drws.

"Wela i di," meddai dros ei ysgwydd wrth Margaret.

Aeth mas heb edrych arni.

"Ddim os o's 'da fi sei yn y mater," meddai ei thad wrth y drws caeedig cyn troi ei gyhuddiad ar ei ferch.

"Beth o'dd e ise 'ma?"

"Dod â presant pen-blwydd i fi," meddai Margaret.

"Llyfr," ychwanegodd ei mam cyn iddo ofyn, heb gynnig rhagor o wybodaeth ynglŷn â pha fath o lyfr.

Caeodd Margaret y llyfr o dan ei chesail ac anelu lan stâr rhag i'w thad ddweud rhagor.

Yn ei hystafell, agorodd glawr y llyfr a syllu ar y dudalen wag, lle roedd e wedi ysgrifennu: 'I Margaret, oddi wrth John, 10/12/1968, er cof am y dyddiau da.'

Caeodd y llyfr drachefn a'i wthio i ben pellaf ei silff lyfrau o'r ffordd.

"Siapa'i," clywodd lais ei thad yn ei phen nawr. "Fydd hi'n bryd i ni ddod o 'na cyn i ni gyrra'dd."

"Fydd neb 'na wy'n nabod," meddai Margaret eto, gan wisgo'i chot a heb swnio fel pe bai hi'n cwyno'n ormodol. Roedd hi'n mynd i orfod mynd, cwyno neu beidio.

"Ti'n nabod Richard," meddai ei mam. "So fe lawer hŷn na ti, raid bo ti'n ei gofio fe'n 'rysgol."

Gwenodd Margaret wrthi ei hun. Roedd Richard wyth mlynedd yn hŷn na hi, a doedd hi ddim yn ei gofio'n yr ysgol. Ei nabod e drwy'r holl liffts a gafodd hi a'r merched eraill ganddo fe roedd hi, y nosweithiau Gwener hynny cyn i'w thad ddod i wybod a rhoi stop arnynt, a phe bai ei thad yn gwybod hynny falle byddai'n meddwl ddwywaith cyn mynnu ei bod hi'n mynd gyda nhw am *drinks* i Fryn Celyn, yr ochr arall i Aberaeron.

Ond yn y car, daliodd Margaret ei hun yn meddwl na wnâi damaid o wahaniaeth i'w thad pe gwyddai mai Richard a'i Triumph Herald fu'n ei thywys ar gyfeiliorn yn Aberystwyth. Roedd mwy na chwpwl o wydreidiau o ddiodydd cyn-Nadoligaidd i'w hennill ym Mryn Celyn, a dau fab di-briod yn ddigon o reswm i dderbyn y gwahoddiad dros y tri ohonynt. Câi tad Richard bresenoldeb y Cynghorydd Teifi Morris i roi tamaid o lewyrch i'r *do* crachaidd, a châi Teifi, yn ei dro, ffenest siop i arddangos ei gynnyrch ynddi, yn union fel roedd John wedi'i edliw iddi.

I gadarnhau ei hamheuon, trodd ei mam rownd i edrych arni o'r sedd flaen.

"Dr'eni na fydden ni wedi ca'l cyfle i fynd â ti i'r *hairdressers*. Gallet ti fod wedi neud 'da pyrm yn y gwallt 'na."

Trodd Margaret i edrych mas drwy'r ffenest ar oleuadau Aberaeron a'r goeden Nadolig ar Sgwâr Alban.

Pa ots beth oedd eu cynlluniau nhw, meddyliodd. Câi farchogaeth Biwt fach yfory, o fore gwyn tan nos.

17

SAFAI'R DDAU WRTH y grisiau llydan ger y drws i'r parlwr helaeth, lle roedd bron pawb arall dros eu deugain. Roedd ôl hynafol ar y lle, hen dŷ fferm gyda'r mwyaf a welodd Margaret erioed, ac roedd Coed Ffynnon yn dipyn o faint. Gallai weld fod cryn dipyn o waith moderneiddio angen ei wneud ar y lle, ond roedd hynny yr un mor wir am Goed Ffynnon.

Edrychai Bryn Celyn mas dros ehangder Bae Aberteifi, fel arglwydd yn goruchwylio ei diroedd hyd at hen linell bell Dewi Emrys.

Pan gyrhaeddodd, cafodd hi a Richard eu hysio i gwmni ei gilydd â bobo ddiod yn eu dwylo, a'u gadael i siarad. Manteisiodd Margaret ar y cyfle i ofyn i Richard beidio â bradychu cyfrinach Aberystwyth, a'r ffaith ei fod e wedi rhoi lifft lan iddi i'r fath Gomora yn llawer amlach nag y sylweddolai ei rhieni.

Tapiodd Richard ei drwyn a gwenu arni heb ofyn am ragor o esboniad: roedd ei chyfrinach hi'n ddiogel gyda fe.

Doedd hi ddim wedi cael cyfle i siarad cymaint â hyn gydag e ar ei phen ei hun o'r blaen, ac roedd hi'n gorfod cyfaddef wrthi ei hun nad oedd e hanner cynddrwg ag y dychmygodd. Yn y car, gadael i'r lleill siarad wnâi e fel arfer, heblaw am ambell linell o unman oedd bob amser i'w gweld ychydig mas o le, fel pe bai e'n ceisio bod yn glyfar neu'n sarcastig i ddim pwrpas heblaw creu argraff drwy swnio'n ddeallus, a ddim cweit yn llwyddo. Y gwir amdani oedd mai ei weld e fel rhywun handi am lifft roedd hi a'r lleill wedi'i wneud erioed – a hynny'n haws gan fod Pat yn caru ag un o'i ffrindiau.

"Oes sôn am Pat?" holodd wrth gofio nad oedd hi wedi'i gweld ers wythnos neu ddwy.

"Bythefnos yn hwyr," meddai Richard. "Fydd hi'n newid byd arnon nhw wedyn, glei."

"Ych a fi," meddai Margaret cyn gallu stopio'i hun.

"Pam ti'n gweud 'na?" chwarddodd Richard. "Ma merched fel arfer yn damsgen dros 'i gili i weud 'o 'na lyfli' a 'wy ffili wito'."

"Mai'n ifanc, 'nai gyd," meddai Margaret.

"Ni'n dod i'r oed 'na nawr, lico fe neu beido," meddai Richard. "Tyfu lan, setlo lawr, magu teulu."

"Paid ti dachre!" ebychodd Margaret. Pam oedd pawb ond hi ar gymaint o ras i redeg drwy fywyd heb aros i fwynhau'r funud? Methu aros i gychwyn y genhedlaeth nesaf, cyn bod yr un bresennol mas o'i chewynnau.

Chwerthin wnaeth Richard, a chymryd sip o'i win. Doedd Margaret heb fentro yfed ei diod hi eto, ac roedd gwin yn ddiod ddieithr iawn iddi. Byddai wedi gofyn am Babycham ond roedd Cedric Morgan wedi hwpo'r gwydryn i'w llaw cyn iddi gael cyfle.

"Ti byth yn dod lan 'da ni i Aber dyddie hyn," mentrodd Richard ar ôl sychu ei geg.

Gallai Margaret weld ei fod e'n nerfus. Edrychodd arno drwy gornel ei llygad. Roedd rhywbeth digon golygus amdano yn ei siaced ledr olau a'i drowsus cordyrói glas golau tyn, ac arno olwg rhywun a ymfalchïai yn ei ymddangosiad – pur wahanol i bob ffermwr arall roedd hi'n ei nabod – yn fwy fel canwr pop na mab fferm o Aberaeron. Gwyddai fod rhai o'r merched eraill yn gweld hynny'n wendid ynddo, yn hytrach na rhinwedd, fel pe bai e'n mynd gam yn rhy bell i fod yn rhywbeth nad oedd e, yn dangos diddordeb merchetaidd yn yr hyn a wisgai na weddai i ddynion Sir Aberteifi. Roedd ei ffordd *suave* o symud yn rhywbeth na pherthynai i Aberaeron, nac i glos fferm chwaith, a'r car roedd e'n ei yrru'n rhoi capan am ben honiad ambell i hen wag ei fod e'n 'dipyn o bansen'.

Ac eto, doedd e erioed wedi siarad digon â hi cyn hyn iddi

allu bod wedi ffurfio ei barn ei hun amdano. Iddi hi, roedd e i'w weld yn greadur digon tawel, yn ymylu ar fod yn swil yn eu cwmni nhw, yn wahanol iawn i'r dillad a wisgai a'r car roedd e'n ei yrru.

Ond heno, gallai weld ei fod e'n gallu siarad yn ddigon hyderus pan gâi e gwmni merch iddo'i hun.

"Dere, ddangosa i'r *games room* i ti," meddai, gan gyffwrdd yn ysgafn â'i braich i'w hebrwng.

Doedd hi erioed wedi chwarae snwcyr yn ei byw o'r blaen, ond gadawodd i Richard bwyso drosti i ddangos iddi sut roedd gosod y ciw a pha mor bell i'w dynnu 'nôl er mwyn i'r bêl wen daro'r bêl goch, a beth oedd *side*.

Wrth iddo blygu drosti â'i freichiau rownd iddi'n ei helpu i afael yn y ciw, ystyriodd Margaret pa mor wahanol fyddai cael John yn gafael amdani fel hyn. Fyddai hi byth wedi dod i ben â tharo'r bêl. Doedd hi'n teimlo dim o hynny ym mreichiau Richard, dim ond rhyw chwithdod wrth wybod falle'i fod e'n teimlo rhywbeth, gan weddïo'n dawel nad oedd e ddim.

Rhaid mai rhywbeth fel hyn yw tyfu'n hŷn, meddyliodd. Y corff yn ymateb mewn un ffordd a'r synnwyr cyffredin, neu'n hytrach yr hyn oedd yn gwneud synnwyr i bawb arall, yn ymateb mewn ffordd arall. Ai fel hyn y daethai ei thad a'i mam at ei gilydd, meddyliodd, drwy drefniant eu rhieni hwythau, neu os nad trefniant ymwybodol, yna rhyw wthiad bach i'r cyfeiriad iawn heb ddweud dim? Fel brenhinoedd a breninesau eu gwersi hanes, ai cytundebau rhwng y ddau mwyaf 'addas' yn faterol oedd uniadau rhwng oedolion o hyd, a dim oll i'w wneud â'r camgymeriadau a fyddai'n digwydd rhwng dau cwbl anaddas, pa faint bynnag o nwyd a geid rhyngddynt.

Yna roedd Richard wedi gafael ynddi ac yn gwthio'i dafod i'w cheg, gan bwyso drosti a gwneud iddi blygu 'nôl wysg ei chefn dros y ford snwcyr.

Daeth Margaret o hyd i'w hunanfeddiant wedi'r eiliad gyntaf o sioc, a gwthiodd e'n ôl oddi wrthi.

"Richard!" ebychodd, bron yn methu credu iddo wneud y fath beth.

"Margaret, ma'n flin 'da fi." Plygodd ei ben mewn cywilydd, heb weld Margaret yn gwenu arno ac yn ysgwyd ei phen mewn rhyfeddod.

Roedd e mor wahanol i John.

18

"WHIW!"

Tynnodd Margaret wynt wrth edrych o gwmpas y gegin newydd roedd Glyn wedi talu am ei gosod yn y bynglo newydd llawn *mod cons* ger Aber-arth. Ei dad oedd wedi talu amdano, er mwyn i'r ddau gael cychwyn eu bywyd priodasol mewn peth moethusrwydd. Dôi adeg pan fyddai'r ddau'n symud yn ôl i'r tŷ fferm mawr wedi dyddiau ffermio Phillips Senior, a byddai gofyn moderneiddio hwnnw wedyn fel y byddai'n gweddu i Mr a Mrs Phillips Junior.

Nodiai Teifi ei ben yn fodlon wrth edrych o'i gwmpas, yn union fel pe bai e'n patio'i hun ar ei gefn am wneud yn iawn, am fod wedi dewis yn ddoeth i'w ferch hynaf wedi'r cyfan a'i chyfeirio – er mor gyndyn oedd hi ei hunan wedi bod drwy flynyddoedd ei harddegau, gan dynnu ar y bit yn ddidrugaredd – tuag at lonyddwch ei bywyd priodasol a gweddill ei hoes. Fyddai Elinor ei hun byth wedi cyfaddef rhan ei thad yn y cyfeirio, er hynny: byddai hi ei hun wedi dweud mai cwympo mewn cariad â Glyn wnaeth hi – Glyn oedd yn *digwydd* bod yn ffermwr lleol, a'i brosbects e'n dda, yn *digwydd* cydymffurfio â chynlluniau ei thad ar ei chyfer. Ond mae'r dylanwadau cudd sydd arnom oll yn llawer cryfach na'r rhai amlwg, meddyliodd Margaret: er bod Glyn Phillips yn yr ysgol rai blynyddoedd o flaen Elinor, doedd hi erioed wedi ystyried bod potensial cariad ynddo, nes iddo lanio yng nghadair y deintydd un diwrnod a'r ddannodd bron â'i yrru o'i go. A fyddai hynny wedyn ddim yn ddigon oni bai i Elinor sôn adre am Glyn Phillips druan, yn ddigri yn ei wendid, a chychwyn ei thad ar daith ei achau. Doedd gan Elinor ddim diddordeb yn rheiny, wrth gwrs, ond bod sylw i un dyn fel hyn wedi gwthio'r dyn hwnnw i ganol meddwl Elinor a rhoi hwp bach i hedyn o gaseg eira o ben y rhiw.

Erbyn i'r ddannodd ei daro eilwaith, a galw'r tro hwn am osod dant gosod yn lle'r un drwg a dynnwyd, roedd Glyn wedi gofyn i Elinor am *date*.

Wrth edrych o'i chwmpas ar gartref newydd Elinor pan symudai iddo ar ôl priodi, ni allai Margaret lai na theimlo cenfigen. Byddai wrth ei bodd mewn cegin fel hon, mewn tŷ cwbl fodern heb arlliw o natur ffermdy na henaint nac oed i'w anharddu. Gwelodd bethau salach yn y copïau o *Ideal Home* roedd Elinor wedi dechrau pori ynddynt er mwyn chwilio am syniadau. Roedd hyd yn oed lle yn yr ardd, meddai Glyn, i adeiladu pwll nofio pe bai Elinor yn dymuno.

Pwll nofio yn yr ardd! Yn Aberaeron!

"Shwt ma Richard?" holodd Elinor wedi i Margaret orffen 'wawio' ac wedi i'w thad fynd mas i archwilio'r tirlunio ar yr ardd a wnaed gan gwmni o Amwythig.

"Pwy wedodd bo dim byd rhynton ni?" meddai Margaret, yn ansicr sut i deimlo wrth glywed y cwestiwn.

"Mam," meddai Elinor ar ei ben. "Ma hi a Father wrth 'u bodde."

"Odyn, wy'n siŵr," meddai Margaret gan deimlo diflastod. "Ni wedi bod mas am sbin yn y car unweth. 'Nai gyd. Gallet ti feddwl bo ni'n *engaged* ar 'u ffŷs nhw."

"Whech mis gymrodd hi i Glyn a fi engejo," meddai Elinor.

"Beth yw'r hast?"

Tynnodd Margaret ei hun lan ar un o'r stolion swanc nad oedd hi erioed wedi eistedd ar ddim byd tebyg o'r blaen, heb gyfri stolion y labordy Cemeg yn yr ysgol, nad oedden nhw'n swanc o gwbl.

Meddyliodd am John. Doedd hi ddim wedi ei weld i siarad ag e ers mis pan ddaeth e â'r llyfr barddoniaeth 'na iddi, nad oedd hi wedi'i agor wedyn. Roedd e wedi'i ffonio wythnos wedi hynny – a Bet atebodd y ffôn, diolch byth, nid ei mam, cyn i

Margaret ei fachu o law honno, a fynnai siarad Saesneg carbwl i mewn i'r teclyn. Doedd hi ddim wedi dweud wrtho am stopio'i phlagio hi, ond gwyddai mai dyna'r argraff a roddodd iddo.

"Jyst gwed, Margaret," meddai wrthi. "Os wyt ti ddim yn teimlo dim byd tuag ato fi, adawa i ti fod."

"Beth sy'n bod ar fod yn ffrindie?" meddai wrtho, gan wybod y byddai hynny'n golygu na welen nhw mo'i gilydd heblaw drwy daro ar ei gilydd ar ddamwain. Doedd ffrindiau ddim yn trefnu *dates*.

Rhaid bod yr alwad yn dal i chwarae ar ei meddwl y diwrnod wedyn tra bu'n marchogaeth Biwt, pan ddywedodd ei mam wrth iddi ddod drwy'r drws, a'i gwên yn llydan arni:

"Ffonodd Richard!"

Wnaeth hi ddim ateb yn syth, dim ond dal ati i dynnu ei welintyns.

"Glywest ti fi? Ffonodd Richard," meddai ei mam eto, fel pe bai hi'n cyhoeddi'r ail ddyfodiad.

"Reit! Glywes i chi tro cynta!" cyfarthodd ar ei mam.

Ond erbyn amser swper roedd hi wedi ffonio Richard ac wedi trefnu i fynd mas gydag e yn y car to agored i lawr i Cei i gerdded yng ngwynt y môr.

"Dim hast," meddai Elinor nawr gan wasgu'r swits i ddangos y ffan roedd Glyn wedi'i gosod dros y ffwrn i Margaret. "Ma un briodas 'leni'n mynd i fod yn ddigon."

"Sai'n ddeunaw 'to," protestiodd Margaret.

"Erbyn o'n i'n ddeunaw, o'n i ffili weito i adel cartre," meddai Elinor. "Wy'n cofio meddwl cyn y busnes 'na 'da Ben, mai John fyddet ti'n priodi ta beth. O'ch chi byth ar wahân pan o'ch chi'n fach."

Chwarddodd Elinor yn ysgafn a throi i agor y cypyrddau derw, gan oedi dros bob un yn ei dro i ddweud beth fyddai hi'n ei roi ynddo.

Diolchodd Margaret yn ddistaw bach nad oedd disgwyl iddi ddweud dim byd gan i eiriau Elinor am John ddod yn gwbl ddirybudd ar draws eu sgwrs a'i tharo ar ganol ei brest, fel pe bai hi wedi cael ei saethu. Doedd hi'n deall dim arni hi ei hun wedi mynd.

"W, a sôn am John," cofiodd Elinor wedyn, "glywest ti'i fod e o fla'n y llys am whalu sein wrth Dihewyd? Wythnos nesa wy'n credu. Mae e yn y *Cambrian News*."

19

Teimlodd siglen Sgwâr Alban oddi tani'n ei chodi i'r awyr a gwthiodd ei choesau mas yn bellach o'i blaen. Ddim hanner cystal â hedfan drwy'r caeau, dros ffosydd a ffensys ar Biwt, ond roedd ganddi hanner awr tra bod ei mam yn mynd â Bet at y doctor.

"Bach yn hen i neud 'na, wyt ti ddim?" meddai llais y tu ôl iddi a adwaenodd o'r sillaf gyntaf. Plygodd ei choesau a chrafu ei sgidiau ar lawr er mwyn arafu'r siglen cyn gynted ag y gallai. Wedi iddi stopio, daliodd i eistedd arni. Pwysai John yn erbyn y ffrâm yn gwenu arni.

Doedd hi ddim yn gwenu arno fe, ddim yn agos at fod yn gwenu. Cofiai'n rhy dda y gwaradwydd a deimlodd rai blynyddoedd yn ôl bellach o'i glywed yn dweud yn union yr un peth wrthi mewn cae gwair.

"Beth sy'n bod arnot ti? Fi ddyle edrych yn bwdlyd, ddim ti. Paid gweud, so ti'n folon i ni fod yn ffrindie nawr hyd yn o'd?"

"Idiyt, 'na beth 'yt ti."

Tynnodd hyn y wên oddi ar ei wyneb.

"Ffili gadel i bethe fod. Byth yn hapus. Rhaid ypseto'r gart, sdim ots beth."

Deallodd John at beth y cyfeiriai, at y rheswm dros ei llid.

"O. Ti 'di clywed. 'Na fe, gallwn ni ddibynnu ar y *Cambrian News* i fwydo'r rhagfarne i gyd. So nhw byth yn folon cynnwys 'yn llythyre i."

"Ti'n meddwl bod unrhyw un ise clywed beth sda ti i weud, 'te?"

"Synnet ti," meddai John yn dawel, gan droi i edrych ar rywbeth heblaw Margaret.

Gwyddai ei bod hi'n ei waradwyddo a doedd hi ddim am roi'r gorau iddi eto chwaith.

"Ti'n bygwth popeth. Dy ddyfodol i gyd. Beth wede dy dad?"

Gwylltiodd John ar hynny.

"Paid ti mentro sôn am 'y nhad!" chwyrnodd arni.

Doedd hi erioed wedi'i weld e mor grac.

"O'dd 'y nhad yn gwbod beth o'dd yn iawn a beth o'dd ddim. O'dd e'n well bachan na fydd dy hen dad diwerth di byth."

Feiddiodd hi ddim dadlau 'nôl ag e. Gadawodd iddo anadlu'n swnllyd drwy ei drwyn i geisio adfeddiannu ei hunan. Siglodd hithau'n ysgafn gan ddal i edrych arno.

"Ti am dalu'r ffein?"

"Nagw."

"Gei di dy roid yn jêl."

"Caf, os na dalith neb drosta i."

"Pwy nele? Pwy sy ddigon dwl?" Ac wedyn, cofiodd am Walter. "Walter, wrth gwrs. Fe sy'n dy helpu di i fynd i'r coleg."

"Ma Walter yn ffrind da."

"Beth nei di pan fyddi di'n y coleg? Cario mla'n i strywo pethe? Acto fel crwt bach sboilt?"

"Ti'n un dda i gyhuddo neb o fod wedi'i sbwylo. Ti'n byw ar ga'l dy sbwylo: beth bynnag ma cariad Dadi ise ma cariad Dadi'n ga'l."

Roedd e'n ceisio gwthio ymateb ohoni, ac roedd hi'n benderfynol na châi e'r un.

"Ma fe'n wir, nag yw e? Pethe sy'n bwysig i ti, ddim pobol. A sai'n gallu rhoi pethe i ti fel ma dy dad, wedyn sai ddigon da. Bydda'n onest. Ise bywyd cyfforddus wyt ti, ddim cariad. Y pen roith hwnnw i ti, nage'r galon. Sda ti ddim amser i bethe'r galon. Pwy hawl sy 'da ti, o bawb, i weud wrtho fi shwt i fyw?"

"Ti 'di bennu?"

Daliai John i anadlu'n drwm.

"Wy'n siŵr bod pall ar amynedd Walter," aeth Margaret yn ei blaen, "ac ar 'i arian e. Yn jêl fyddi di."

Gwyddai Margaret ei bod hi'n actio'n fwy plentynnaidd na fe hyd yn oed, ond doedd hi ddim yn gallu stopio'i hun. Hi oedd â'r llaw uchaf, er hynny: llwyddai i'w gorddi heb ddangos iddo ei fod e'n ei chorddi hi lawn cymaint. Oedd, roedd hi'n well actor na fe, roedd hynny fach yn amlwg.

"Yn jêl, wedyn 'ny ar y dôl."

Doedd dim yn y byd y byddai Margaret wedi'i ddymuno'n fwy yr eiliad honno na'i fod e'n dod ati ac yn gafael amdani i'w stopio hi, a'i stopio fe'i hunan, rhag taflu'r holl gasineb 'ma at ei gilydd, dod ati a'i hysgwyd hi – a'i chusanu.

Syllodd John arni am eiliad neu ddwy, cyn cerdded i gyfeiriad y gât am allan.

YN Y CAR y tu ôl i Bet a'i mam, bu'n ymdrech iddi gadw ei hun rhag llefain, a cheisiodd ei gorau glas i wrando ar ei mam yn lladd ar Bet wrth ei hymyl, am nad oedd honno'n deall gair o beth oedd y doctor wedi'i ddweud wrthi yn y feddygfa.

"O'dd Doctor Featherton yn treial 'i ore 'da'i, ond o'dd hi'n dishgw'l arno fe fel se hi eriôd wedi clywed Susneg o'r bla'n! O'n i'n goffo cyfieithu i hon, a'r doctor bach druan ffili dyall gair o'n i'n weud."

"Sdim lot o Susneg wedi bod 'da Bet eriôd." Ymdrechodd Margaret i ddilyn hynt y stori ac achub cam Bet yn erbyn cyhuddiadau ei mam o dwpdra bwriadus.

"Ma digon 'da'i i fynd at y doctor. Na, o'dd hi fel se'i ise neud ffŵl ohona i."

"Mam, chi'n siarad amdani o'i bla'n hi…"

"Soi'n dyall gair wy'n weud. *Advanced dementia* medde Doctor Featherton, a ddechreuodd e sôn am 'i rhoi hi mewn cartre."

"So chi'n neud 'ny i Bet!"

"Falle na fydd dewis," meddai Mary gan ochneidio'n ddwfn. Roedd hi'n dal i deimlo gwaradwydd nad oedd ei morwyn oedrannus yn gallu deall Saesneg ei doctor, yn union fel pe bai'n adlewyrchu'n wael arni hi am beidio â bod wedi dysgu iaith y byd i'r fenyw fach druan.

"O'dd sane streips 'da Tom RAF," meddai Bet yn ysgafn i dorri'r sgwrs amdani nad oedd hi fel pe bai'n ei chlywed. "A dim gair o Jyrman!"

Anelodd Margaret am y grisiau ar ôl cyrraedd adre. Roedd hi wedi dal yr holl ffordd o'r dref, gan gadw ei meddwl ar drafferthion Bet rhag gorfod ail-fyw'r hyn roedd John wedi'i ddweud wrthi.

Ond roedd ei thad yn y gegin wedi galw arni i ddod i weld pwy oedd wedi galw heibio i'w gweld, a gallai ddweud ar ei lais pwy oedd yno. Bron nad oedd ei thad yn canu'r geiriau arni i'w hebrwng at ei hymwelydd.

Eisteddai Richard ar y setl â'i fraich ar ei chefn a golwg gyfforddus iawn arno. Edrychai'n gwbl gartrefol yng nghwmni ei thad.

"Ni'n dou wedi bod yn dodi'r byd yn 'i le," meddai ei thad, "yn do fe, Richard?"

Gwenodd Richard arno, a pharhau i wenu wrth droi ati hi.

"Richard!" cyhoeddodd ei mam wrth i honno ddod i mewn o'r cyntedd, yn union fel pe na bai hi wedi deall ei fod e yno.

"Shwt y'ch chi, Mrs Morris? Dala mor bert ag eriôd," meddai Richard gan godi i gyfarch ei mam.

Chwydlyd, meddyliodd Margaret.

Aeth Bet heibio i gyfeiriad y grisiau cefn gan fwmian iddi hi ei hun.

"Honna," dechreuodd Mary gwyno wrth ei gŵr, yn methu rhoi ffrwyn ar ei llith. "Ffili dyall gair o Susneg Doctor Featherton. Union fel se'i riôd wedi clywed yr iaith."

"Ma Walter yn gweud bod ise mwy o ddoctoried ifanc yn Aberaeron," meddai Richard, "a'i bod hi'n dr'eni nag yw Featherton yn siarad Cymrâg."

Cofiodd Margaret am gyfeillgarwch Richard a Walter ers dyddiau ysgol. Ac i feddwl ei bod hi newydd fod yn sôn am Walter wrth John, yn taflu gwenwyn dros gyfeillgarwch y ddau. Teimlodd ychydig o glawstroffobia'r sefyllfa, a gobeithiai nad oedd John wedi ymddiried unrhyw gyfrinachau yn Walter.

"Sai'n gwbod ambitu 'ny," meddai Mary, yn dal i fethu gweld bai ar neb ond ei morwyn styfnig, hanner call. "Sai'n gweld pam ddyle fe offo neud yr ymdrech. Ma pawb yn dyall Susneg."

Pawb ond Bet, mae'n amlwg, meddai Margaret yn ei phen.

Doedd hi ddim mewn hwyliau i fynd am dro yn y car, na hyd yn oed i siarad â Richard. Roedd gweld John yn Sgwâr Alban wedi ei chynhyrfu mewn ffordd na allai ei rhesymu ynddi ei hun, a'r teimlad fod pethau, o'r diwedd, wedi dod i fwcwl yn derfynol rhyngddi a John yn syndod o anodd iddi ei dderbyn nawr ei fod e wedi digwydd. Doedd gweld Richard yno, mor barod i blesio, mor agored i unrhyw beth a allai ddatblygu rhyngddi ac e, yn lleddfu dim ar y boen roedd hi'n ei theimlo â'r dagrau mor agos i'r wyneb. Teimlai fel pe bai twll wedi agor y tu mewn iddi, rywle rhwng ei hysgyfaint a'i bol.

Ei thad awgrymodd eu bod nhw'n mynd am wâc rownd y fferm, a gwnaeth hynny iddi deimlo'n fwy sâl. Roedd rhywbeth yn y cynnig a wnâi iddi deimlo fel pe bai ei thad yn gwahodd Richard i fynd am dro rownd yr hyn a fyddai'n eiddo iddo fe ryw ddiwrnod, heb i'w thad fod wedi gallu cuddio'i ysfa i roi hynny ar ddeall i'w ddarpar fab yng nghyfraith yn ddigon hir i ddau ddieithryn ddechrau dod i nabod ei gilydd.

Ysai am weiddi sgrechian ar y ddau i adael llonydd iddi. Y peth diwethaf roedd hi ei eisiau ar ôl siarad â John yn Aberaeron oedd cwmni dynion.

A bod yn deg, gwyddai nad oedd drwg yn perthyn i Richard, a gwelodd fod golwg o embaras braidd ar ei wyneb wrth i'w thad eu cymell i gwmni ei gilydd. Cytunodd Margaret i fynd am dro, am fod hynny'n galw am lai o eiriau ar ei rhan na gwrthod.

"Sori. Mae e'n gallu bod mor uffernol o *obvious*," meddai Margaret ar ôl i'r ddau gamu allan o'r tŷ. Waeth iddi fod yn agored am y peth ddim.

"Sdim ots," meddai Richard. "Os 'yt ti'n iawn, 'yf i'n iawn hefyd," meddai, a tharodd Margaret pa mor wlanenaidd oedd e o'i gymharu â'r ffordd roedd John wedi siarad â hi gynnau. A'r ffordd roedd hi wedi siarad â John, cyfaddefodd wrthi ei hun:

doedd hi heb ffrwyno'i thafod chwaith. Ond roedd John wedi dangos nad oedd e'n barod i chwarae'r gêm rhagor.

Teimlai Margaret lygaid ei thad arni wrth i'r ddau gerdded o'r tŷ i lawr i gyfeiriad y tai allan. Bron na allai ei ddychmygu yn syllu arnynt drwy ffenest yr ystafell fyw, drwy bâr o feinociwlars, jyst i wneud yn siŵr eu bod nhw'n dala'n glòs. Wyddai hi ddim a oedd e'n edrych arnynt mewn gwirionedd, ond gallai'n hawdd ddychmygu ei fod. O'r ffenest fawr gallai fwrw ei olwg dros y tai allan a rhai o'r caeau. Er gwaethaf yr holl erwau o dir, teimlai Margaret fel pe bai'r byd yn dechrau cau i mewn arni.

Ar ôl troi'r gornel heibio ochr y beudy tuag at y caeau gwaelod, mas o olwg y tŷ, estynnodd Richard am ei llaw. Doedd dim ôl petruso arno, fel y byddai Margaret wedi'i ddisgwyl, a chofiodd am y gusan ymwthiol a orfododd e arni wrth y ford snwcyr ym Mryn Celyn. Thynnodd hi mo'i llaw yn ôl, er hynny. Câi rywfaint o gysur o'r gwres.

Wedyn, falle am iddo ddangos ei hoffter ohoni drwy estyn ei law, canfu Margaret ei bod hi'n llefain.

"Margaret!" ebychodd Richard, wedi dychryn drwyddo. "Beth sy'n bod? Odw i wedi neud rwbeth na ddylen i?"

Roedd e wedi tynnu'i law yn ôl yn reddfol yn ei ddychryn a nawr roedd e'n ei hwynebu hi. Safodd hi o'i flaen a'i chefn at wal gefn y beudy, yn methu'n lân â stopio'i hun rhag llefain.

"Sdim byd…" ymdrechodd i siarad drwy ei dagrau, "sdim byd yn bod."

Wedyn roedd e'n sychu ei dagrau hi drosti, a'r consýrn ar ei wyneb yn gwneud iddi chwerthin a chwerthin, nes bod y dagrau wedi sychu a'r twll yn ei bol yn llawn o hyrddiadau o chwerthin, ac yntau yr un fath wedyn, yn dechrau chwerthin fel hithau, fel dau beth ddim yn gall, a dim syniad o gwbl gan yr un o'r ddau pam.

21

ERS Y BORE bach roedd synau faniau'r ardal yn ymlwybro drwy strydoedd y dref wedi ei gadw ar ddihun. Clepian eu drysau ymhell ac agos wedyn a sŵn gosod byrddau a chadeiriau plygu ar holl darmacadam Aberaeron.

Yn y Sgwâr y byddai'r prif ddathliadau, ond roedd ambell un o drigolion y strydoedd wedi mynnu ymestyn y dathliadau mewn rhyw ymgais dila i ddynwared yr hen bartïon stryd a fu ar draws ac ar led y wlad adeg y coroni un flynedd ar bymtheg ynghynt. Cofiai nifer fawr o bobl yr achlysur hwnnw'n glir a doedd eraill ond yn cofio gweld lluniau o'r dathliadau.

Gorweddodd John ar ei gefn a gwrando am synau yn y tŷ fyddai'n dangos fod Nesta wedi codi. Gwyddai mai aros i weld ei gefn a wnâi hi, cyn bachu'r tuniaid o gacennau bach roedd hi wedi'u cuddio yn y cwpwrdd wrth y sinc a dianc i ganol y ffwlbri dwl fel y lleill.

Roedd hi'n anodd bod yn wrthrychol â chymaint o ddu a gwyn ynglŷn â'r holl beth. Rhaid iddo gofio nad oedd Nesta wir yn tyngu llw o ymlyniad i dywysog estron o wlad arall drwy goginio dwsin o gacs bach i'w cyfrannu at weddill y wledd yn y Sgwâr. Go brin y gwyliai hi'r sioe ar deledu hyd yn oed.

Gwyddai mai ychydig iawn o ddathlu a fu ym mywyd bach Nesta hyd yn hyn a phwy oedd e i fynd i warafun diwrnod o hwyl i'w chwaer? Roedd e wedi dadlau nad testun gorfoledd cenedlaethol oedd arwisgiad yr estron hwn, ond prawf o'n taeogrwydd fel cenedl, ac roedd Nesta wedi dweud: "Digon posib mai 'te, sen i'n dyall y geirie mowr 'na i gyd."

Ond yn y bôn roedd hi'n deall yn iawn, ac wedi cytuno ag e. Roedd hi hefyd wedi dweud wrtho mai un diwrnod fyddai diwrnod yr Arwisgo, un diwrnod o jeli a balŵns a brechdanau a cherddoriaeth a dim ysgol. Bob diwrnod arall, Cymry oedden nhw, Cymraeg oedden nhw'n ei siarad, a doedd dim diddordeb ganddi hi a'i ffrindiau, beth bynnag am y genhedlaeth hŷn, yn yr un o blant na llinach Mrs Windsor grachaidd, gyfoethog, gwbl, gwbl wahanol iddynt.

Diolchodd John yn ddistaw bach nad oedd eu tad byw i'w gweld hi'n tynnu'n groes i bob blewyn gweriniaethol ar ei groen drwy fod yn rhan o'r dathliadau ar y Sgwâr. Pan ddaeth sôn gyntaf am y sbloets yng Nghaernarfon, doedd Ben ddim wedi sôn rhyw lawer am y peth er hynny, fel pe bai e'n ymladd brwydr ag e'i hun. Llywodraeth Wilson, wedi'r cyfan, prif weinidog y gweithiwr i fod, oedd wedi trefnu'r ffiasgo addolgar, breniniaethol – cadarnhad unwaith eto o'r hollt bendant rhwng y prif lif Llafur a hen gymdeithas y gwir sosialwyr, gwir lais y gweithiwr. Trueni na welodd ei dad yn dda i ymuno â'r cenedlaetholwyr, gan mai o'u plith nhw yr oedd yr unig lais gwrth-frenhinol wedi'i godi at yr hyn oedd ar fin digwydd yng Nghaernarfon heddiw.

Ond dyna fe. Doedd ei dad ddim yn fyw, a byddai'n rhaid i John wynebu Nesta yfory eto a'r cyfan y tu ôl iddynt, felly i beth âi e i ddadlau?

I Gilmeri yr âi e heddiw. Roedd e wedi ystyried cau ei hun yn ei ystafell wely yn darllen neu ymroi i roi trefn ar lyfrau ei dad. Byddai'n rhaid iddo gael trefn ar ei bethau ei hun cyn bo hir iawn – archebu llyfrau, prynu dillad – cyn ei throi hi am y coleg meddygol yng Nghaerdydd. Ond teimlai ryw rym anweledig yn ei dynnu draw at gofeb Llywelyn.

Tybed lle byddai Walter heddiw, meddyliodd. Ai cadw cwmni i daeogion eraill Aberaeron fyddai e, yn yfed gwin o fygiau Carlo? Gallai gredu y byddai Dot yno yn eu canol nhw, yn hwrjo brechdanau i holl drigolion y dref, ond doedd e ddim mor siŵr am Walter.

Gallai'n hawdd deimlo'n anghyfforddus, ac yntau'n

ddibynnol iawn ar y gefnogaeth a gâi gan Walter a Dot, er na chlywodd air croes gan yr un o'r ddau ar ôl iddo gael ei arestio.

Mynd ati'n fwriadol i gael eu dal wnaeth John a'i bartner: tynnu arwydd, ffonio'r heddlu o giosg ac aros i gael eu harestio. Dôi'r achos llys a fyddai'n sicr o ddilyn â sylw i'r brotest dros arwyddion dwyieithog. Mynd yn enw'r Gymdeithas wnaethon nhw'r tro hwn, a honno bellach yn arddel dull o weithredu di-drais ac yn annog ei gweithredwyr i ysgwyddo cyfrifoldeb am eu troseddau – fe a Mei Mydroilyn, oedd rai blynyddoedd yn hŷn nag e ac a arferai roi lifft i John i gyfarfodydd y Gymdeithas hwnt ac yma yn y sir.

"You barmy idiots," meddai un o'r ddau heddwas o Aber a ddaethai i Ddihewyd i'w harestio wedi'r alwad ffôn, ac ni allai John farnu ai eu ceryddu am wneud y weithred yn y lle cyntaf neu am beidio â rhedeg bant ar ôl tynnu'r arwydd roedd e.

"Lle ma'r sein 'te?" holodd yr heddwas arall â thro llawer mwy milain yn ei wefus uchaf wrth iddo siarad â'r ddau a dreuliodd ddwyawr yn y ciosg rhag y glaw yn aros i'r gyfraith igam-ogamu'i ffordd i lawr i Ddihewyd.

Cododd Mei Mydroilyn ei ysgwyddau. "So ni'n gweud dim."

Roedd y ddau wedi cytuno y câi'r arwyddion 'Lampeter' a 'Cardigan' ac 'Aberayron' eu cludo oddi yno yng nghefn fan Terwyn rhag gwneud y gwaith o'u hailosod yn rhy rwydd i'r awdurdodau. Ni châi'r un gair ei ddweud am ran Terwyn yn y weithred, wrth gwrs.

Yn y llys yn Aberaeron, ceisiodd yr erlyniad holi eto beth oedd tynged yr arwyddion ac ni ddatgelodd yr un o'r ddau fod Terwyn, yn ei banic, wedi gyrru'r holl ffordd lan i Gors Caron i gladdu'r metel a lenwai gefn ei fan yn ddigon dwfn fel na châi ei weld eto o fewn yr oes ddaearegol bresennol.

"Ti'n lwcus bod yr ysgol wedi troi llygad dall, so'r BMA yn

mynd i edrych yn ffafriol ar ddoctoried sy wedi bod yn jâl," meddai Walter wedi'r achos wrth geisio perswadio John i adael iddo dalu'r ddirwy.

"Wy'n neud e achos bod raid," mynnodd John ddal ati.

"Ma gwa'nol reidie," meddai Walter, "gwa'nol ddullie o frwydro yn yr un rhyfel, gwa'nol ffyrdd o ga'l Wil i'w wely. Dewisa dy frwydre a dy ddullie'n ddoeth."

Ddywedwyd yr un gair pellach am y mater a chafodd John wybod fod ei ddirwy wedi'i thalu.

A nawr roedd Walter yn ei helpu i fynd i'r coleg. Bu'r ddau'n eithriadol o dda wrtho fe a Nesta, a gwyddai y câi Nesta bob cefnogaeth ganddynt eto ar ôl mis Hydref ac yntau ar ei ffordd i Gaerdydd.

Tybed ble fyddai teulu Coed Ffynnon yn dathlu diwrnod yr Arwisgo? Go brin y cadwent at eu hunain ar achlysur mor bwysig. Gallai John gredu y byddai llawer o'r ffermydd mawr yn mynd i dai ei gilydd, pa un bynnag fyddai â'r set deledu fwyaf, ac yn dathlu dros eu wisgis a'u jins yn union fel pe bai Carlo'n un o'u cyfeillion mwyaf mynwesol. Neu falle mai lawr i'r dref yr heidient, â basgedi o bethau da i'r werin eu bwyta, gan uno crachach a gwreng yn erbyn Cymru, yn erbyn popeth a olygai gymaint i John.

Byddai wedi bod wrth ei fodd pe bai e'n teimlo'n wahanol, pe bai e, fel Nesta, yn gallu peidio ag edrych i mewn i bethau'n rhy ddwfn, ac ymroi i ychydig o hwyl heb boeni tamaid go iawn fod hanner y byd yn gwylio menyw yng Nghaernarfon yn gwisgo het am ben ei mab.

Clywodd draed Nesta ar y grisiau. Wnâi John ddim sôn am heddiw, dim ond rhoi gwybod iddi y byddai'n ei ôl cyn nos. Roedd Terwyn eisoes wedi cynnig lifft iddo i Gilmeri.

22

PAN GODODD YN y diwedd a mynd mas i gwrdd â Terwyn ar Stryd y Bont, cafodd John gryn syndod o weld fod pobl eisoes wedi gosod y byrddau pastio – rhesi ohonynt – a'r cadeiriau plygu yn eu lle. Roedd platiau ar y byrddau wedi'u gorchuddio â phapur pobi ac Union Jacks yn cyhwfan o bob postyn lamp i bob cornel stryd.

Ceisiodd John reoli'r pwysau yn ei ben oedd yn bygwth ffrwydro'n dymer. I beth âi e i weiddi? Dianc oedd yr ateb, dianc cyn belled ag y gallai o'u ffordd nhw i gyd.

"John?" clywodd lais y tu ôl iddo. Walter. Trodd i'w wynebu. Daliai Walter focs mawr o'i flaen, ac roedd rhywun arall lled gyfarwydd yn sefyll y tu ôl iddo yn dal anferth o hambwrdd wedi'i orchuddio â llieiniau sychu llestri dros ryw fwydach.

"Synnu dy weld di ambitu'r lle," meddai Walter. "Wedi dod draw am bryd bach o fwyd?"

"Mynd o 'ma wy," meddai John yn fflat. Byddai wedi bod yn hapusach ei fyd pe na bai wedi gweld Walter fel hyn, yn rhan o'r rhialtwch dwl.

"I lle?" holodd Walter.

"Ddim i Ga'rnarfon?" holodd y bachan tal wrth ddod heibio i ysgwydd Walter, a sylweddolodd John mai mab Bryn Celyn oedd e. Gwyddai fod Walter yn dipyn o ffrindiau gydag e, ond doedd John ddim yn ei gofio yn yr ysgol. Richard. Bachan y car swanc.

"Sai'n credu 'ny," eglurodd Walter wrtho, heb unrhyw wawd yn ei lais. "Mynd o ffordd yr holl nonsens neith John os wy'n 'i nabod e. Falle ddoa i 'da ti," ychwanegodd wedyn yn hwyliog gan godi'r bocs fodfedd neu ddwy. "Un ffordd o beido goffo bod yn was bach i Dot."

"Beth sy'n bod arnot ti 'chan?" meddai Richard, a mwy o

falais ar ei lais, wedi'i wisgo lan fel tynnu coes. "Jans i bawb enjoio, sdim byd yn bod ar bach o enjoio."

"Mwynhewch chi," meddai John cyn hynawsed ag y gallai wneud i'w lais swnio. Gwyddai fod cyfaill Walter ar fin ei roi yn ei le, a doedd e ddim yn teimlo fel dadlau heddiw. Aethai'r amser i ddadlau heibio. Amser i fod yng nghwmni rhai tebyg iddo fe'i hunan oedd heddiw, ac roedd John yn ysu am i fan Terwyn ddod i'r golwg dros y bont a mynd ag e mor bell o Aberaeron ag y gallai.

"Sai'n meddwl lot o'r bachan heblaw bod 'da fe bâr o glustie gwerth galw 'chi' arnon nhw, ond sai'n neud ffŷs ambitu'r peth. A wy'n lico Dafydd Iwan gystel â neb 'fyd. Ond jawch eriôd, os yw e'n rhoi esgus am barti, sdim ots 'da fi se'r fenyw'n symud i Gastell Ca'rnarfon i fyw."

"Dadle fyddi di, Richard," trodd Walter ato a'i wên yn llydan. Gallai John deimlo'r anghysur yn ei lais wrth iddo orfod cadw'r ddysgl yn wastad rhwng dau o'i ffrindiau oedd newydd gwrdd â'i gilydd yn iawn am y tro cyntaf.

Yna roedd fan Terwyn yn dod i'r golwg rownd y gornel ar ben y rhiw, a John wedi gwenu ar y ddau a mwmian "Mwynhewch" orau y gallai i'w cyfeiriad.

Daliodd Walter ei fraich wrth iddo basio.

"Fydden i'n lico bod 'na 'da ti'n hunan, mêt, lle bynnag ti'n mynd. Ti'n gwbod lle ma 'nghalon i."

Gwenodd John arno'n ddiolchgar. Fyddai fawr o neb arall yn Aberaeron wedi cyfaddef hynny heddiw.

Nodiodd i gyfeiriad Richard Bryn Celyn. Er gwaetha'i eiriau, neu o'u herwydd falle, roedd rhywbeth am y dyn roedd John yn ei hoffi.

"Glywest ti?" oedd y cwestiwn cyntaf i Terwyn ei ofyn wrth iddo wisgo'i straps Barbara Castle yn y fan newydd.

"Clywed beth?" Roedd golwg go ddifrifol ar wyneb Terwyn wrth iddo ddechrau gyrru oddi yno.

"Bom. Yn Abergele. Dau wedi'u lladd."

"Beth?!" Rhedodd pob math o luniau drwy feddwl John. Dau wedi'u lladd – y tywysog a'i fam? Go brin…

"FWA. Dau o'n dynion ni. Gosod y bom o'n nhw, ar bwys y *railway* sy'n mynd i gario'r brych a'r buten 'i fam, a hwthodd y peth lan a'u lladd nhw."

"Dduw mawr," ebychodd John.

"Merthyron," meddai Terwyn. "Raid i ni neud yn siŵr na chân nhw'u hanghofio."

Soniodd Terwyn wrtho'n fanylach am yr hyn roedd y newyddion ar y radio wedi'i ddatgelu.

Lledaenodd diflastod trwy bob un o gelloedd John: tristwch eithafol at golli dau, a'r frwydr genedlaethol mor ofnadwy o brin o bobl; anobaith nad oedd dim byd wedi'i gyflawni, dim ond ei golli. Ni chytunai â thrais wedi'i gyfeirio yn erbyn pobl, hyd yn oed Lisi a Charlo, a gwyddai'n fwy na hynny na wnâi dim byd dan haul fwy o ddrwg i Gymru na phe bai'r FWA, neu bwy bynnag oedden nhw, wedi llwyddo i glwyfo neu ladd rhywun ar y trên brenhinol.

Plygodd Terwyn i godi radio fach fatri oddi ar y llawr wrth draed John.

"Switsia honna mla'n i ga'l gweld os y'n nhw'n gwbod rhagor ambitu fe," meddai Terwyn.

24

"'NA BETH SY ga'l," meddai Richard wrth sipio'i beint. "Os ti'n hwpo dy fys yn tân, ti'n mynd i ga'l dy losgi."

"Mm," meddai Walter, heb fod cweit mor siŵr.

Roedd hi'n amlwg fod y newyddion am y ddau yn Abergele wedi tynnu'r llewyrch oddi ar firi'r diwrnod. Aethai Walter i'w blu braidd ar ôl iddo glywed, yn union fel pe bai wedi gallu twyllo'i hunan, cyn clywed, nad oedd fawr o ddim o'i le ar ychydig bach o sbort diniwed.

Gallai Margaret gyfrif ar un llaw sawl gwaith o'r blaen roedd hi wedi cwrdd â Walter, er bod Richard yn mynd i lawr i Aberaeron i'w gyfarfod am gêm o snwcyr bob wythnos. Gwyddai ei fod yn ddoctor ac roedd hynny'n codi ychydig bach o ofn arni, er nad oedd hi'n gwybod pam. Fel nifer o rai eraill, roedd darn bach o'i hisymwybod a ystyriai fod doctoriaid yn fodau goruwchnaturiol a allai ganfod mwy amdanoch na chyflwr eich iechyd drwy ddim ond edrych arnoch chi.

Gwthiodd Margaret y syniad o'i meddwl. Ffrind Richard oedd e, yn cael peint. Ac fel ffrind i Richard, allai e ddim â bod yn arallfydol, hollwybodus siŵr iawn.

Cofiodd wedyn mai hwn oedd wedi bod yn gymaint o help i John ar ôl marw ei dad. Trueni na fyddai e wedi gallu dylanwadu ar John i fod yn llai o Welsh Nash ar yr un pryd.

Gwasgodd Richard ei braich, yn union fel pe bai e'n gwybod beth oedd yn mynd drwy ei meddwl, a stopiodd Margaret feddwl am John.

"Ma beth yw *decadent*," meddai Richard gan edrych ar ei oriawr. "Cwarter wedi pump yn pyrnhawn yn iste'n yfed peint yn y Feathers a llond ca' o dda ise'u godro."

Gwyddai Margaret nad gwaith Richard fyddai hwnnw ond un David, ei frawd hynaf. Un peth am fod yn ail blentyn, ystyriodd, oedd nad oedd disgwyl iddo ysgwyddo cyfrifoldeb yn rhy aml. David a'r gweision fyddai'n gorfod gwneud y rhan fwyaf o'r gwaith ym Mryn Celyn, er mai Richard oedd yn cyfrannu'r syniadau ar sut i wella'r lle a gwneud bywoliaeth ddigon cyfforddus yn un fwy lewyrchus byth, gyda'i syniadau am ddatblygu'r tir yn gyrchfan wyliau i dwristiaid. Ddaeth dim ohonynt eto, ond roedd e'n dal i'w lleisio, a'r hen Cedric yn ddigon hirben i nodio a chytuno, heb addo dim na symud cam i wireddu breuddwydion Richard. Gwyddai Cedric mai David fyddai'r bos wedi ei ddyddiau ef, ac roedd David yn fwy o ffermwr cydwybodol na dyn busnes. Doedd neb yn disgwyl i Anita'r chwaer fach godi bys i wneud dim byd. Go brin y byddai hi'n llwyddo, p'run bynnag, meddyliodd Margaret yn angharedig. Roedd hi'n wyn fel y galchen, yn denau fel styllen ac yn gwneud ei gorau i hybu'r *look* honno, fel pe bai dynion yn damsgen dros ei gilydd i fynd mas gydag ysbrydion sgerbydaidd.

"Drinc arall?" Cododd Richard ei gwydr jin gwag hi.

"Ddylen i ddim," meddai Margaret gan edrych o'i chwmpas. "Wy ddim ise i Father weld bo fi 'ma."

"So dy dad 'ma," meddai Walter yn ddryslyd. Go brin y meiddiai Teifi Morris bechu ei etholwyr drwy gamu i mewn i'r Feathers ar awr mor gynnar, dathlu'r Arwisgo neu beidio.

"Na, ond fydd e'n sylwi bo fi ddim mas ar y Sgwâr," rhesymodd Margaret. "So chi'n nabod Father, Walter."

"Nagw, ddim i siarad 'da fe. Featherton yw 'i ddoctor e. Ond wy'n gwbod lot amdano fe," meddai Walter yn ddigon didaro.

Gallai fod wedi golygu fod enw ei thad yn gyfarwydd yn y dref, siŵr dduw, fel roedd e, ac yntau'n gynghorydd amlwg, yn biler cymdeithas. Ond yr unig beth y gallai Margaret ei feddwl oedd bod John wedi siarad gyda Walter am ei thad, ei fod e wedi pardduo'n ddidrugaredd y cythraul roddodd y sac i Ben.

Rhaid bod Walter wedi sylwi arni'n cnoi cil dros ei eiriau gan iddo ruthro i'w sicrhau nad oedd e wedi clywed neb erioed yn dweud gair cas am ei thad; nid dyna oedd ganddo.

Gwenodd Margaret arno.

"Wel, 'na fi'n gwbod bo chi'n gweud celw'dd nawr," meddai.

Daeth Dot i'r golwg, yn edrych fel pe bai hi wedi ymlâdd. Goleuodd wyneb Walter, a chododd i wneud lle i'w wraig ifanc eistedd wrth ei ymyl. Aeth hithau ato, a swatio yn erbyn ei gesail.

"Shwt mai'n mynd mas 'na erbyn hyn?" holodd Richard.

"Dala *in full swing*," meddai Dot. "Sai'n gweld neb yn mynd gitre sboi'n orie mân y bore."

"Jinsen fach, 'te." Cododd Richard wydr Margaret i gyfeiriad Dot. Fyddai dim rhagor o ddadlau ei bod hi ofn ei thad. Un peth am Richard, meddyliodd Margaret – gallai hudo ei thad â'i gleber i gredu mai fe oedd y peth gorau a grëwyd erioed, ac mewn dadl rhyngddi hi a Richard, nid bod un o werth wedi bod eto, ni allai ddychmygu ei thad yn ochri gyda hi yn erbyn Richard.

A falle mai ei thad oedd yn iawn, wedi'r cyfan. Gallai Richard ei chadw hi'n gyfforddus a boddio'i holl anghenion, gorff ac enaid – ac os nad enaid yn llwyr, wel, pa ots, fe ddilynai hwnnw'n ddigon parod o roi digon o foethusrwydd corfforol i'r ferch – ac yna, wedi ei ddyddiau ef, câi Teifi adael ei eiddo yn nwylo da a phrofiadol ei fab yng nghyfraith heb boeni am barhad Coed Ffynnon. Câi gwaed Coed Ffynnon a gwaed Bryn Celyn greu etifedd, sawl etifedd, i gadw i'r oesoedd a ddêl…

Crynodd Margaret wrth i'w meddwl lamu yn ei flaen ar gyflymder dyheadau ei thad yn hytrach na'i rhai hi. Doedd hi a Richard ddim wedi symud ymhellach na chusanu eto, ac roedd hi'n ddiolchgar iawn am hynny wedi dim ond pum mis o fynd mas gydag e. Pwy a ŵyr beth a ddôi?

Am ryw reswm, crwydrodd ei meddwl at gusanau John, a rhoddodd rai eiliadau o feddwl 'beth os' iddi'i hun yn anrheg, na fyddai wedi meiddio'i wneud heblaw am effaith y jin yn creu cymylau gwlân cotwm yn ei phen. Yn ei dychymyg, roedd John yn addo i'w thad na wnâi ddim oll eto i dynnu'n groes i'r gyfraith na dadlau gwleidyddiaeth â neb, dim ond ymroi i wneud ei filoedd fel meddyg teulu a gadwai Margaret yn gyfforddus.

Beth oedd yr holl sylw 'ma i gysur? Torrodd y cwestiwn drwy drac ei dychymyg. Wnâi hi ddim torri pe bai hi'n gorfod wynebu bywyd yn wraig i dlotyn, wnâi hi ddim cwympo'n farw pe na bai'n cael trip misol i B J Jones, Llambed, wnâi hi?

"Roien i ginog amdanyn nhw," meddai Dot yn ei chlust.

Gwenodd Margaret arni. Roedd hi wedi gweld Dot fwy nag unwaith o'r blaen yn un neu ddau o weithgareddau cyhoeddus y WI yn y dref, ond doedd hi ddim wedi bod yn ei chwmni'n hir o'r blaen. Edrychai'n ferch ddigon hawddgar, a phert ar y naw, er nad oedd hi fel pe bai hi'n ymwybodol o'i phrydferthwch. Gallai weld fod Walter wrth ei fodd â hi.

"Meddwl yn bell," meddai Margaret yn hunanymwybodol. Teimlai'n lletchwith yng nghwmni dau ddieithryn, gystal â bod, a Richard wrth y bar yn siarad gyda chriw o gynghorwyr y dref oedd newydd ddod i mewn o'r Sgwâr yn chwifio baneri Jac yr Undeb. Gallai fynd ato, ond doedd hi ddim am fechu'r ddau yma oedd yn ffrindiau i Richard. Teimlai fod Dot lawer hŷn na hi, er mai dim ond wyth mlynedd oedd rhyngddi a Dot, Richard a Walter. Fyddai wyth mlynedd yn ddim byd mewn degawd, a byddai'n mynd yn llai fyth o hynny ymlaen. Daliodd ei hun yn crynu wrth geisio dirnad y fath amser ymlaen i ddyfodol a oedd yn dywyll fel bol buwch gan mor ddieithr oedd e iddi.

Roedd rhywbeth yn ymarweddiad Dot a wnâi i Margaret deimlo'i bod hi'n perthyn i genhedlaeth wahanol i'w hun hi, rhyw ddiniweidrwydd falle. Ai dyna ydoedd? A oedd Dot yn rhy neis ganddi? Yn bendant, roedd cefnfor cyfan o wahaniaeth rhwng Dot a Sylvia Humphries a Pat McNulty.

"Jin, cariad." Gosododd Richard y gwydr i lawr o'i blaen, ac estyn gwydr arall i Dot.

Gwenodd Margaret yn gwrtais arno, yna ar Walter a Dot, cyn codi ei gwydr ac yfed i'w hiechyd nhw ill tri, fel roedden nhw wedi'i wneud i iechyd y frenhines a'i mab sawl gwaith yn barod y diwrnod hwnnw.

25

DOEDD MARGARET ERIOED wedi gweld y Feathers mor llawn o'r blaen. Doedd Richard a Walter ddim wedi symud ers iddi fynd i chwilio am ei rhieni awr ynghynt, ond doedd dim golwg o Dot bellach. Petrusodd Margaret rhag gwneud ei ffordd 'nôl tuag atynt o'r Sgwâr drwy'r dyrfa o fechgyn yn bennaf o gwmpas y bar; teimlai nad oedd tafarn lawn o ddynion meddw'n lle gweddus i ferch ifanc fod, er ei bod hi'n ddiwrnod gwahanol iawn i'r arfer. Yn hynny o beth, ni fyddai wedi anghytuno'n rhy chwyrn â'i thad.

Roedd hi wedi dweud wrth ei rhieni ei bod hi'n dod 'nôl yma i gwrdd â Richard ac roedd clywed ei enw'n ddigon i dawelu meddwl y ddau. Rhoddodd Richard gusan sidêt ar ei boch ar ôl sefyll ar ei draed i'w chyfarch a chlywodd Margaret wynt wisgi ar ei anadl. Cododd Walter hefyd i wneud lle iddi gan egluro fod Dot wedi mynd 'nôl i'r Sgwâr i helpu yn y fan honno. Teimlodd Margaret efallai mai'n helpu yn y Sgwâr y dylai hi fod hefyd, er nad oedd tamaid o awydd arni fynd i gwmni plant a mamau hŷn na hi gan mwyaf, pob un dan bwysau ac yn rhegi ei gŵr yn y dafarn.

Roedd Richard wedi troi i siarad â dau neu dri o ddynion yr un oed ag e a safai'n magu peintiau, a hithau'n ceisio meddwl am rywbeth call i'w ddweud wrth Walter.

"Siŵr bod hi'n od i chi, gweld gwment o batients mas yn hyfed a chithe'n gwbod am 'u gwendide nhw i gyd."

"Sai'n siŵr ambitu 'ny, wir," chwarddodd Walter. "A ma dda 'da fi weld bach o hyfed: so tamed bach o alcohol yn mynd i neud lawer o ddrwg i neb."

Llyncodd lond ceg o'i beint. Sylwodd Margaret nad oedd e wedi newid i yfed wisgi fel y gwnaethai Richard.

"A fydde dda 'da fi set ti ddim yn 'y ngalw i'n 'chi',"

ychwanegodd mewn llais ffug ddiflas. "Ti'n neud i fi dwmlo'n gant o'd, ferch."

"Sori," meddai Margaret a gwenu'n llywaeth.

"'Co rywun o'n i ddim wedi dishgw'l 'i weld 'ma."

Cododd Walter ei law ar rywun y tu ôl iddi a throdd Margaret yn reddfol i weld pwy oedd e'n ei gyfarch.

"Ti'n nabod John, wrth gwrs," meddai Walter gan godi i geisio gwneud lle i John ddod atynt.

Safai John gyda Terwyn yn y drws, yn amlwg heb benderfynu'n iawn a oedd e am fentro i mewn i blith llond tafarn o frenhinwyr – yn ei lygaid e, os nad yn eu llygaid nhw'u hunain. Wrth ei weld yn petruso, sylweddolodd Margaret ei bod hi wedi colli ei weld dros y misoedd diwethaf, ac mai'r ochr draw i'r hewl, ar y siglen yn Sgwâr Alban, y gwelodd hi e ddiwethaf, a'r holl bethau ddywedon nhw wrth ei gilydd yn gwneud iddi deimlo fel pe bai gwerth blynyddoedd o ddŵr wedi mynd o dan y bont. Sylweddolodd hefyd nad oedd hi eisiau ei weld e chwaith, ddim fel hyn, ddim â Richard yn malu cachu gyda'i griw o ffrindiau hanner meddw o fewn tair troedfedd iddi.

Byddai'n amlwg fel golau dydd i John mai yno gyda Richard oedd hi. Oedd Walter wedi sôn wrtho amdani hi a Richard? Ond na, doedd Walter ddim yn un i ledaenu busnes pobl eraill – a faint oedd 'na i'w ddweud, ta beth?

Nesu wnaeth John, beth bynnag, pa un ai ei phresenoldeb hi ynteu bresenoldeb magnetig Walter a'i denodd yno. Gwthiodd Terwyn at y bar.

"Beth ma hwnna'n neud 'ma?" holodd un o'r dynion oedd wrthi'n siarad â Richard wrth gael cipolwg ar ben Terwyn drwy'r dyrfa.

"Hal e mas y bac at y Nashis erill," meddai Richard.

Wyddai Margaret ddim fod 'na ragor o genedlaetholwyr yn Aberaeron, heddi o bob diwrnod, heb sôn am 'mas y bac'.

"Ma'n nhw'n canu emyne mas 'na, fel sen nhw'n aros am yr Ail Ddyfodiad."

"Carlo yw hwnnw, 'te," meddai cyfaill Richard, heb weld chwith ei fod yn defnyddio enw dilornus Dafydd Iwan ar y bachan y bu'n llyncu llwncdestunau i'w iechyd e drwy'r dydd.

"Shwt mai'n ceibo?" holodd Walter i John. "Iste."

"Sai'n aros," meddai John, gan edrych ar Margaret. "Mas yn y cefen yw'n lle i heddi 'fyd."

"Shwt o'dd Cilmeri?" holodd Walter.

"Wa'nol iawn i hyn," gwenodd John.

"Dwmlest ti ysbryd yr hen Lywelyn?" holodd Walter wedyn, yn dal i sefyll ar ei draed, fel bod y sgwrs yn digwydd dros ben Margaret. Doedd dim gwawd yng ngeiriau Walter: roedd e fel pe bai e wir eisiau gwybod.

"Ddim fel 'ny," cyfaddefodd John. "Dwlodd y newydd o Abergele bach o ddŵr o'r ar bethe."

Clywsai Margaret am y ddau ffŵl a fu farw dros nos, dau derorist. Methodd atal ei hun rhag twt-twtian at ffolineb diddiwedd John.

Sylwodd John ar y twt-twtian, ond er iddo gau ei geg ar hynny, daliai i sefyll yno, yn union fel pe bai e'n disgwyl am eglurhad ganddi hi neu Walter ynglŷn â beth roedd hi'n ei wneud yno gyda'i ffrind e a llond yr ystafell o ddynion gan mwyaf.

"Margaret," cyfarchodd hi, i'w phromptio.

Wrth glywed rhywun yn cyfarch ei wejen, trodd Richard oddi wrth y ddau y bu'n siarad â nhw a chofio am ei gyfarfyddiad â John ynghynt yn y dydd.

"Gest ti ddiengyd 'te?" holodd, heb drio swnio'n gas. Ond gallai Margaret deimlo cyhyrau John yn tynhau wrth ei hochr. Doedd hi ddim wedi sylweddoli fod y ddau'n gyfarwydd â'i gilydd, ond go brin fod hynny'n syndod, er gwaetha'r bwlch oedran rhyngddynt.

"Am bach, do," meddai John yn ddigon serchus. "Ond ma'n amhosib jengyd yn llwyr."

Wedyn roedd John yn estyn ei law i gyfeiriad Richard – rhaid ei fod e'n sylweddoli mai gydag e roedd hi yma, doedd dim posib iddo beidio bellach, meddyliodd Margaret. Pam roedd e'n trio gwneud iddi deimlo'n anghysurus fel hyn, yn rhwbio'i thrwyn hi ym mhob dim?

Gallai Margaret fod wedi rhedeg oddi yno. Yn lle hynny, edrychodd ar ei thraed o dan y ford fach o'u blaenau. Yna roedd John yn siarad, fel pe na bai dim o'i le, fel pe na bai e erioed wedi meddwl tamaid o ddim ohoni go iawn.

"Walt yn gweud bo ti'n fachan danjerys 'da ciw snwcyr," meddai John, yn hafaidd braf, ond yn dal i sefyll ar ei draed, a Walter yn gwneud yn union yr un fath, fel pe baen nhw'n cystadlu i weld pwy fyddai'n para fwyaf cwrtais am yr amser hiraf cyn gwasgu ei ben-ôl i'r lle cyfyng ar y sedd a redai ar hyd y wal.

"Lico meddwl 'ny mae e," tynnodd Walter goes Richard. "Nawr'te, 'yn rownd i sy nesa."

"Nage wir," protestiodd Richard, fel pe bai e'n gweld ei hun yn cael ei adael mas o'r gystadleuaeth gwrteisi. Tynnodd ei waled o'i siaced swêd. "Fi sy nesa."

"Doda honna gadw," rhybuddiodd Walter. "Paid ti meiddio dadle 'da dy ddoctor."

"Pwy ddoctor?" hyffiodd Richard. "So ti'n ca'l dod yn agos at 'y nhacl i, gw'boi."

"Falle mai hwn man 'yn fydd yn neud 'ny yn y dyfodol, 'chan – mae e'n dachre ar gwrs meddygeth yng Ngha'rdydd mis Hydref. Wedyn fydd 'da ti ddou 'no ni i dy roi di'n dy le. Nawr'te, beth y'ch chi ise?"

Ond roedd John eisoes wedi camu'n ôl a chodi ei law mewn ystum ymneilltuo.

"Drychwch, sai'n aros. Wy wedi blino. Gwedwch wrth Terwyn, os gwelwch chi fe, bo fi wedi mynd gartre. Rwbryd eto falle."

Ymdrechodd Walter yn galed i'w gael i aros, ond mynd wnaeth John.

Hanner cododd Margaret, gyda'r bwriad o wneud esgus i fynd i bowdro'i thrwyn neu i rywle lle gallai gael munud iddi'i hun ddygymod.

Dylai fod wedi hen wneud hynny bellach, meddyliodd wrthi ei hun. Prin oedd dim wedi digwydd rhyngddi a John beth bynnag, a doedd hi ddim yn gallu deall y teimladau hyn o hiraeth neu golled, neu rywbeth na allai ei ddirnad yn llithro oddi wrthi am byth. Sawl gwaith eto fyddai hi'n ei weld, ac yn teimlo'r un fath bob tro, er bod Richard yno gyda hi nawr?

"Af i i weud wrth y bachan Terwyn 'na…" dechreuodd, gan fethu â meddwl am esgus arall dros ddianc.

"Paid â mynd yn agos i'r ffacin egstrîmists," meddai Richard i'w beint. Daliodd Margaret lygaid Walter arno.

Bu'n ddiwrnod hir, meddyliodd Margaret wrth eistedd yn ei hôl, diwrnod llawer rhy hir o deimladau cwbl groes i'w gilydd, a syniadau'n gwrthdaro, a gormod o alcohol yn cymylu pob synnwyr, yn un cawl potsh o emosiynau.

LLEDODD EI OLWG dros ei gornel sgwâr o'r byd a cheisio'i gweld fel y cofiai ei gweld gyntaf, led tymor cyfan i ffwrdd. Doedd e ddim wedi ystyried bryd hynny mor hawdd y mae rhywun yn addasu, nes bod arfer yn gwreiddio heb i rywun sylwi bron: arfer â'r cwpwrdd cegin, yr unig gwpwrdd yn yr ystafell fach, lle cadwai bopeth, o'i lyfrau (ar y top) i'r bwyd ar y silff y tu ôl i'r gwydr patrwm ac ar y silffoedd y tu ôl i lle dôi'r ford fach, yr unig ford yn y lle, i lawr iddo allu gweithio neu fwyta wrthi; gwely digon bach i'w alw'n got; sinc fechan rai munudau o waith sgwrio i ffwrdd o allu cael ei galw'n lân; a ffenest maint y cês a gariodd ei holl eiddo o Aberaeron.

Eto i gyd, dros ddeuddeg wythnos, daethai'r gornel sgwâr yn 'gartre', yn llawn cymaint o gartref â'r tŷ cyngor yn Aberaeron y symudodd y teulu iddo gwta ddwy flynedd, fel oes, yn ôl. Dysgodd arfer â'r drafft a ddôi i mewn drwy waelod y ffenest, gan wasgu papur newydd i'r bwlch rhwng y wal a phren y ffrâm. Dysgodd ddygymod â sŵn y myfyrwyr niferus eraill a rannai'r tŷ ag ef, y rhan fwyaf ohonynt yn dilyn yr un cwrs ag e, ac yn tarddu o bellteroedd byd, yr un ohonynt yn siarad Cymraeg. Dysgodd drefn defnyddio'r ystafell ymolchi, a galw 'As-salamu alaykum' ar Rashid a 'Bonjour ça va' ar Antoine a rannai lawr uchaf y tŷ ag e wrth eu cyfarch ar y ffordd i'r tŷ bach yn y boreau a chyda'r nosau. A dysgodd gyfrif pob un geiniog o'i eiddo a meddwl ddwywaith, deirgwaith a mwy cyn prynu'r un daten, yr un baned, yn ffreuturau'r Brifysgol, er mwyn i'r awydd basio. Dôi llun o Nesta i'w feddwl ar adegau felly.

Erbyn mis Rhagfyr roedd e wedi gorfod gwasgu hen drowsus i'r bwlch rhwng y wal a phren ffrâm y ffenest, at yr holl bapur newydd a aethai yno dros yr wythnosau cynt. Gorweddai'r rhew yn drwch ar lawr tu fas ac ar y ddwy ochr i wydr y ffenest, a dechreuodd wisgo tair haen o grysau a siwmperi o dan ei siaced. Roedd gwresogydd yn ei ystafell, a mesurydd yn sownd wrtho; yn ei freuddwydion, caniatâi iddo'i hun wthio swllt i'r mesurydd i roi'r gwresogydd ar waith, ond barnai nad oedd hi eto'n ddigon oer iddo orfod gwneud dim heblaw gwisgo pedwaredd haen, pum haen neu fwy; os oedd raid, câi wisgo pob dilledyn a gariodd i Gaerdydd, wnâi hynny mo'i ladd.

Roedd e wrth ei fodd gyda'r cwrs, ac yn datblygu'n dda hyd yn hyn. Yn fuan, câi roi'r hyn a ddysgodd ar waith yn ymarferol yn yr ysbyty brenhinol, neu o leiaf ddilyn eraill wrth eu gwaith yno. Erbyn ei drydedd flwyddyn byddai ysbyty newydd y Brifysgol ar ei draed, ac yn ôl y sôn byddai hwnnw yr un mor fodern ac yn cynnig gwasanaethau yr un mor flaengar â goreuon Llundain. Teimlai'n falch o gael bod yma i allu manteisio ar y fath gyfleoedd.

Doedd e fawr o un am fynd mas i dafarn gyda'r nosweithiau, er yr ymdrech ychwanegol ar ei ran i gadw'n gynnes wrth i'r tymheredd ostwng wedi nos. Gwell ganddo dynnu'r blancedi amdano a darllen – llyfrau'r cwrs, ie, ond llyfrau eraill hefyd. Dôi rhai o blith llyfrau ei dad – *Canu'r Carchar* a *Dros Eich Gwlad* Niclas y Glais a *Cysgod y Cryman*, *Yn Ôl i Leifior* a dwy neu dair arall gan Islwyn Ffowc Elis.

Cododd y sach gefn a gynhwysai'r ychydig ddillad y byddai eu hangen arno dros y deg diwrnod roedd e'n mynd i'w treulio 'nôl yn Aberaeron dros y Nadolig. Wrth glirio briwsion oddi ar y ford tynnu-lawr cyn ei chau, glaniodd ei lygaid ar lyfr arall a fu'n gefn mawr iddo dros y nosweithiau cyntaf yng Nghaerdydd pan oedd hiraeth yn cnoi yn ei berfedd a siom colli Margaret yn dal i droi ei du mewn, er gwaethaf yr wythnosau a gafodd i ymgodymu â hynny cyn dod i lawr. Cerddi T H Parry-Williams oedd honno, ond nid y gyfrol a roddodd i Margaret ar ei phen-blwydd yn ddwy ar bymtheg chwaith: ni roddai'r byd am ofyn am honno'n ôl ganddi. Roedd e wedi gweld hon yn y siop ail-law, dan bentwr o gyfrolau Cymraeg eraill, ac wedi ceisio bargeinio amdani gyda'r siopwr. Fe'i cafodd am ychydig geiniogau yn y diwedd.

Pan deimlai Margaret yn cyffwrdd â'i feddyliau, yn y munudau hynny rhwng cwsg ac effro gan amlaf, byddai'n dihuno drwyddo ac yn estyn am y gyfrol. Doedd dim byd penodol ynddi'n ei atgoffa amdani, ond roedd popeth amdani hefyd yn gwneud hynny, a symboliaeth y rhigymau meistrolgar yn cynhyrfu rhyw angen dwfn ynddo nad oedd yn annhebyg i'w angen am Margaret.

Ddiwrnod yr Arwisgo y sylweddolodd John ei fod e wedi'i cholli hi am byth, ac roedd rhywbeth yn addas yn hynny. Neu dyna roedd ei ben yn ei ddweud wrtho: doedd ei galon yn dal ddim yn barod i ildio'r dagrau bach lleiaf o obaith a fynnai ymwreiddio ynddi ar ei waethaf.

Bachodd y gyfrol a'i gwthio i mewn i'r sach gefn.

"Wela i di yn y ddegawd nesa," meddai John wrth ei ystafell, a chau'r drws i'w gloi.

Byddai'n taro ei ben rownd drws Antoine i ffarwelio ag e am y tro ac i ddymuno 'Joyeux Noël' iddo cyn mynd ar ei ffordd. Os oedd ganddo gyfaill o gwbl o blith ei gyd-fyfyrwyr yng Nghaerdydd, Antoine o Lille oedd hwnnw, delfrydwr ugain oed a'i fryd ar weithio dramor, yn gwneud gwaith meddygol dyngarol mewn rhannau o'r byd na allai fforddio gofal iechyd, na hyd yn oed ofynion sylfaenol bywyd, fel bwyd a dŵr. Wrth glywed Antoine yn mynd drwy ei bethau ynglŷn â'r rhyfel a'r newyn yn Biaffra, pylai gofidiau pitw John: moethusrwydd oedd teimladau o hiraeth a chariad pan oedd y frwydr i aros yn fyw yn troi'r dyddiau'n hunllefau effro.

"Don't go to Africa before I come back," tynnodd John ei goes wrth ffarwelio ag e.

Rhyfeddwyd John o'r awr gyntaf yng nghwmni Antoine gan ysfa bron yn ingol y bachgen am gael gwneud daioni, ac roedd peth o'r gnofa honno wedi gafael yn John hefyd yn ei dro, ond mewn ffordd wahanol, ffordd a roddai sicrwydd terfynol iddo mai yma roedd e i fod, mewn man a'i dysgai sut i wneud lles.

Taflodd 'Au revoir' dros ei ysgwydd a mynd allan o'r tŷ gan gario'i fag. Gyda lwc, a chyfaill parod a fyddai'n ymateb i ddeisyfiad ei fawd ar ochr y ffordd, byddai yn Aberaeron cyn pen teirawr.

"WIIIII!" GWAEDDODD NESTA a thaflu ei hun i'w freichiau yr eiliad y cerddodd John i mewn drwy'r drws.

"Ti 'nôl yn gynnar," meddai Dot y tu ôl iddi, a llond ei breichiau o ddillad gwely gwyn, glân a lenwai John â llawenydd wrth eu gweld.

Cododd John ei fawd.

"Bili Bawden yn talu ar 'i ganfed heddi, Dot."

"Dere i fi neud dished i ti. Fydd Walt drew ar ôl bennu syrjyri. Neu wedodd e wrthot ti alw drew, lan i ti os ti wedi blino."

"Gaf i weld. Gynta ma 'da fi whâr i weud helo wrthi, a whilo mas popeth sy wedi bod yn mynd mla'n 'ma."

Eisteddodd John wrth y ford mewn ystum 'dere mla'n 'te, mas ag e' a gwneud i Nesta chwerthin.

"Yn Ga'rdydd ma pethe'n digwydd," meddai hithau wrtho. "Dachreua di."

"Wy'n gweud popeth yn 'yn llythyre," meddai John.

"Wyt, a wy'n ca'l y teimlad bo fi'n nabod Antoine Balorge yn well nag wy'n nabod 'y mrawd 'yn 'unan."

Chwarddodd John. Gwyddai ei fod wedi traethu'n go hir am ei gyfaill newydd yn ei lythyrau at ei chwaer.

"Paid ti gadel iddo fe dy ddenu di mas i'r llefydd pell 'na."

"Sdim unryw beryg o 'ny, Nesta fach." Tynnodd John hi ato. "Beth nelen i heb 'yn whâr fach? Nawr'te, shwmai'n mynd yn 'rysgol?"

"Ti'n swno'n fwy fel tad na brawd," tynnodd Nesta ei goes.

"Odw! A tra ma dy dad di a'n un inne'n gorwedd yn bwdwr yn 'i wely ym mynwent y dre, ga i neud y tro, madam! Dot, gwêd 'tha i, o's siâp mynd i'r coleg ar y groten 'ma?"

"Wel, jiw, o's. O'dd 'i hathrawes Gwmrâg hi'n gweud wrth

Walt yn y syrjyri pw ddwarnod bod hi wedi'i geni i fod yn athrawes."

"Hei," chwarddodd Nesta, "atgoffa Walt am yr *hippocratic oath*. So fe fod i weud mas beth ma'i *patients* yn gweud wrtho fe yn gyfrinachol."

"O'dd 'na ddim yn gyfrinachol, w," dadleuodd Dot a'i llygaid yn fawr, fel pe bai Nesta'n ei cheryddu go iawn.

"Hasta lan i fennu'r cwrs 'na," pwniodd Nesta fraich ei brawd yn chwareus. "Ma ise GP 'da bach o sens yn dre 'ma. Ma Walter off 'i ben. Ddylet ti weld beth wisgodd e i barti Dolig *fancy dress* yr ysgol."

"Yr ysgol? O's rwbeth 'da ti i weud 'tho ni, Dot?" trodd John ati.

Ond dyrchafodd Dot ei llygaid ar ei ddwli a dweud "Nac o's, glei. Ma'n bwysig cefnogi popeth."

"Tylwyth teg, 'na beth o'dd Walter. A Dot wedi neud twtw mawr trwchus iddo fe."

"A ti'n gweutho fi bod dim byd yn mynd mla'n 'ma."

Chwarddodd Nesta, ac anelodd Dot am y grisiau gan ysgwyd ei phen ar y ddau. Gwyliodd John hi'n cario'r dillad gwely a theimlo'i ddiolch iddi hi a Walter yn golchi drosto.

Pan ddaeth Dot i lawr yn ei hôl, roedd Nesta wedi gosod y ford i'r tri ohonynt, ac yn gwahodd Dot i eistedd gyda nhw. Roedd yr hen ddillad gwely wedi cymryd lle'r rhai glân ym mreichiau Dot bellach.

"Na, af i â rhain gitre i olchi," meddai.

"I beth?" protestiodd Nesta. "Olcha i nhw."

"Olcha *i* nhw!" cododd John ei lais yn uwch na lleisiau'r ddwy. "Wy wedi cadw'n hunan yn fyw ers tri mis, wy'n siŵr alla i neud 'ny gartre gystal ag yng Ngha'rdydd."

"Sai'n ame dim," meddai Dot. "A phan gei di beiriant idd'u golchi nhw fel sda fi, naf i'n siŵr taw ti *fydd* yn 'u golchi nhw 'ed."

Aeth mas cyn i'r un o'r ddau gael cyfle i ddadlau rhagor, a bwriodd Nesta iddi ar unwaith i holi os oedd 'na ferched yn dilyn yr un cwrs â'i brawd, a beth oedd eu henwau, a pha mor glòs oedd e i bob un. Gwamalodd John am hydoedd am yr harem o ferched a rannai ei wely'n nosweithiol, a chwarddodd Nesta nes bod poen yn ei bol ar ben bob gair o eiddo'i brawd, heb gredu'r un.

"I TI," GALWODD Nesta o'r drws.

Ceisiodd John feddwl pwy fyddai yno na ddôi i mewn: roedd hi braidd yn fuan i Walter ddod draw a byddai hwnnw, fwy na thebyg, wedi cerdded i mewn heb gnocio. Wrth iddo anelu am y cyntedd, clywodd ei chwaer yn ceisio dwyn perswâd ar bwy bynnag oedd yno i ddod i mewn.

"Margaret!" Methodd John â chuddio'i syndod wrth ei gweld yn sefyll yn ffrâm y drws.

Roedd golwg ddieithr ar wyneb Nesta, rhyw embaras neu swildod na welodd ynddi o'r blaen, wrth iddi lithro'n ddiplomatig heibio iddo am y gegin, o'r ffordd. Doedd John ddim wedi meddwl fod Nesta'n amau dim o'r hyn a fu rhyngddo a Margaret ond sylweddolodd nawr nad oedd hynny'n wir. Yn un peth, gwyddai gystal â neb gymaint o ffrindiau yr arferai'r ddau fod pan oedd eu tad yn gweithio yng Nghoed Ffynnon a John yn dilyn wrth ei sawdl lan yno bob cyfle a gâi.

"Ise gair o'n i," meddai Margaret.

"Wel, dere miwn 'te," meddai John.

Ysgydwodd Margaret ei phen. "Sai'n credu bydde hynny'n syniad da."

Ceisiodd John reoli'r teimladau gwrthgyferbyniol a dynnai i gyfeiriadau gwahanol y tu mewn iddo. I beth oedd eisiau iddi ddod yma eto ar draws ei ymdrechion i'w hanghofio hi, i'w gadael hi i fynd? Ond falle fod hynny ynddo'i hun yn obaith, a thra'i bod hi'n sefyll ar garreg y drws heb chwalu'r freuddwyd honno, gallai ymestyn yr anwybod yn obaith a barhâi am byth.

"Digwydd clywed Walter yn gweud rhwbeth wrth basio, mai heddi o't ti'n dod 'nôl..." dechreuodd Margaret egluro, cyn sychu. "Ewn ni lawr i'r tra'th i siarad," meddai wedyn wrth ei weld yn oedi fel llo di-glem yn y cyntedd.

"Ie, ie, wrth gwrs," meddai John ac estyn am ei siaced oddi ar fwlyn y grisiau.

Drwy gornel ei lygad gwelai ei ffurf yn y got goch dynn a wnâi iddi edrych fel seren o fyd y ffilmiau, a'i gwallt lliw gwenith yn hirach nag y cofiai. Gwisgai fŵts du dros drowsus melyn tyn, a chyrhaeddent dros ei phengliniau'n rhwydd, sylwodd, gan feddwl wedyn yn syth tybed ai Richard oedd wedi'u prynu nhw iddi. Daliodd ei hun yn ystyried sawl bywyd Biaffraidd fyddai pris y bŵts wedi'i achub. A'r eiliad wedyn, ffrydiodd rhyw dân drwyddo wrth iddo feddwl: os yw hi'n dal gyda Richard, beth mae hi'n ei wneud fan hyn gyda fi?

Cerddodd y ddau am funudau cyfan heb ddweud gair wrth ei gilydd, i lawr i gyfeiriad y traeth.

"Shwt mai'n mynd yng Ngha'rdydd?" holodd Margaret yn y diwedd i dorri'r tawelwch rhyngddynt.

"Iawn."

Ystyriodd y dylai ymhelaethu, cynnig ychydig bach mwy o sgwrs, ond roedd Margaret eisoes yn dweud:

"Wy'n falch."

"Pam?" Allai e ddim â rhoi ffrwyn ar ei dafod: ar ei waethaf, roedd rhyw ddiafol yn mynnu gwthio'i ben i'r golwg. "Er mwyn i ti dwmlo'n well o 'ngha'l i mas o'r ffordd?"

Trodd hithau ato a'i llygaid ar dân nes ei orfodi i stopio ac edrych arni.

"Er mwyn i ti ga'l neud yr hyn gest ti dy eni i neud."

Dôi gwynt y môr i'w wyneb, a doedd dim o'r dydd ar ôl.

Trodd Margaret i gerdded yn ei blaen yn ofalus dros gerrig y traeth, a'i dwylo'n ddwfn ym mhocedi ei chot goch rhag yr oerfel.

Ceryddodd John ei hun am adael i'w sbeit gario'r dydd.

Doedd ganddo ddim syniad eto pam roedd hi wedi dod i'w weld, ac roedd e'n bygwth dymchwel y cert cyn iddo adael y stabal.

"Ma flin 'da fi," cyflymodd i ddal lan â hi. "Madde i fi, wy'n dala – fel ti'n gweld, ma fe'n dala i neud tam' bach o ddolur. Sai ise i ni beido bod yn ffrindie."

"Sai'n siŵr os bydd hynny'n wir pan glywi di beth sda fi i weud."

Trodd eto i wylio'i wyneb yn y tywyllwch. Roedd e'n ymwybodol ei fod e bron â rhewi, ac am hynny, rhaid ei bod hithau hefyd. Roedd e eisiau gafael ynddi i'w chynhesu, ond yn fwy na dim roedd e eisiau iddi oedi rhag dweud pam roedd hi yno, am ei fod e bellach wedi dirnad mai dim ond poen a ddôi o wybod.

"Ni'n priodi, Richard a fi."

Teimlodd boerad bach o ddŵr y môr ar ei arlais wrth i chwa o wynt ei gario tuag atynt. Beth oedd yn bod arno'n dychryn, ac yntau'n gwybod i lawr ym mêr ei esgyrn mai dod yno i ddweud eu bod nhw wedi dyweddïo oedd hi? Pam arall fyddai hi'n dod? Dyna'r math o beth a wnâi Margaret, nid er mwyn hyrddio'i hapusrwydd ei hun i'w wyneb fel taflu gordd ond er mwyn cau clymau'n drefnus, gadael iddo wybod beth yw beth. Ond yr un fyddai'r effaith – pam na allai hi weld hynny? – â phe bai hi wedi hyrddio gordd i'w gyfeiriad.

"Llongyfarchiade," meddai wrthi, heb nerth hyd yn oed i fynd i wthio cymaint ag y gallai o oerfel i mewn i'r gair.

"O'n i'n ame falle nag o't ti wedi clywed," meddai Margaret. "'Na pham ddes i draw, i weld os o't ti wedi clywed, ac os o't ti ddim, wel, i ti ga'l clywed wrtho fi."

"'Na neis." Methodd ag atal ei hun rhag gwawdio, a rhegodd Walter yn ei ben am beidio â bod wedi dweud. Walter anghofus, ddiniwed, dwp...

"Beth?"

"Dim. Gobeitho fyddwch chi'n hapus iawn 'da'ch gili. Mor hapus â bydd Father yn dy weld di'n priodi rywun... beth wedwn ni?... *addas*."

"Stop'i, John!"

Roedd hi'n tasgu, a welai e – y fe arall, gwrthrychol hollol oedd â dim i'w wneud â'r olygfa ar draeth Aberaeron yn y tywyllwch – ddim bai o gwbl arni. Roedd e'n ymddwyn fel babi.

"Ti'n swno fel se 'da ti hawl arna i, ag o's dim, o's e? Beth ddigwyddodd rhynton ni mewn gwirionedd? Bach o gusanu unweth neu ddwy. 'Nai gyd. O's arno fi ddim byd i ti. O's dim byd wedi *bod* rhynton ni'n iawn eriôd."

Dim ond tair blynedd ar ddeg o gyfeillgarwch a chyd-aeddfedu a chariad. Ie, hwnnw – na feiddied hi wadu hwnnw.

"A pryd *ma* uchafbwynt y calendr cymdeithasol yn Aberaeron?" holodd er mwyn ceisio cau'r gair 'cariad' o'i ben rhag iddo wneud rhywbeth mor ddwl â dechrau llefain.

Cododd ei llygaid ato, a gwelodd John eu bod nhw'n llawn euogrwydd.

"'Na'r peth," dechreuodd egluro, fel pe bai i leddfu'r newydd iddo cyn ei roi. "O'dd Richard a fi ddim yn meddwl bod ise dala 'nôl, a ni wedi bod yn siarad boitu'r peth o fewn y teulu ers miso'dd..."

"Pryd?"

"Calan."

"Calan. Yn yr ystyr o 'mewn deg dwrnod'?"

"Fel wy'n gweud, ni wedi dachre trefnu hyn ers miso'dd. Un fyl'a yw Richard, gosod 'i feddwl ar rwbeth a'i ga'l e wedi'i neud. Dim whare."

Walter dwp, meddyliodd John eto. Ble oedd ei feddwl e na fyddai e wedi dweud? A Nesta! Nefoedd fawr, yng Nghaerdydd roedd e wedi treulio'r misoedd diwethaf, ddim ym mhen draw'r byd.

"Deg dwrnod. Ti'n iawn. Dim whare. Mrs Richard Morgan. Gei di dy gadw mewn *kinky boots* am weddill dy o's."

Bradychai'r dagrau yn ei llygaid y ffaith ei fod e wedi'i chlwyfo. I beth oedd angen iddo fe dynnu sylw at rywbeth roedd hi'n amlwg wedi'u chwenychu, eu deisyfu, pendroni dros eu prynu a llawenhau yn eu gwisgo; i beth oedd angen iddo fe fod wedi sarnu'r profiad hwnnw iddi mewn un fflach â'i dafod?

Am mai dyna wnaeth hi â 'nghariad i tuag ati, dadleuodd darn bach ohono: deifio mewn amrantiad, yn derfynol nawr â'i sôn am briodi, yr hyn roedd e wedi gosod ei fryd arno.

Arni.

"Ma flin 'da fi," meddai eto a theimlo'r dagrau'n gafael yn ei lwnc. "Wy'n gobeitho byddwch chi'n hapus." Llwyddodd i ddweud hynny heb adael bachau ar ei lais y tro hwn. "So Richard yn fachan ffol, ma Walt â meddwl mawr ohono fe."

"Biti na fyddech chi'n galler bod yn ffrindie," meddai Margaret, a daliodd John ei hun rhag chwerthin am ben y syniad.

Lle bach yw Aberaeron, meddyliodd. Lle rhy fach o'r hanner, yn sydyn reit. Ddôi e ddim 'nôl 'ma, yn feddyg teulu at Walter. Byddai Walter yn siŵr o ddeall pe bai e'n egluro'r cyfan wrtho. A hyd yn oed pe bai'n rhaid rhoi'r gorau i'w wrs er mwyn gallu dianc, gallai wneud hynny.

Ond gwyddai fod pum mlynedd dda cyn y byddai'n rhaid iddo ddod i benderfyniad go iawn ta beth, ychydig mwy na chwarter ei oes hyd yn hyn. Siawns na fyddai hynny'n ddigon o amser i ddod drosti?

"Wy'n dy garu di, Margaret," meddai John, rhag ofn na châi gyfle eto i ddweud hynny wrthi.

Gwenodd Margaret yn drist arno. Trodd i ailddilyn eu ffordd yn ôl at y stryd a arweiniai'n ôl, drwy'r tywyllwch, at y tai cyngor. Wrth gyrraedd pen y ffordd, dywedodd ei bod hi am wneud ei ffordd yn ôl i ganol y dref lle roedd hi wedi parcio'i char.

"Ti'n dreifo," synnodd John.

"Odw. Ers mis."

Ofynnodd John ddim rhagor: doedd e ddim am wybod, ddim heno, sut gar oedd ganddi, rhag drysu mwy ar ei wyliau byr yn cadw llygad mas am gar o'r fath ar hyd strydoedd Aberaeron nes gwneud ei hun yn ddwl.

"Cymer ofal," meddai wrthi heb edrych arni.

Gafaelodd hithau yn ei fraich ac estyn i roi cusan sydyn ar ei foch.

"A tithe," atebodd Margaret, cyn troi'n sydyn i gerdded oddi wrtho.

Cyflymodd ei gamau am adre, gan glepian ei draed ar y pafin a chreu rhythm i lenwi ei ben ag unrhyw beth heblaw hi.

"PAM NA FYDDET ti wedi gweud ambitu Margaret?" meddai wrth Nesta wrth dynnu ei siaced i'w gosod 'nôl ar fwlyn y grisiau. Sylweddolai bellach mai edrychiad o euogrwydd roedd Nesta wedi'i roi iddo wrth ei adael yng nghwmni Margaret gynnau; euogrwydd nad oedd hi wedi llwyddo i ddweud yr hyn roedd Margaret wedi dod draw i'w ddweud wrtho fe.

"O'dd e'n benderfyniad bach yn sydyn." Daeth llais Walter i'w gyfarfod o'r ystafell fyw y tu ôl i'r drws.

Damiodd John ei hun yn ei feddwl am beidio pwyllo cyn gweld a oedd ganddynt ymwelydd.

"Wedodd Richard ddim wrtho fi nes tua mis yn ôl."

"Gallet ti fod wedi gweud yn un o dy lythyre," meddai John wrth ddod i mewn i'r ystafell a gweld Walter yn eistedd ar y soffa a chwpaned o de yn ei law. Trodd i edrych ar Nesta a eisteddai wrth y ford fach yn agosach at y drws; gallai unrhyw un o'r ddau fod wedi dweud.

"A bod yn onest," mentrodd Walter ddewis ei eiriau'n ofalus, gan roi ei gwpan i lawr yn y soser ar ei lin, "o'n i ddim yn gwbod bod gyment o ddiddordeb 'da ti."

"Wel, ti'n gwbod nawr," meddai John a suddo i'r gadair wrth y lle tân gan bwyso'i ben ar ei ddwrn ar fraich y gadair.

"O'n i ddim ise dy ypseto di," meddai Nesta. "Wy'n gwbod shwt feddwl sda ti ohoni."

Felly roedd un wedi cadw'r wybodaeth rhagddo am nad oedd e'n credu fod gan John ddiddordeb a'r llall wedi gwneud hynny am fod ganddo ormod o ddiddordeb.

"Pam mai fi yw'r ola i wbod y pethe 'ma? So ti eriôd wedi gweud gair wrtho i bo rwbeth wedi bod yn mynd mla'n rhynto ti a Margaret," meddai Walter, gan swnio'n eithaf crac. "O'n i'n gwbod bo chi'n ffrindie, ond gymres i mai 'nai gyd o'dd e, a bod hynna i gyd wedi dod i ben pan ga'th dy dad y sac o Goed Ffynnon."

Cododd Walter i roi ei gwpan ar y ford a daeth yn ôl i sefyll o flaen y tân wrth gadair John.

"Sen i'n gwbod, John bach, fydden i wedi bod damed bach yn fwy *tactful* ambitu… wel, y tro 'na gwrddoch chi, ti a Richard yn y Feathers, a Margaret 'na… ma raid bod 'ny'n anodd. Pam na fyddet ti wedi gweud wrtho fi?"

"O's raid i fi weud popeth wrthot ti, o's e?" holodd John yn siarp. Gwyddai y byddai Walter yn siŵr o feddwl mai gwarafun rhyw afael oedd gan Walter arno drwy ei helpu'n ariannol oedd John, ond doedd ganddo ddim ots: câi Walter feddwl beth a fynnai.

Sylweddolodd fod Nesta'n clirio cwpanau a llestri te oddi ar y ford i fynd i'w golchi yn y gegin. Doedd e ddim yn siŵr pa un ai bod yn hynod o gynnil neu'n hynod o anghynnil oedd hi wrth gau'r drws yn dawel ar ei hôl. Serch hynny, roedd yn farc o ddyfnder y berthynas oedd wedi datblygu rhwng y ddau blentyn amddifad a'r doctor ifanc a'i wraig fod Nesta'n barnu mai wrth Walter y byddai John am arllwys ei galon, nid wrthi hi.

"Sdim byd 'da fi'n erbyn Richard," dechreuodd John, gan wybod fod cyfeillgarwch Walter a Richard yn mynd yn ôl flynyddoedd yn hwy na'u cyfeillgarwch nhw ill dau. "Mae e'n grwt difyr, yn lot o sbort."

"*Dashing* fydde'r Sais yn 'i alw fe," cyfaddefodd Walter. "Galli di weld beth ma merch yn weld ynddo fe."

"So ti'n lot o gysur," mwmiodd John.

"Nagw, wy ddim," cyfaddefodd Walter. "Ma Dot wystyd yn gweud fod 'y nhafod i'n *first* a 'meddwl i'n *neutral*, glei."

"O'dd e'n fowr o beth i gyd." Trodd John ei ben i wylio

fflamau'r tân yn llyfu eu ffordd lan y simdde. "Tyfu o fod yn ffrindie i fod yn rhwbeth mwy na ffrindie. Sai'n gwbod yn iawn pwy gwmpodd am bwy gynta. Ond o'dd ca'l Teifi Morris i gwmpo amdano fi'n amhosib, yn do'dd e."

"Sbosib bo 'da Margaret ddim meddwl 'i hunan i ga'l."

Tynnodd Walter un o'r cadeiriau pren mas o dan y ford a'i thynnu at y tân yn agos at gadair John. Plygodd yn ei flaen a'i ddwylo'n cyffwrdd o'i flaen.

"Sai'n gwbod faint o berswâd gath Teifi Morris ar Margaret," meddai Walter wedyn. "Ond ma raid i fi weud wrthot ti beth wy *yn* wbod, a falle na fyddi di'n falch iawn o'i glywed e."

Trodd John i edrych arno. Roedd rhyw gadernid wedi dod i lais Walter, rhyw bendantrwydd nad oedd John wedi arfer ei glywed.

"Ma Richard dros 'i ben a'i glustie mewn cariad 'da Margaret."

Gadawodd i'r datganiad wneud argraff ar feddwl John, cyn ymhelaethu:

"A weda i beth arall wrthot ti, John. Wy a Dot yn mynd i'r briodas. Ag os na fydden i'n credu bod y ddou'n caru'i gili, ag ise priodi mewn gwirionedd, neu os fydde unrhyw ddowt 'da fi nag yw Margaret lawn cyment o ise priodi ag yw Richard, fydden i ddim yn wasto eiliad cyn neud ryw esgus i ddod mas o fynd."

Roedd John wedi troi 'nôl i wylio'r tân. Doedd e ddim wedi disgwyl i Walter fod cweit mor amddiffynnol o Richard. Ond dyna ni, os oedd Walter o dan yr argraff fod John yn honni mai sham oedd perthynas Richard a Margaret, falle'i bod hi ond yn rhesymol disgwyl iddo fod yn amddiffynnol.

"Wy ddim yn disgwyl i ti beido mynd – " dechreuodd John egluro a theimlo'i lais yn torri. Pinsiodd ei fawd. Doedd e ddim am ddangos gwendid. Pesychodd. "Wy ddim yn ame Richard…"

"Wy'n gwbod," meddai Walter yn annwyl a phlygu ato i wasgu ei ysgwydd yn gefnogol.

Pinsiodd John ei law'n dynn eto. Doedd e ddim yn gwybod ai dim ond Margaret oedd yn gwneud iddo fod eisiau llefain, neu a oedd dagrau'n dal yno ers angladd ei dad, yn aros i rywbeth arall eu gwthio nhw mas ohono.

Rhaid oedd ymwroli o flaen Walter: byddai llefain fel dinoethi o'i flaen, yn gyfaddefiad nad oedd e eto'n ddyn, er gwaetha'i bedair blynedd ar bymtheg. Anadlodd yn ddwfn, a rhoi ffrwyn ar ei deimladau. Ddôi hi ddim fel hyn, a doedd e ddim am i Walter weld pa mor anaeddfed oedd e'n dal i fod.

"Anghofia beth wedes i." Cododd ei ben, ac ynganu'n glir. "Hen hanes yw beth o'dd rhwnt Margaret a fi. Ma'r ddou 'no ni wedi symud mla'n. A wedes i wrthi ginne, wy'n gobeitho fydd hi wrth 'i bodd."

Bron na chredai'r geiriau ei hun wrth iddo godi ar ei draed a chau pen y mwdwl ar y cyfan.

"'Na ddigon ambitu 'na," cyhoeddodd yn bendant. "Ti whant peint a gêm o snwcyr? Sai wedi ca'l un ers tymor cyfan, a wy ffili aros i f'iddu rywun."

TWYLLODD EI HUN mai mynd am dro roedd e. O leiaf roedd y tywydd o'i blaid yn hynny o beth: ceid haul ar y fodrwy.

Nid oedd am daro ar neb a fyddai'n ei adnabod, er nad oedd neb ond Walter, o holl wahoddedigion y briodas, yn gwybod fod unrhyw beth wedi bod rhyngddo a Margaret.

Ac eithrio Margaret ei hunan, wrth gwrs, a byddai'n well ganddo fod wedi rhoi ei goes chwith na'i bod hi'n gwybod ei fod e'n mynd i fod yno'n gwylio.

Ond wrth droi mas o'r tŷ, doedd e ddim yn siŵr eto'i hunan a oedd e'n mynd i fynd lan i'r capel ar gyrion y dref lle cynhelid y briodas. Pe bai rhywun – Walter, Margaret, Dot o bosib – yn ei weld, fyddai e byth yn gallu byw gyda'r cywilydd.

Gallai gyfiawnhau ei weithred yn rhwydd i unrhyw un a wyddai beth roedd e'n ei deimlo. Gwyddai'r meddyg ynddo na allai, heb weld â'i lygaid ei hun, cyflawni'r toriad llwyr yn ei feddwl roedd yn rhaid iddo'i wneud er mwyn gallu ei gadael hi a chamu ymlaen. Doedd dim bwriad o fath yn y byd ganddo fynd o fewn ugain llath i'r capel, ond pe bai e'n digwydd pasio ar yr union adeg iawn, ar hyd y ffordd o fewn tafliad carreg i'r capel, câi dystiolaeth empirig fod y cyfan ar ben.

Dim ond felly, barnai ar fore cynta'r flwyddyn, bore cynta'r ddegawd, y câi e symud yn ei flaen.

Roedd e wrthi'n syllu ar y cert a'r ceffyl a safai o flaen gât y capel, yn methu credu fod Margaret wedi cytuno i'r fath rwysg a nonsens, pan ddaeth Wil, hen was Coed Ffynnon, i'r golwg o'r ochr arall i wal y capel lle roedd e wedi bod yn smocio Wdbein wrth aros am y pâr priod.

"Jiw," meddai Wil wrth ei weld, "o lle dest ti, bachan?"

"Mas am wâc i ddathlu'r flwyddyn newydd," meddai John

gan ddifaru peidio â bod wedi cerdded heibio'n gyflymach cyn i Wil ddod i'r golwg.

"Dwrnod mowr heddi," meddai Wil wedyn, heb ddangos unrhyw syndod wrth ei weld. Ac eto, rhesymodd John, rhaid ei fod e'n ei gofio, ac yn cofio'i dad.

"Odi wir," meddai John, gan geisio swnio'n hwyliog.

"O'n i'n meddwl unweth mai ti fydde'n sefyll wrth 'i hochor hi o fla'n yr allor 'na," meddai Wil gan wenu'n ddireidus. "O'dd dim posib 'ych gwahanu chi pan o'ch chi'n blant."

Chwarddodd John gan farnu mai dyna fyddai'r ymateb roedd Wil yn ei ddisgwyl ganddo. Roedd e ar bigau'r drain eisiau symud yn ei flaen, mas o'r golwg, cyn i'r bobl ddechrau tyrru mas o'r capel.

"Hen fachan digon ffein yw'r Richard 'ma, cofia," meddai Wil wedyn, heb roi unrhyw argraff ei fod am ddod â'r sgwrs i ben.

"Sai'n ame," meddai John, a chodi ei fraich i edrych ar ei watsh er mwyn dynodi ei frys. "Wel, well i fi – "

"Jiw, sa'm bach, fyddan nhw mas nawr wap. Galli di fynd i sefyll yn y portsh os ti ise, ma sawl un 'na'n ca'l pip yn barod."

"Dim diolch…"

"Ma hanner cynghorwyr y sir 'ma miwn yn y capel, a'r High Sheriff a'r Maer. A'u gwragedd wrth gwrs. Werth i ti weld y tsheine… a'r hate! M'iddu Ascot unryw ddwrnod."

"Y bois mawr tu mewn a'r bois bach tu fas," meddai John a chicio'i hun am fethu â llwyddo i wneud i'r sylw swnio fel tynnu coes. Gwyddai ar unwaith ei fod e wedi clwyfo'r hen Wil.

"Raid i rywun edrych ar ôl y ceffyle," meddai hwnnw'n eithaf swta a throi i dynhau'r bit yng ngheg yr agosaf o'r ddau geffyl yn eu regalia a'u rubanau.

"O's, wrth gwrs," meddai John gan ymladd yr ysfa i

ymddiheuro ac egluro nad fel 'na oedd e'n ei feddwl e mewn gwirionedd, nad sarhad ar anystyriaeth ei gyflogwyr o'u gwas ffyddlon, oedrannus oedd yr hyn oedd ganddo. Roedd e ar dân eisiau diflannu cyn cael ei weld.

"Da bo chi, Wil," meddai a chafodd e ddim mwy na "Hm" gan Wil ac ysgydwad sydyn o'i ben i'w gyfeiriad, yn hynod o debyg i'r ffordd roedd yr hen geffyl wedi nodio'i ben tuag ato.

Cerddodd rai camau yn ei flaen, a throi, fel pe bai e'n edrych – pe bai Wil yn ei wylio – 'nôl i'r cyfeiriad roedd e wedi dod.

Gwelodd ben Wil yn diflannu eto heibio i wal y capel a phenderfynodd John ar amrantiad nad oedd e wedi dod yr holl ffordd lan 'ma i ddweud helo wrth Wil. Llamodd dros y gât i'r cae gyferbyn â'r capel a diolch fod y clawdd yn hen ddigon trwchus a thal i'w guddio fe'n llwyr o olwg y bobl pan ddeuen nhw mas. Edrychodd y tu ôl iddo ar gae yn llawn o ddefaid a dim golwg o dŷ na'r un adyn byw yn nunlle i'w weld e'n llechu mor amheus wrth fôn y clawdd yn edrych ar yr hyn oedd yn digwydd yr ochr draw i'r hewl.

Drwy'r dail, gwelodd y ddau'n cusanu yn nrws y capel, a gwisg Margaret yn llifo ohoni fel adenydd angel, yn wyn y tu ôl iddi. Safai Richard yn olygus, dal wrth ei hochr, a'i wyneb yn tywynnu cariad arni.

Ffrydiodd y dyrfa mas o'r capel yn eu gwisgoedd ysblennydd a'u hacenion Saesneg y Frenhines yn cymysgu â Chymraeg melodig a rhywiog y rhan hon o'r sir.

Cododd Margaret ei phen i dderbyn cusan arall gan Richard.

Fory, meddyliodd John wrth sychu pridd oddi ar ei bengliniau, fe adawai'r tŷ y peth cyntaf er mwyn iddo gael trwy'r dydd, pe bai raid, i fodio'i ffordd yn ôl am Gaerdydd.

3 1

WELODD MARGARET ERIOED fàth tebyg iddo o'r blaen. Yn un peth, roedd e gymaint yn fwy o faint nag unrhyw fàth yng Nghymru ac roedd e'n grwn, a thyllau bach yn ei ochr yn saethu bybls bach cynnes ar hyd pwy bynnag a ddigwyddai eistedd ynddo. 'Jacuzzi' oedd llyfryn gwybodaeth y gwesty'n ei alw.

Doedd Richard ddim wedi dal 'nôl ar y gwario ar eu mis mêl, meddyliodd Margaret wrth sipian gwydraid o win yn ei chot nos newydd a gwylio'r dŵr yn codi yn y bath. Wnâi unman ond Rhufain y tro iddi, meddai, a'r gwesty mwyaf moethus yn y ddinas ar hynny. Wythnos o'i gilydd yn ddiwahân. Tybed sut fyddai hynny?

Trodd Margaret y tapiau i atal llif y dŵr a syllu'n betrus arno am eiliad cyn tynnu ei chot nos sidan a chamu'n noeth i'r dŵr cynnes. Eisteddodd yn ôl, a'i braich ar y silff lydan rownd yr ochr i ddal ei gwydr. Pwysodd ei phen yn ôl: wnâi hi ddim gwasgu'r botwm i gynhyrfu'r dŵr ar unwaith rhag sarnu'r gwin. Beth bynnag, roedd y llonydd a'r tawelwch yn fendithiol am funud, amser iddi'i hun am y tro cyntaf ers wyddai hi ddim pryd.

Bu Coed Ffynnon yn ferw gwyllt ers dyddiau, os nad wythnosau. Ddechrau Rhagfyr glaniodd Aled, babi mis mêl Elinor a Glyn, i ganol y paratoadau priodasol, dros fis yn gynnar. Ond ni roddodd hynny stop ar drên y trefniadau. Bu'n rhaid tynnu modfeddi oddi ar wisg Elinor, y brif forwyn, ond yn dawel bach, er na chyfaddefai hynny byth wrth ei chwaer, roedd Margaret yn ddigon balch na fyddai Elinor, drwy ei beichiogrwydd, yn tynnu'r sylw oddi ar y briodferch yn y lluniau priodas. Roedd ei thad wedi trefnu i'r siop yn Llambed ddod draw â'u catalogau iddi gael dewis ohonynt, a bu ei mam a hithau, ac Elinor cyn i Aled gyrraedd, am nosweithiau bwy'i gilydd yn pori drwy'r lluniau sgleiniog gan bwyso a mesur nodweddion gwahanol ffrogiau a newid eu meddyliau. Ar fwy nag un achlysur, daethai Teifi i'r tŷ yn barod am ei swper a Mary wedi ymgolli cymaint yn y ffrogiau priodas fel nad oedd yr un briwsionyn o fwyd yn barod ganddi. Ond roedd yr hwyliau da oedd ar Teifi y dyddiau hyn yn ei gadw rhag gwylltio. Dôi atynt ill tair i edrych dros eu hysgwyddau a gwên fach falch ar ei wyneb wrth eu gweld mor hapus.

Syniad yn unig oedd gan Margaret o faint gostiodd y wisg, heb sôn am fynych ymweliadau gweithwyr y siop gwisgoedd priodas â Choed Ffynnon i fesur ac addasu a matsio a chario enghreifftiau o ddefnydd a chatalogau o steils mwyaf ffasiynol dillad y morwynion. Ond roedd hyd yn oed y syniad oedd ganddi o'r gost derfynol yn cyfateb i gyflog blwyddyn digon derbyniol i nifer fawr o drigolion y dref.

Gwisgai'r morwynion bach, y tair ohonynt yn ferched i ddau o'i chefnderwyr, brintiau tebyg i Elinor yn yr un glas, ond heb fod yr un peth, a dalient fasgedi o flodau yn eu dwylo. Braidd yn ifanc, yn bump oed, oedd yr ieuengaf, a bu'n rhaid i Margaret ei breibio â Jelly Tots i beidio â strywo'r blodau tan ar ôl i'r lluniau gael eu tynnu. Aeth ias o gynnwrf drwy Margaret wrth feddwl am y lluniau: allai hi ddim aros i'w gweld nhw. Roedd ei chyfnither wedi ceisio tynnu lluniau â *cine camera* Coed Ffynnon ond doedd dim dal sut siâp fyddai ar hwnnw. Yr albym oedd yn bwysig. Hwnnw fyddai'n dangos i bawb a ddôi heibio, ac i genedlaethau'r dyfodol, y fath ddiwrnod gwych roedden nhw wedi'i gael.

A dyma nhw, y diwrnod wedyn, yn Rhufain, mewn moethusrwydd nad oedd hi erioed wedi dychmygu ei debyg. Doedd neithiwr ddim wedi bod mor ddrwg ag y dychmygodd, ddim o bell ffordd. Roedd y gwydreidiau o win a yfodd dros y diwrnod wedi'i chadw rhag teimlo'i chyhyrau'n cloi pan afaelodd Richard ynddi yn y diwedd a gwneud beth oedd raid. Cadwodd y cwrw a yfodd yntau ef rhag synhwyro'r manylion lleiaf yn y ffordd roedd hi'n cloi damaid o dan ei gyffyrddiad. Nid mai noson eu priodas oedd y tro cyntaf iddynt deimlo'r gagendor rhwng eu dau gorff pan oedden nhw'n cyffwrdd, ddim o bell ffordd, ond os oedd Margaret, neu Richard yn wir, wedi credu y dôi trwydded glân briodas â gweddnewidiad i'w caru, byddai wedi creu ychydig bach o siom, mae'n siŵr. Fel y digwyddodd hi, chafodd Margaret ddim o'i siomi, dim ond ailadrodd y teimladau hynny oedd wedi mynd drwyddi bob tro y byddai eu cyrff yn cwrdd. A go brin y cafodd Richard ei siomi chwaith, fwy na'r un tro arall. Roedd e'n llwyddo i gael yr hyn roedd e'n anelu i'w gael, bid a fo am y trimins.

Cymerodd Margaret sip arall o'i gwin a dweud wrthi ei hun mai peth bach iawn, iawn oedd y gwahaniaeth yn ei theimladau rhywiol at Richard ac at John: un agwedd yn unig o'u perthynas oedd y rhywiol, ac fel popeth arall, fe ddôi'n well gydag amser. Roedd popeth arall yn mwy na gwneud iawn am y diffyg, beth bynnag, ac roedd Richard mor annwyl, yn ŵr bonheddig go iawn, a wnâi iddi deimlo na fu erioed ac na fyddai neb yn y byd cyn bwysiced â hi. Aethai cyn belled â gofyn iddi neithiwr, wrth i'r ddau gamu i mewn i'r ystafell yn y gwesty yn Llundain, os oedd hi eisiau noson gynnar ar ôl diwrnod hir.

"Os o's well 'da ti gysgu," meddai, a chwarae â'i fysedd yn lletchwith heb edrych yn iawn arni.

Aethai hithau ato, yn teimlo cariad mawr tuag ato am ofyn y fath gwestiwn ystyriol ohoni ar noson eu priodas, a'i gymryd yn ei breichiau, gan wybod na allai ei wrthod heno o bob noson, ac y dôi troeon eraill, sawl un, pan fyddai hi'n fwy na bodlon derbyn ei gynnig: câi noson eu priodas ei rhoi yn y banc erbyn pan fyddai'r lleill, y nosweithiau diffrwyth, oer, yn dechrau mynd yn fwrn. Fyddai e ddim yn gallu, hyd yn oed pe bai'n dymuno gwneud hynny, danod noson eu priodas iddi.

"Wyt ti wedi shrinco byth?"

Torrodd llais Richard yr ochr arall i'r drws ar draws ei meddyliau gan wneud iddi godi ar ei heistedd ar unwaith.

"Dwy funud a fydda i mas," galwodd arno. Byddai'n rhaid mynd heb y saethau o aer drwy'r dŵr i greu bath bybls heddiw.

"Sdim hast, 'chan," galwodd Richard yn ôl arni. "Joia. Ma trw' dydd 'da ni, trw'r wthnos."

Gorweddodd Margaret yn ôl yn erbyn ymyl y bath enfawr. Oedd, roedd ganddynt wythnos i'w chofio am byth cyn dychwelyd i Fryn Celyn at Dora a Cedric Morgan a gweddill eu hoes.

Trodd Margaret y botwm a saethodd miliynau o swigod aer at bob rhan o'i chorff nes gwneud iddi deimlo fel chwerthin.

DIM OND ABERAERON oedd rhyngddi ac adre, ond teimlai fel pe bai Sir Aberteifi'n gyfan rhwng Bryn Celyn a Choed Ffynnon. Roedd rhywbeth yn bod ar gêr ei char bach hi a Richard wedi addo cael golwg arno pan gâi gyfle rhwng holl dasgau eraill y fferm. Doedd hi ddim yn teimlo'n ddigon hy i ofyn am gael benthyg car ei thad yng nghyfraith, a Richard oedd bia'r *open top*; fentrai hi ddim hyd yn oed awgrymu ei bod hi'n benthyg hwnnw. Gwyddai faint oedd y car yn ei olygu iddo, ac yn fwy na hynny, y ddelwedd ohono fe'n gyrru'r car ac yn ei gyrru hi i ble bynnag y chwenychai ei chalon fach.

Teimlai'n sofft yn gofyn iddo fynd â hi adre, er cymaint ei hawydd am gael taro draw yno.

"At eich gwasanaeth, madam," cellweiriai Richard gan agor y drws iddi fynd am sbin ambell noson braf ar ôl iddi oddef cwmni ei mam yng nghyfraith yn dawel drwy'r dydd ar ei phen ei hun yn y tŷ tra bu Richard yn rhedeg y fferm gyda'i dad a'i frawd hŷn.

Ymhen mis ar ôl dychwelyd o'i mis mêl, doedd Margaret ddim am weld *Victoria sponge* arall tra byddai byw. Dyna oedd Dora'n ei ystyried yn fywyd – coginio i'r teulu, ac os oedd awr dros ben rhwng brecwast a the deg, te deg a chinio, cinio a the prynhawn a the prynhawn a swper, roedd rhaid ei llenwi drwy weithio cacennau a bwydydd siwgwr eraill y tu hwnt i bob angen, galw a rheswm.

Ystyriai Richard mai ei le fe oedd ei chadw a'i ddiddanu pan nad oedd e'n gweithio, a phan fyddai e wrthi ar y fferm o fore gwyn tan nos yn aml, ystyriai mai ei fam oedd ei ddirprwy yn y gwaith o gadw Margaret yn brysur ac yn fodlon ei byd.

Gwnâi Margaret yn fawr o'r teirawr neu bedair a gâi bob nos o'i gwmni diwahân naill ai wrth fynd am sbin yn y car, neu yn y parlwr ym Mryn Celyn, yr oedd y ddau wedi'i feddiannu'n ystafell fyw iddynt hwy eu hunain, ac roedd y lleill – ei theulu yng nghyfraith – i'w gweld yn parchu ysfa'r pâr ifanc am hynny fach o lonydd o leiaf.

Ac yn yr un ffordd ag y treuliai ei dyddiau'n ysu am gyda'r nos, ysai am yr amser pan ddôi ei thad i weld o'r diwedd ei bod hi'n bryd iddo ymddeol, ac am yr adeg pan ddechreuai gwaith go iawn ar y bynglo roedd e'n aml yn cyfeirio ato mewn haniaeth, y *retirement bungalow* y byddai e a'i mam yn ei adeiladu led cae o Goed Ffynnon. Câi Margaret fynd adre i gadw ei thomen ei hun wedyn, ac i weithio *sponges* yn ôl ei mympwy ei hun a neb arall.

"Licen i rwbeth," meddai wrth Richard cyn i fis ddod i ben o'u priodas.

Roedd e wedi gofyn iddi pam y geg gam pan ddywedodd e wrthi na fyddai e 'nôl o'r mart yn Aberystwyth tan yn hwyr.

"Licen i rwbeth..." dechreuodd Margaret eilwaith heb wybod yn iawn beth roedd hi ei eisiau. Onid oedd ganddi bob dim y byddai unrhyw wraig briod ddeunaw oed wedi gallu ei chwenychu?

"So Mam a ti'n dod mla'n 'te?" holodd Richard ar ei thraws cyn iddi allu penderfynu beth roedd hi ei eisiau.

"Wrth gwrs bo ni," meddai Margaret, "ond ddim dy fam briodes i."

A byddai dynion garwach, llai cariadus nag e wedi dadlau. Ond gafael ynddi wnaeth Richard.

"Gewn ni'n lle'n hunen yng Nghoed Ffynnon," meddai'n addfwyn.

"Pryd fydd 'ny?" mwmiodd Margaret i mewn i'w gesail, yn ddiolchgar bod ei goflaid yn cuddio'r dagrau oedd yn pigo'i llygaid.

"Wel, alla i ddim yn hawdd iawn â gofyn hynny i dy dad,

alla i? Gryndwch, Teifi, shifftwch lan i sorto'r bynglo 'na mas,
ni ise lle'n hunen."

A gwenodd i dynnu'r colyn o'i eiriau wrth iddo godi ei gên
i wneud iddi edrych arno.

3 3

Un noson yn fuan wedyn, glaniodd Sylvia ym Mryn Celyn fel huddug i botes.

Doedd Margaret ddim yn barod amdani, a phrin iddi nabod y Mini bach gwyn a dynnodd lan o flaen y tŷ tan iddi sylwi mai Sylvia ddaeth mas ohono. Roedd Dora'n plygu cynfasau gwely oddi ar y pwli dros y ffwrn fawr, ac wedi gofyn i Margaret afael yn yr ochr arall i'r gynfas i'w helpu. Drwy ffenest fawr y gegin, gwelodd Margaret Sylvia'n camu o'r car ac yn cerdded ar sodlau fel stilts i gyfeiriad y drws ffrynt. Y peth cyntaf a aeth drwy feddwl Margaret oedd nad oedd llyfad o golur ganddi ar ei hwyneb – roedd Dora wedi dweud ers cyn y briodas fod colur yn gomon, ac i beth yr âi Margaret i gymell ei beirniadaeth? Yr ail beth a aeth drwy ei meddwl oedd na allai'n hawdd adael i'w phen hi i'r gynfas gwympo wrth iddi ddianc lan stâr i roi twtsh o lipstic a mascara ar yr wyneb a gyfarchai Sylvia, nad oedd hi wedi'i gweld ers diwrnod ei phriodas.

Rhaid bod Anita wedi agor y drws iddi ta beth, gan fod Sylvia yn y gegin bron cyn i Margaret allu ffurfio'r meddyliau hyn.

Plastrodd wên lydan ar ei gwefusau di-finlliw.

"Sylvia! O lle dest ti? Dora, chi'n cofio Sylvia yn y briodas?"

"Odw," meddai Dora, yn ddigon sychlyd i Margaret sylweddoli mai fel un o'r criw o ffrindiau go feddw yn y bar y cofiai Dora Sylvia.

"Shwt ma'n nhw'n dy gadw di 'ma?" holodd Sylvia a dod draw i roi sws i Margaret, gan wneud i honno wingo, gan nad oedd Dora wedi arfer gweld swsys rhwng cyfeillion.

"Wrth 'y modd," gwenodd Margaret. "Gaf i ddangos y tŷ i Sylvia?" Trodd at Dora ar ôl i honno lyfnhau'r gynfasen olaf yn daclus ar ben y pentwr o rai eraill tebyg y bu'r ddwy yn eu plygu. Unrhyw beth i gael dianc o glyw ei mam yng nghyfraith.

"Cei, cei, ond sai'n siŵr pam fyddet ti ise."

"Neu os o's well 'da ti ewn ni am dro rownd y tai mas," meddai Margaret wedyn, yn y gobaith y byddai hynny'n swnio'n fwy rhesymol.

Y cyfan a wnaeth Dora oedd taflu un cipolwg ar stiletos Sylvia cyn troi i afael yn y faneg ffwrn. Dynodai'r oglau tarten fale a lenwai'r tŷ fod angen tendio at gynnwys y ffwrn, nad oedd byth yn cael cyfle i oeri.

"Os o's gwynt dom da 'na, sai'n dod yn agos," meddai Sylvia a phinsio'i thrwyn i ategu ei phenderfyniad.

Teimlo'i mam yng nghyfraith yn ebychu gwawd wnaeth Margaret, yn hytrach na'i chlywed. Gafaelodd ym mraich Sylvia i'w harwain i ran arall o'r tŷ.

"Shwt ti'n galler byw ar ben dy *in-laws*, sai'n gwbod," meddai Sylvia wedi i Margaret gau drws yr ystafell snwcyr y tu ôl iddi. Roedd Margaret yn gwybod yn iawn mai dyna fyddai Sylvia'n ei ofyn gyntaf.

"Ma'n nhw'n iawn," meddai'n amddiffynnol gan geisio peidio mynnu'n rhy daer rhag cymell amheuon Sylvia. Ond roedd honno'n nabod digon ar Margaret i wybod ta beth.

"Sdim sein o dy dad yn riteiro?"

"Dim ond rhei wthnose sy 'na ers i ni briodi. Rho jans iddo fe."

"So ti'n twmlo fel dod mas withe?"

"Fi a Richard yn amal yn mynd mas."

"Sai wedi'ch gweld chi'n y Feathers na'r Prince of Wales. 'Da Walter, y pishyn doctor 'na, ma Richard yn mynd mas, nage gyda ti."

"So hynna'n deg," protestiodd Margaret. "Dim ond dwywaith mae e wedi bod mas hebdda i ers i ni briodi."

Gwyddai ym mêr ei hesgyrn fod Sylvia'n gwybod y gwir er gwaetha'r brotest oddi wrthi, sef bod Margaret yn casáu'r ffaith fod Richard wedi bod mas ddwywaith am beint gyda'i ffrind ar ôl cyfarfodydd pwyllgor y carnifal.

Mas am sbin yn y car neu am bryd bach o fwyd oedd 'mas' i Margaret bellach. Gwyddai y gallai ofyn i Richard fynd â hi i'r Feathers, ac y gwnâi e hynny'n fodlon pe bai hi'n mynnu. Ond awgrymu gwell na chwpwl o beints a wnâi Richard fel arfer – y Belle Vue yn Aberystwyth neu'r Falcondale yn Llambed; dim ond y bwyd a'r croeso gorau y gallai Sir Aberteifi ei gynnig i'r wraig newydd roedd e'n ysu am gael ei sbwylo hi'n rhacs.

"Ni am fynd lan i Aber nos Wener," meddai Sylvia wedyn. "Ma Shakin' Stevens and the Sunsets yn y King's Hall."

"Pwy?" holodd Margaret, a theimlo gwingad bach yn ei chalon fod ei hieuenctid yn sydyn reit, ac yn ddiarwybod iddi, wedi dod i ben.

"Shakin' Stevens and the Sunsets," meddai Sylvia. "Sai'n siŵr pwy y'n nhw whaith ond ma Brian yn gweud bo nhw'n bril."

"Ti'n dala i fynd mas 'dag e?" synnodd Margaret. Sylwodd ar Sylvia'n labswchan â Brian Rivers yn ei phriodas wrth i 'Hey Jude' chwarae i gloi'r noson cyn i'r tacsi fynd â'r pâr priod yr holl ffordd i'r Ritz, lle bydden nhw'n aros y nos cyn hedfan i Rufain. Brian oedd y prentis cigydd mwyaf trendi yn y wlad, a gallai redeg Radio 1 ar faint oedd e'n ei wybod am grwpiau pop a'r sêr a ffilmiau, a phopeth.

"Ni'n *serious*," meddai Sylvia. "Wy wedi bod gartre'n cwrdd â'i fam e. A mae e'n *number one* lawr myn 'na hefyd," ychwanegodd yn ddrygionus. "'Nai gyd ma croten ise."

"Wotsia di, babi gei di, fel Pat," rhybuddiodd Margaret a gwybod yn iawn mai ei chenfigen oedd yn siarad.

"Wy'n saff, wy ar y pil," meddai Sylvia'n goc i gyd. "Fentyces i ring whâr Brian a gofyn i ga'l gweld y doctor sy'n llanw miwn. Nath e ddim hyd yn o'd pipo ar 'y mys i fel troiodd hi mas. Ond 'na fe, sdim raid i ti fecso am bethe fyl'a, *lucky devil*, nawr bo ti wedi priodi."

"Sai ar y pil," cyfaddefodd Margaret. "Richard sy'n edrych ar ôl pethach fyl'a."

"Jonis galler byrsto 'no," meddai Sylvia, yn awdurdod ar bob dull atal cenhedlu a brofwyd erioed. "So ti ise babi streit awei 'yt ti?"

Ddim dros 'y nghrogi, meddyliodd Margaret. Anaml iawn roedd Richard yn ffwdanu ceisio'i chymell i'r gwely beth bynnag, pan âi ei awydd yn drech nag ef, a'r tro diwethaf roedd hi wedi methu mygu gwich fach o boen neu amhleser, cyfuniad o'r ddau mae'n siŵr, pan aeth e i mewn. Roedd e wedi sylwi – sut na allai? – a doedd dim gobaith yn y byd y gallai gamddehongli gwich o boen fel gwich o bleser.

Roedd hynny bythefnos yn ôl yn barod, a Richard ers hynny wedi dewis dianc i'w gwmni ei hun a chloi drws yr ystafell ymolchi yn amlach na'i arfer yn lle gorfod tarfu arni hi.

"Dere lan i'r King's Hall nos Wener," meddai Sylvia eto, a'i llygaid yn pefrio wrth feddwl noson mor dda gâi hi a Margaret, yn union fel o'r blaen. "Der â Richard 'da ti os ti ise."

Yn lle ateb, cofiodd Margaret am luniau'r briodas, a neidiodd i'w hestyn o gwpwrdd ym mhen pellaf yr ystafell. Gorweddodd Sylvia ar y ford snwcyr i gofio a chwerthin a dotio at y lluniau, a gwnaeth Margaret yr un fath ar ôl barnu na ddôi Cedric i'r golwg yr adeg yma o'r dydd i waredu dros eu diffyg parch at y ford snwcyr.

Sawl gwaith yn ystod yr wythnosau cynt roedd Margaret wedi estyn yr albym allan i edrych arno ar ei phen ei hun, ac roedd hynny wedi bod yn fendith ar adegau gwaeth na'i gilydd. Dwlai drosodd a throsodd ar y ffotograffau bendigedig a'i hatgoffai pa mor lwcus oedd hi.

3 4

GWYDDAI MARGARET WRTH iddo afael ynddi beth oedd i ddod.

"Ti'm yn mindo bo fi wedi ca'l peint neu ddau 'da Walter?"

Neu bump, meddyliodd Margaret. Mindo, oedd, yn mindo fel y jawl, ac wedi treulio trwy gyda'r nos yn cuddio'r ffaith rhag ei mam yng nghyfraith.

Mynnodd Dora ei bod hi'n mynd i'w helpu i glirio'r ystafell sbâr, lle roedd holl glindarddach yr oesoedd wedi casglu. I beth, duw a ŵyr, ond roedd lled awgrymiadau yn ystum Dora wrth iddi godi ei hysgwyddau'n ffug ddi-hid, a'i 'Pwy a ŵyr pryd fydd 'i hangen hi', er y gofalai rhag dweud dim a rôi achos i Margaret weld bai arni. Ni ddywedai Dora dros ei chrogi 'Er mwyn neud lle i fabi pan siapwch chi lan i greu un.' Na, ddywedai Dora mo hynny, felly doedd gan Margaret ddim dewis yn y byd ond ei helpu hi i roi trefn ar focseidiau o bethau nad oedd neb wedi gweld eu hangen ers degawdau, ac yn waeth byth, i oedi dros eu cynnwys fel pe baen nhw'r trysorau mwyaf dan haul: llyfrau o luniau babis, a dynion mewn iwnifform nad oedd Dora prin yn cofio pwy oedden nhw i gyd, a phwy gafodd ei ladd a phwy oedd yn dal byw ac ymhle. Lluniau o'u priodas hwythau, ei rhieni yng nghyfraith, a dillad rhai o'r menywod hŷn yn debyg i beth gredai Margaret y byddai Fictoria ei hun wedi'i wisgo, er ei bod hi'n ddiwedd y tridegau arnynt yn priodi. A'r wynebau'n edrych ar y camera fel pe baen nhw'n syllu i safn uffern fawr ei hun.

Wedyn, trodd Dora i dynnu bocs bach o gardbord meddalach mas o un o'r cistiau te ac roedd hi'n amlwg wrth y ffordd roedd hi'n gafael ynddo fod ei gynnwys yn golygu llawer iddi.

"Gredi di byth beth sy'n hwn."

Yn araf bach, cododd gaead y bocs a gwelodd Margaret wisg fach wedi'i gorchuddio â phapur sidan. Aeth Dora ati i godi'r papur yn ofalus fel pe bai'r wisg yn ddwy ganrif oed.

"Gwisg fedydd Richard," sibrydodd a chodi'r ŵn wen hardd mas o blygiadau'r papur sidan.

"O!" methodd Margaret ag atal ei hun rhag ebychu. "Mai'n bert."

"Odi," meddai Dora. "Gison ni hi'n sbeshyl i Richard. Gas David 'i fedyddio yn hen un Cedric a'i dad ynte o'i fla'n e, ond o'dd gormod o stêt ar honno erbyn doth Richard. Geson ni hon o Lunden, dim ond y gore, achos sdim dala sawl cenhedleth 'to ddaw i ga'l 'u bedyddio ynddi. So dillad bedydd yn mynd mas o ffasiwn," gwenodd Dora arni.

Gwenodd Margaret yn ôl ar ei mam yng nghyfraith. Beth arall wnâi hi?

"Walter yw dy ffrind gore di," meddai Margaret wrth Richard yn eu hystafell nawr gan ymdrechu ymdrech lew i gau ei hanniddigrwydd y tu mewn iddi. "Pwy odw i i fynd i warafun peint i ti 'da dy ffrind gore?"

Roedd ei law e wedi crwydro lan dros ei gwasg hi.

"Gallet ti ddod hefyd, ti'bo," meddai Richard.

"So chi'n galler siarad a cha'l sbort 'da fi 'na," meddai Margaret, yn grac gyda'i hun na allai dderbyn yn raslon a mynd gyda Richard i gwrdd â Walter. Ond byddai hynny'n sicr o wneud i Dot ddod hefyd, a doedd hi ddim yn siŵr o Dot. Os oedd John wedi cyffesu wrth unrhyw un amdanynt ill dau, wrth Walter, neu Walter a Dot, y byddai e wedi gwneud hynny. Gwyddai Walter, yn rhinwedd ei swydd, sut i gadw cyfrinachau, ond ysgrifenyddes oedd Dot, wedi arfer mwy â lledaenu cyfrinachau na'u cadw nhw.

"Gallen ni fynd mas nos Wener," mentrodd awgrymu yn lle hynny. "I'r King's Hall. Ma ryw grŵp mawr mla'n 'na."

"Sai'n gwbod wir," meddai Richard. "Ni'n mynd bach yn hen i nosweithie fel 'ny."

"Ti, ti'n feddwl, ddim ni," meddai Margaret a gwybod ar yr un pryd pa mor blentynnaidd y swniai.

"Dere mla'n, Margaret," meddai yntau, a byddai hi wedi disgwyl iddo dynnu ei law yn ôl wrth synhwyro fod cweryl yn y gwynt, ond wnaeth e ddim.

"Licen i fynd," meddai Margaret. "Fel o'n ni arfer mynd."

"Ni wedi priodi nawr," meddai Richard, fel pe bai hynny'n ddigon i roi capan ar y mater.

"Ti neu dy fam sy'n siarad?"

"Oi! So 'na'n deg!"

Doedd e'n dal ddim wedi tynnu ei law yn ôl, rhyfeddodd Margaret. Doedd hi ddim eisiau tynnu'n rhydd, am mai hi fyddai fel arfer yn gwneud hynny. Roedd hi eisiau iddo fe dynnu'n ôl, eisiau iddo fe osod y cweryl yn y canol rhyngddynt, fel bolstyr i lawr canol y gwely, ond roedd e'n gwrthod yn lân â gwneud hynny.

Roedd cweryla'n dir eithaf dieithr, ond dim ond trwy gweryla y câi hi wared ar ei fysedd chwilfrydig a'r anadlu cyflym.

"Wy'n ifanc, Richard. Wy'n twmlo fel sen i wedi ca'l 'y nghloi lan 'ma 'da dy fam a dy dad, fwy fel sen i wedi ca'l job fel morw'n fach neu *lady's companion*, neu beth bynnag galwi di fe, na gwraig i ti."

"Sai'n lico dy glywed di'n siarad fyl'a, cariad," meddai Richard wedi'i glwyfo, ac o'r diwedd tynnodd ei ddwylo oddi ar ei chanol.

Eisteddodd ar erchwyn y gwely a'i ben yn ei ddwylo.

Anadlodd Margaret yn ddwfn. Pam oedd raid i bethau a wnâi gymaint o synnwyr yn ei phen swnio mor ofnadwy o afresymol yr eiliad roedd hi'n rhoi llais iddynt? A'r cyfan oedd hi eisiau oedd noson gyda Richard yn y King's Hall, iddi gael teimlo'n ddeunaw oed eto yn lle hanner cant.

"Fi yw'r broblem?"

Roedd e'n edrych lan arni nawr, a'i law ar agor tuag ati, fel pe bai e'n erfyn am eglurhad. Doedd ganddi ddim dewis ond gafael yn ei law.

"Nage," meddai Margaret ac eistedd ar y gwely wrth ei ymyl. "Nage. Ddim ti. Lot o bethe, ond ddim ti. Ma'r cwbwl wedi digwydd bach yn sydyn, 'nai gyd."

"Rhy sydyn."

"Nage. Jyst sydyn, dim mwy na 'ny. Wy'n dala i dreial dala lan 'da fi'n hunan."

"A 'na pham so ti'n lico fi'n..."

Wnaeth e ddim gorffen y frawddeg ond roedd hi'n gwybod beth oedd ei chynnwys beth bynnag.

"Pan wy'n cyffwrdd pen 'y mys yndot ti, gallen i dyngu bo fi'n dy losgi di."

Teimlai Margaret y dagrau'n agos, ynghyd â gollyngdod fod modd siarad am bethau o'r diwedd, rhoi gair i egluro, yn hytrach na thawelwch a gamystumiai'r gwir.

"Wy ffili gadel fynd, twmlo bo fi'n goffo hastu lan, goffo teimlo rwbeth sai'n barod i... sai'n gwbod, wy ffili egluro."

"Wy'n dyall," meddai Richard a gafael yn ei llaw'n dynnach, "ti'n ifanc, sai wedi bod yn deg â ti, rhuthro miwn i hyn cyn bo ti'n barod."

"Wy'n ddigon parod," mynnodd Margaret. "Wy'n dy garu di, Richard, wy ise bod 'da ti. Wy'n gwbod fydda i'n iawn mewn amser, pan sorta i'n hunan mas o ran beth sy'n mynd mla'n myn 'yn." Amneidiodd at y gwely. "Rho amser i fi, 'nai gyd."

"Wrth gwrs 'ny," trodd Richard ati a gafael yn dynn ynddi. "Wrth gwrs 'ny, 'nghariad i, ta faint bynnag o amser ti ise."

Roedd hi'n amlwg fod Richard yn teimlo rhyddhad nad

oedd mwy na hynny i'r ffordd roedd hi'n dal 'nôl rhagddo. A gallodd Margaret fynd i'w goflaid heb ofni mai rhagymadrodd i rywbeth arall a fyddai. Toddodd i mewn i'w freichiau a mwynhau ei law'n mwytho'i hysgwydd.

"Gadwn ni hynna nes bo ti'n barod," meddai'n annwyl. "Hyn, a dim mwy, am damed bach, iawn?"

"Ti'n siŵr?"

Gwenodd Margaret arno a gwybod ei bod hi wedi gwneud y peth iawn. Doedd neb fel Richard, neb fyddai wedi dweud yr hyn a wnaeth wrthi. Anghofiodd am Sylvia, ac am y King's Hall, a diolch am beth oedd ganddi.

"Dipo'r ddou ga' top bore 'ma," meddai Cedric i mewn i'w gwpanaid o de. "Ise chi'ch dou lan 'na i ni ga'l bennu cyn gynted â gallwn ni."

Wrthi'n paratoi brecwast wrth ymyl Dora roedd Margaret, a Cedric ar ben y ford rhwng Richard a David. Yn ôl ei harfer, doedd Anita ddim wedi dod i'r golwg gan nad oedd hi'n gyfarwydd â'r syniad o frecwast. Cododd Cedric ei gyllell a'i fforc nes bod eu cyrn at y ford, yn barod am ei gig moch, dau ŵy a bara saim o'r badell ffrio.

"Beth am y sied wartheg?" holodd Richard. "O'n i'n meddwl bod ise carthu honno cyn dipo fel bod lle 'da ni i – "

"Dipo gynta, carthu wedyn," meddai ei dad heb adael unrhyw le i ddadl.

"Ddof i lan â cwpwl o shîts sinc i gau'r llocie. So beth sy 'na'n mynd i ddala dou gant o ddefed."

"Ie, iwsa'r Ffyrgi bach," meddai ei dad. "A ffona Dei i ddod lan 'fyd," meddai Cedric wrth David, gan gyfeirio at hen was Bryn Celyn a ddôi i helpu'n achlysurol o hyd pan fyddai galw, er bod prifiant y ddau fab wedi ysgafnu tipyn ar waith yr hen was.

Wedi i Dora estyn ei blât i Cedric, cododd Margaret dafell o gig moch o'r badell a'i gosod ar ben y bara saim ar blât David. Estynnodd y plât i'r brawd hynaf, ond roedd golwg ar goll yn ei fyd bach ei hun ar David.

"David," promptiodd, a daeth David yn ôl atynt o ble bynnag roedd ei feddwl wedi mynd ag e.

"Diolch," meddai wrthi. "Ond sai'n gwbod os alla i fyta hwn i gyd."

Doedd Margaret prin yn nabod David. Oedd, roedd hi'n helpu Dora i baratoi pob pryd bwyd ar ei gyfer ac yno i'w wylio'n bwyta pob un, ond prin y gallai hi ddweud ei bod hi, o'r ychydig sgwrsio a ddigwyddai rhyngddynt, yn ei nabod fawr gwell bedwar mis wedi iddi symud i Fryn Celyn i fyw nag oedd hi pan gyfarfu ag e gyntaf.

"Ti'n sâl?" Cyfarthodd Cedric y cwestiwn i'w gyfeiriad wrth weld bygythiad i'w gynlluniau i orffen y dipio cyn nos.

"Wy'n mynd i Ostrelia," mwmiodd David wrth ei blât.

"Tra'd dani," meddai Cedric wedyn, "i ni ga'l bennu."

"Gallen i dyngu bo ti wedi gweud bo ti'n mynd i Ostrelia," chwarddodd Dora, ond sylwodd Margaret fod arswyd yn breuo ymylon y chwerthin.

"'Na beth wedes i," meddai David yn uwch a chodi ei ben wrth ymwroli rhywfaint.

Clywodd Margaret fara saim Richard yn dal i siffrwd yn y badell drwy'r tawelwch.

"Cachu hwch!" llwyddodd Richard i ebychu yn y diwedd, cyn sychu.

"Ca' dy gleber a byta dy fwyd," meddai Cedric wrth David, ond roedd e'n amlwg eisiau gwybod pa anwadalwch meddwl oedd wedi taro'i fab hynaf yn ystod y nos.

"Wy wedi cwrdd â rhywun," dechreuodd David egluro. "Bethany yw 'i henw hi. Mai'n dod o Sydney. Wy'n mynd 'nôl 'da'i."

"Pryd?" holodd Dora, a'r arswyd wedi meddiannu ei llais bellach. Roedd bara saim Richard yn dechrau sychu yn y badell a'i ymylon yn bygwth troi'n frown tywyll.

"Wy wedi dachre trefnu. O'n i ddim yn gwbod shwt i weud wrthoch chi. 'Na fe, wy wedi gweud nawr."

Daliai Richard a Cedric i rythu'n gegagored arno.

"So Sowth Wêls yn ddigon da i rei," ceisiodd Richard chwalu'r trymder yn y gegin. "Ma raid i rei 'no ni ga'l mynd i *New* Sowth Wêls!"

Eglurodd David o dipyn i beth nad oedd e'n gweld dyfodol iddo'i hun yng Nghymru, ddim â Bethany ym mhen draw'r byd. Yn Cei roedd e wedi'i chyfarfod, gwta bedwar mis ynghynt. Gweithio yno dros dro yn un o'r parciau carafannau oedd hi, wedi dod draw am chwe mis. A heb fwriadu cwympo mewn cariad, fwy nag oedd David.

Llosgwyd y bara saim, ond wnaeth hynny fawr o wahaniaeth. Crafodd Margaret dri phlatiaid o fwyd i fun y moch, a bu Cedric, Dora, Richard a David wrthi am ddwyawr yn siarad a dadlau, yn ceisio rhesymu, a mynnu'n daer, rownd y ford yn y gegin.

Daeth Anita i'r golwg o'i gwely, a bu'n rhaid ailadrodd y cyfan wrth honno.

Wrth eu gadael yno i fynd i olchi llestri yn y gegin fach y dechreuodd wawrio ar Margaret beth y byddai newydd David yn ei olygu i'w bywyd hi a Richard.

Os oedd David yn codi ei bac a dilyn ei galon i Awstralia – y blydi ffŵl, meddyliodd Margaret, y blydi ffŵl – dôi Bryn Celyn i Richard. Ble roedd hynny'n ei gadael hi, a hithau wedi rhoi ei chalon ar fynd yn ôl i Goed Ffynnon, doedd ganddi ddim syniad.

Gadawyd y defaid heb eu dipio tan y diwrnod wedyn.

"FE DDAW ETO haul ar fryn," meddai Elinor wrthi gan fagu Aled tra oedd Margaret yn sychu'r pridd oddi ar wadnau esgidiau mawr Glyn i sbario i Elinor orfod gwneud.

"Ddaw e?" holodd Margaret. "Wy'n styc yn Bryn Celyn am o's nawr."

"Ma 'da ti Richard."

"So ti i weld yn becso llawer am ddyfodol Coed Ffynnon," edliwiodd Margaret.

Roedd y sioc wedi bod yn enfawr i Teifi a Mary, yn waeth o lawer nag y tybiasai Margaret y byddai. Wedi'r holl obeithio, ar ôl priodi'r ddwy'n ddiogel i ffermydd eraill a deall mai i Goed Ffynnon y dôi Richard i ffermio maes o law wedi i Teifi ymddeol, dyma ddeall eto fod dyfodol y lle lawn cyn ansicred â diwrnod geni Margaret – genedigaeth anodd os bu un erioed – a deall na fyddai bechgyn. Ceisiodd Margaret ddarbwyllo Richard mai ei gyfrifoldeb e fyddai Coed Ffynnon wedi i Teifi ymddeol, ond gwyddai'r un pryd mai i'w dad roedd teyrngarwch Richard yn gorfod bod os oedd unrhyw wrthdaro.

"Mae e wedi gweud neith e ffarmo Coed Ffynnon hefyd pan ddaw hi'n amser," meddai Margaret wrth Elinor yn ddiflas. "Ond so fe'n debygol o symud 'na i fyw."

Yn anorfod, câi'r tŷ ei adael yn wag wedi dyddiau ei mam a'i thad: châi Margaret ddim mynd adre wedi'r cyfan.

Edrychodd ar Elinor yn ei chegin a methu â mygu cnoad bach o genfigen. Dyma'i chwaer yn cael rhedeg ei thomen ei hun, yn cael penderfynu drosti ei hun pa nwyddau i'w prynu yn y siop, beth i wneud i swper a threfn tasgau – golchi dillad neu ddysto'r tŷ? *Units* y gegin i gyd yr un fath, yn llifo i mewn i'w gilydd mor daclus, mor gyfleus, heb na chrac nac agen rhwng celfi i warchod holl ach y blynyddoedd a llwch yr oesoedd rhag y *disinfectant*. A'r droriau wedyn, rhes unffurf, gytûn ohonynt, droriau gweigion newydd sbon. Dyna ryddid, meddyliodd Margaret: cael dweud beth fyddai'n mynd i ddroriau'r gegin.

"A ma Bryn Celyn mor fawr, mor o'r, a ma damp drwyddo fe," cwynodd wrth ei chwaer fel na allai gwyno wrth neb arall.

"Gwêd 'ny wrth Richard," meddai Elinor yn ddidaro. "Gwed wrtho fe bo ti'n folon aros ym Mryn Celyn os neith e'r lle lan yn neis. Estyniad, patio, pwll nofio… hwde!" Cododd bentwr o gylchgronau *Ideal Home* oddi ar y gadair yn ei hymyl. "Union beth ti ise. Fyddi di ddim ise symud o Fryn Celyn erbyn i ti fennu 'da'r lle. A cofia rwbeth arall," sibrydodd Elinor o dan ei gwynt fel pe bai hi am warchod clustiau Aled rhag y fath ryfyg ar ei rhan, "so'i dad a'i fam e'n mynd i fyw am byth."

Bu'n rhaid i David aros wythnosau i'r gwaith papur wneud ei ffordd drwy'r system. Ond o'r diwedd, wedi'r holl aros, a oedd yn fwy o artaith i bawb na phe bai e wedi gallu mynd yn syth ar ôl gwneud ei gyhoeddiad, gadawodd David gyda Bethany. Ddwywaith yn unig y cyfarfu Cedric a Dora â'r ferch a fyddai'n dwyn eu mab hynaf oddi wrthynt.

Roedd ei benderfyniad i adael wedi dweud ar Cedric. Doedd e ond hanner y dyn a fu, ac roedd ei ymateb ynddo'i hun yn brifo Richard. Ac yntau wedi camu i'r bwlch ar unwaith, yn gwbl barod i fabwysiadu'r cyfrifoldeb hirdymor am Fryn Celyn heb oedi na thrafod y mater â'i wraig ifanc hyd yn oed, credai nad oedd gan ei dad le i ofidio'n ormodol ynglŷn â'r dyfodol.

Gallai Margaret ddeall, wrth gwrs, mai gweld colli un o'i blant roedd yr hen Cedric, a Dora hefyd. Er gwaetha'i chragen galed, ymarferol, doedd hithau chwaith ddim wedi cael digon o amser i ddygymod â'r newid mawr yn y cynlluniau a fu'n cyfeirio'u bywydau ers geni'r plant.

Gwelodd Margaret ei chyfle yn y cyfnod hwn i fanteisio ar y gwendid teuluol a'r holl gynnwrf arall oedd yn llenwi meddyliau ei rhieni yng nghyfraith, a mynnu fod Richard yn gwneud rhywbeth am gyflwr yr hen dŷ.

"Os mai fan hyn ni'n mynd i fyw, wy ise i ti neud rwbeth ambitu fe," meddai wrth Richard un noson wrth deimlo'r tamprwydd y tu mewn i siwmper a adawsai yn erbyn wal allanol eu hystafell wely.

A'r geiriau hynny, mewn ffordd, oedd yn cadarnhau'r newid a ddôi i Fryn Celyn. Wrth eu hynganu, gwyddai Margaret ei bod hi'n rhoi'r droed gyntaf i mewn dros ei hawl i gael goruchafiaeth yn y tŷ, a fyddai'n arwain yn y pen draw at Cedric a Dora'n symud i fynglo oedd eisoes ar ganol ei adeiladu ganddynt ar odre ffin Bryn Celyn wrth y ffordd fawr. Fesul cam fe ddôi Margaret yn 'wraig Bryn Celyn' a fesul cam fe symudai Dora ei sylw i'r bynglo, a hithau a Cedric i'w ganlyn. Gwyddai Margaret y cymerai gryn dipyn o amser i Dora roi'r gorau i arferion y rhan orau o oes a llacio'i gafael ar Fryn Celyn, ond roedd yn anorfod mai hynny fyddai'n digwydd; mater o amser oedd hi, dyna i gyd.

Gwyddai hefyd mai cyfaddawd ynddi hi ei hun oedd hyn, mai Coed Ffynnon y byddai hi'n ei ystyried yn gartref ac mai papuro dros y siom o wybod na châi hi ddychwelyd yno oedd rhoi llais i'w hawydd i newid Bryn Celyn.

"Lle ti ise'r *three-piece*?" gwaeddodd Richard wrth waelod y grisiau.

"Yn y parlwr sbo'r gwaith ar y *lounge* wedi'i neud," galwodd hithau i lawr stâr o'u hystafell wely, lle roedd hi'n cynllunio lle i osod gwresogydd erbyn pan ddôi'r gweithwyr i osod y system wresogi newydd.

Cerddodd Dora heibio ar y landin a stopio am eiliad, fel pe bai hi am ddweud rhywbeth wrth Margaret ac yna'n penderfynu peidio, fel pe bai pryder am rywun ar awyren a fyddai newydd lanio yn Sydney wedi ailargraffu ei hun mewn pryd ar ei chof cyn iddi lwyddo i roi llais i'w phrotest neu beth bynnag roedd hi wedi golygu ei ddweud yn y lle cyntaf.

Mentrodd Margaret ofyn: "Chi'n iawn, Dora? Wedoch chi bo chi'm yn mindo i ni ddachre ar y newidiade…"

"Do, do," meddai Dora'n swta ac anelu i lawr y grisiau ar hast.

Byddai'n dda gan Margaret pe bai hi'n dangos mwy o ddiddordeb yn y gwaith oedd eto i'w wneud ar y bynglo. Byddai'n fisoedd lawer ar yr adeiladwyr yn cwblhau'r gwaith adnewyddu ar Fryn Celyn, ond roedd Margaret wedi rhoi'r gorau i freuddwydio mai eu lle nhw ill dau, hi a Richard yn unig, fyddai'r tŷ fferm crand ryfeddol ar ei newydd wedd.

"Dadi, chi'n iawn?" clywodd lais Richard wrth waelod y grisiau ac aeth Margaret i lawr i helpu ei gŵr gyda'r *three-piece* rhag i'w thad yng nghyfraith orfod gwneud.

Roedd Cedric wedi plygu yn ei gwman dros fraich y soffa, a Richard wedi gosod ei ochr e i lawr hefyd.

"Beth nithoch chi? Tynnu mysl?"

Bradychai llais Richard y ffaith mai gobeithio hynny oedd e, nid ei feddwl.

Gwelodd Margaret wyneb Cedric a gwybod yn syth fod gwaeth na thynnu cyhyr wedi digwydd.

"Ffona ambiwlans," meddai wrth Richard.

"Ti'n meddwl? Dadi…" ceisiodd Richard eto, gan ysu am i'w dad ei ateb yn rhesymol, wedi dod dros sut bynnag fath o bwl roedd e'n ei gael.

Ond roedd e'n bell o fod yn dod drosto.

Penderfynodd Margaret fod yn rhaid iddi hi ffonio, a gadael Richard i lacio coler ei dad a'i roi i orwedd ar eu soffa newydd nhw oedd yn llenwi'r cyntedd rhwng y drws ffrynt a'r parlwr.

"Beth sy'n mynd mla'n 'ma? Coda lan, Cedric!" gorchmynnodd Dora wrth ddod i waelod y grisiau, a gallai Margaret ei gweld yn cynhyrfu, yn bygwth ei cholli hi. Gafaelodd yn ysgwyddau ei mam yng nghyfraith a gadael i Richard siarad â phobl yr ambiwlans ar y ffôn, a oedd, diolch byth, wedi'i leoli ar waelod y grisiau.

"Dewch, Dora, dewch 'da fi." Cyfeiriodd Margaret hi i'r gegin rhag iddi orfod gweld ei gŵr ers pymtheg mlynedd ar hugain yn cael strôc.

"BETH SY'N MYND i ddigwydd nawr 'te?" holodd Teifi wrth ei hochr, bron cyn iddynt ddod mas o'r eglwys.

"Hisht, Father, glywan nhw chi."

Roedd Richard yn cynnal braich ei fam welw wrth y drws. Go brin fod nerth ar ôl yn Dora ar ôl colli gŵr a mab o fewn wythnos i'w gilydd. Eisoes, bu'n galaru ar ôl David, gan fod byw ben arall y byd yn gyfystyr â bod wedi marw iddi hi. A nawr roedd Cedric wedi'i gadael hefyd.

Tynnodd Margaret ei thad i gysgod ywen fawr ddu, gan adael ei mam i siarad â pherthnasau, a ddigwyddai fod hefyd yn berthnasau o bell i'r diweddar Cedric Morgan, Bryn Celyn.

"Allwn ni ddim gadel Bryn Celyn, chi'n gwbod 'ny."

"O'dd 'i frawd e ddim yn gweld mai gartre yw 'i le fe?"

"Ostrelia yw 'i le fe, 'na beth wedodd e."

"A finne'n meddwl bo trafferth 'da dwy ferch!"

"Sdim trafferth. Gewch chi gario mla'n 'da'ch plans."

Bellach, ar ôl bod yn tin-droi ers misoedd, roedd cryn dipyn mwy o siâp symud ar Teifi a Mary o Goed Ffynnon i'w bynglo hwythau ar dir y fferm: roedd Mary eisoes wedi gosod cyrtens ar y ffenestri pan gyhoeddodd Margaret wrthynt rai wythnosau ynghynt nad oedd hi a Richard yn mynd i allu symud i Goed Ffynnon am fod David yn mynd i Awstralia. A nawr bod Cedric wedi mynd hefyd a gadael Richard i ffermio Bryn Celyn ar ei ben ei hun, doedd dim gobaith o ddychwelyd i Goed Ffynnon.

"I beth ewn ni i'r bynglo, a neb yn y fferm?"

Edrychai'r gwrid ar fochau tewion Teifi yn beryglus o goch, a thrawyd Margaret, nid am y tro cyntaf yr wythnos honno, gan eironi cyson bywyd – mai'r Cedric tenau ond cadarn, heb owns o fraster, a'r wyneb iach fel y gneuen a gafodd y strôc, nid Teifi dew, barod ei loddest, â'r bochau a'r trwyn coch.

"Ma Richard wedi gweud neith e gadw'r ddwy i fynd. Mater o gyflogi staff yw e, 'nai gyd."

"'Nai gyd. Jobyn bach o waith i gwpwl o lowts y dre 'ma, 'nai gyd. *Simple*! Canrifo'dd o ffarmo, o gadw slac yn dynn, o wbod am bob twll a chornel o'r erwe i gyd fel cefen dy law, a hala o's yn dysgu – 'nai gyd!"

Gallai Margaret weld fod ei dymer wedi'i gwthio i'r pen, ac y byddai ei lais o fewn eiliadau'n cymell galarwyr i droi eu pennau i weld pwy oedd yn bytheirio mewn man ac ar achlysur mor anaddas.

"Father," meddai, â mwy o orchymyn yn ei llais nag yr arferai ei ddefnyddio ag e. "Fe ddown ni drwyddi. Chi'n gweud 'ych hunan gyment o allu sy yn Richard. Rhowch flwyddyn iddo fe ddysgu dan 'ych arweiniad chi, dod i nabod Coed Ffynnon fel cefen 'i law fel wedoch chi, a wedyn gewch chi adel fynd, riteiro."

"A beth sy'n digwydd i Fryn Celyn yn y cyfamser?"

"Fe ddaw e i ben. Ma 'da fe was yn fyn 'ny'n barod. Peder milltir sy rhwnt y ddwy ffarm."

"A beth am y tŷ? Ma dy fam â'i meddwl yn set ar fynd i'r bynglo."

Pe bai hi wedi dechrau gosod ei meddwl ar hynny'n gynt, meddyliodd Margaret, efallai y byddai hi a Richard eisoes wedi symud 'nôl i Goed Ffynnon pan ddrysodd ymadawiad David a Cedric y cynlluniau, gan ei gwneud hi'n llai anochel rywffordd mai ym Mryn Celyn y byddai eu dyfodol nhw.

"Cerwch 'na. Rhentwch y tŷ mas. Ryw ddiwrnod, falle fydd 'da ni blant, a fydd ise rwle arnon ni iddon nhw… sdim byd yn aros yr un fath am byth."

Gwelodd Richard yn nesu, a gweddïai fod digon o dact gan

y Cynghorydd Teifi Morris i gau ei ben am ddyfodol ei fferm yn ddigon hir i ddweud gair o gydymdeimlad wrth ei fab yng nghyfraith.

"Richard…" meddai Teifi, gan switsio'i lais cydymdeimlo ymlaen mor hawdd ag y gwisgodd ei gydymdeimlad ar ei wedd. "Bachan."

Gafaelodd ei thad yn nwy law ei gŵr, ac anadlodd Margaret yn ddwfn.

"Diolch," meddai Richard wrtho'n ddwys, ac aeth Teifi draw i roi'r un cyfarchiad diffuant i Dora.

Gafaelodd Margaret ym mraich Richard a'i gwasgu i geisio dangos cysur.

"Ti'n iawn?" holodd iddo, a'i chalon yn gwaedu drosto â'r fath olwg ar goll yn gymysg ag ysfa i ysgwyddo cyfrifoldeb sydyn dros y teulu.

Yn sydyn reit, roedd e wedi gorfod newid o fod yn ail fab i fod yn benteulu, ac roedd hi am afael ynddo a'i gofleidio'n famol a dweud wrtho y byddai popeth yn iawn, y dôi pob dim i'w le ac y deuen nhw drwyddi.

"Heblaw am dy blincin *three-piece suite* di, falle bydden ni ddim yn goffo bod man 'yn heddiw," mwmiodd Richard wrthi, gan afael ym mhont ei drwyn a chau ei lygaid yn dynn, dynn, fel pe bai e'n difaru dweud y geiriau yr eiliad y daethon nhw allan ohono.

Trawodd y geiriau hi â grym gordd. Tynnodd Richard ei law o'i law hi a'i chodi gyda'r llall at ei geg.

"Sai'n meddwl 'na," meddai fel pe bai arswyd yr hyn a ynganodd wedi'i drydaneiddio. "Sai'n meddwl 'na o gwbwl. Maddeua i fi."

Gwelodd Margaret yr arswyd yn ei lygaid. Gafaelodd eilwaith yn ei law i'w thynnu oddi ar ei geg ac at ei cheg hithau. Trodd Richard ati a gafael ynddi'n dynn.

Hoffai allu ei gysuro mewn modd na allodd, na ddigwyddodd rhyngddynt ers wythnosau lawer, ond roedd ganddi de angladd i fynd i'w baratoi ym Mryn Celyn, ei chartref am weddill ei hoes.

DWEUD EI BOD hi'n mynd draw at Elinor am ychydig o oriau wnaeth Margaret, er mwyn rhoi llonydd i'r fam a'i mab a'i merch. Ei bwriad o fynd at ei chwaer oedd siarad ag Elinor, cyfaddef wrthi nad oedd pethau fel y dylen nhw fod gyda Richard. Roedd hi wedi bod yn cysuro'i hun ers wythnosau mai dim ond yn yr ystafell wely roedd pethau'n mynd o chwith, ac y dôi'r rheiny hefyd ymhen amser.

Ond roedd cyhuddiad Richard yn y fynwent y prynhawn hwnnw wedi bygwth ei llorio. Gwyddai'n iawn mai rhwystredigaeth oedd yn peri iddo siarad fel y gwnaeth, a gwyddai hefyd mai o'r gwely a'r diffyg yn y fan honno y deilliai'r rhwystredigaeth honno: doedd e ddim wedi rhoi unrhyw achos iddi amau nad oedd e lawn mor frwdfrydig â hi ynglŷn â'r newidiadau i'r tŷ, na'r gwariant, na'r soffa na dim.

Chyrhaeddodd Margaret mo fferm ei chwaer er hynny. Wrth fynd drwy Aberaeron, tybiodd iddi weld cerddediad cyfarwydd a chefn John. Rhoddodd ei throed ar frêc y car i'w arafu, cyn meddwl eilwaith. Callia, meddai wrthi ei hun, a gyrru yn ei blaen drwy'r dref.

Ond wrth ddod allan yr ochr arall, trodd i'r dde, yn ôl ar hyd ffordd Llambed, a throi wedyn i lawr un o'r strydoedd ochr, lle cafodd le i barcio'n ddigon didrafferth.

Ceisiodd reoli ei meddyliau. Nid mynd i chwilio am John oedd hi, ond taro i lawr i'r dref i nôl rhywbeth o'r siop. Cofiodd fod y *tin foil* wedi dod i ben ym Mryn Celyn a cherddodd i gyfeiriad siop y groser i brynu rhagor.

Roedd honno ar gau, wrth gwrs, a hithau'n chwarter i saith, ac roedd hi wedi gwybod hynny'n iawn â phob cam o'i heiddo, ond pe bai rhywun, pe bai John, yn ei gweld...

Doedd hi'n gwneud dim synnwyr o gwbl iddi hi ei hun.

Os oedd hi gymaint o eisiau gweld John, pam nad âi hi heibio i'r tŷ, a churo ar y drws a mynd i mewn ato am sgwrs? Roedd John yn ffrind, ei ffrind cyntaf un, ei ffrind gorau ar un adeg, a beth fyddai'n fwy naturiol na mynd ato, arllwys – rhywfaint – o'i chalon wrtho am ei bywyd newydd ym Mryn Celyn, gyda'i theulu yng nghyfraith a Richard? Dim mwy na hynny, dim ond y ffeithiau roedd pawb, gan ei gynnwys yntau o bosib, eisoes yn eu gwybod.

Ond doedd hi ddim eisiau gweld John, oedd hi? Nid dyna pam roedd hi'n cyflymu ei chamau i gyfeiriad y siop arall ar y gornel ar waelod y stryd fawr, neu'r siop bob dim oedd siŵr o fod ar agor yn hwyr. Câi *tin foil* yno, neu lieiniau sychu llestri neu rywbeth y gallai hi ei roi dros ben yr holl fwydach oedd yn sbâr ers y te i'r galarwyr y prynhawn hwnnw.

Trodd y gornel, heb allu penderfynu a oedd hi'n anelu i gyfeiriad unrhyw un o siopau Aberaeron, a gwelodd ei gefn yn cerdded oddi wrthi ar ben arall y ffordd. Gallai alw arno, ond byddai hynny'n rhy fwriadus. Pe cyflymai ei chamau, byddai'n sicr o'i ddal yn y diwedd, o'i ddilyn yn ddigon hir i ble bynnag roedd e'n mynd.

Ond doedd hi ddim yn ei ddilyn e, oedd hi?

Ni fu'n rhaid iddi ateb ei chwestiwn ei hun gan iddo droi wrth ddod at y gornel ar ben draw'r stryd, a'i gweld.

Yr eiliad y'i gwelodd e'n troi, gostyngodd hithau ei phen fel pe na bai'n gwybod ei fod e yno.

"Margaret…?" Cwestiwn. Ansicr.

Cododd hithau ei phen a ffugio syndod.

"John! Be ti'n neud 'ma?"

"'Y nghwestiwn i i ti, do's bosib. Nage heddi wedodd Walter o'n nhw'n claddu dy dad yng nghyfreth?"

"Prynhawn 'ma. Ie."

"Flin 'da fi glywed."

Roedd hi wedi'i gyrraedd, a heb syniad ganddi sut i ymateb i'w gydymdeimlad, na theimlai'n gymwys i'w haeddu.

"Wedi rhedeg mas o gwpwl o bethe, a meddwl ddalen i'r siop."

"Sdim siope lawr ffordd 'yn."

"Nag o's. Sai'n gwbod lle ma'n feddwl i."

"A fyddan nhw i gyd ar gau ta beth. Beth ti angen?"

"*Tin foil*," meddai Margaret yn wan. "I'w osod dros fwyd i arbed e fynd yn stêl."

"Wy'n siŵr fydd 'da Dot beth."

"Dot?"

"Ar fynd draw i dŷ Walter a Dot wy nawr."

"Sai'n credu ddylen i – "

"So nhw 'na. Ma'n nhw'n Llydaw ar 'u gwylie."

Cofiodd Margaret fod Richard wedi sôn am y gwyliau.

"Gyniges i gadw llygad ar y tŷ droston nhw. 'Co fe man 'yn. 'Co beth ma cyflog doctor yn galler 'i brynu i ti."

"Ddim nhw o'dd arfer byw man 'yn."

"Ie ge, ers mis. A jolihoeto lawr i Rennes am bythefnos ar 'i ben e."

Roedd e wedi rhoi'r allwedd yn y drws a hithau wedi'i ddilyn i mewn bron heb feddwl.

Cofiodd yn sydyn am y tro diwethaf iddi fod yn ei gwmni ar y traeth, fawr mwy na thafliad carreg o'r union fan hon, fisoedd yn ôl bellach. Roedd hi'n oer y noson honno, pan ddywedodd hi wrtho ei bod hi'n priodi. Heno, roedd yr haul yn dal yn gynnes, a hithau wedi saith o'r gloch yn barod.

Gwelodd fod John wedi eistedd yn y parlwr, a hithau'n dal i sefyll yn y cyntedd.

"*Tin foil…?*" holodd Margaret.

"Wy'n dda iawn, diolch, shwt ma pethe 'da ti?"

Anadlodd Margaret yn ddwfn a mynd i eistedd gyferbyn ag e ym mharlwr Dot a Walter. Edrychodd o'i chwmpas ar yr ystafell gyfforddus a meddwl pa mor rhyfedd oedd hi eu bod nhw ill dau yno, a Dot a Walter ddim. Roedd Richard wedi sôn rai wythnosau ynghynt ei fod e'n dod lawr i helpu Walter gario celfi i'r cartref newydd.

Ac wrth feddwl am gelfi, cofiodd am ei eiriau wrthi am y *three-piece suite* y prynhawn hwnnw yn yr eglwys.

"Shwt ma hi'n mynd yn coleg?" holodd Margaret, yn amlwg o ddiemosiwn, gan feddwl tybed sawl darpar feddyges neu fenyw arall o ba bynnag frid fu'n rhannu ei wely.

"Unig," meddai John, fel pe bai'n gallu darllen ei meddwl. "Sai'n ca'l llawer o gyfle i gymdeithasu achos ma'r cwrs yn mynd â'r amser i gyd."

"Sai'n neud rhyw lawer o gymdeithasu 'whaith," pwysleisiodd Margaret y gair. "Ond y'n ninne wedi bod yn fishi 'fyd, yn altro'r tŷ."

"Neis," meddai John a doedd Margaret ddim am un eiliad yn credu ei fod e'n hapus drosti.

"Ma popeth ar stop ers i Cedric farw, wrth gwrs," meddai Margaret wedyn. "Ond fydd e'n berffeth pan bennwn ni."

"Ti wrth dy fodd 'te?"

"Shwt alli di ofyn shwt beth a finne newydd gladdu 'y nhad yng nghyfreth?"

Cododd Margaret. Roedd hi'n hen bryd iddi fynd. Difarodd ei ddilyn, a hithau bellach ddim yn gallu gwadu iddi'i hun mai dyna a wnaethai. Cododd John ati.

"Wy'n gwbod nag wyt ti'n 'y nghredu i pan wy'n gweud bo fi ise i ti fod yn hapus."

Llyncodd Margaret ei phoer. Ysai am rannu cymaint ag ef, a dim modd o gwbl yn y byd o allu gwneud hynny.

"Ma Richard yn fachan iawn."

"Odi, mae e. Mae e'n ddyn da."

Edrychodd y ddau ar ei gilydd heb allu dweud dim a fyddai'n gwadu neu'n ategu hynny. Doedd dim amau daioni Richard, meddyliodd Margaret yn chwerw, a chasáu ei hun am wneud hynny ar yr un pryd.

"Llawer gwell bachan na fi," meddai John yn y diwedd a throi ei olygon oddi arni.

Beth oedd e'n geisio'i awgrymu? Doedd gan Margaret ddim syniad. Ond gwyddai fod y gwaed a gurai yn ei phen fel gordd yn golygu fod yn rhaid iddi adael. Teimlai fel pe bai holl gelloedd ei chorff wedi agor ac yn parhau i fod yn agored i'r elfennau eu trechu bob un. Teimlai'n wan ac fel coelcerth ar yr un pryd.

Roedd e wedi codi ei lygaid at ei rhai hithau eto, ac wedi estyn ei law i gyffwrdd â'i braich. Tynnodd Margaret oddi wrtho.

"Ma raid i fi fynd," meddai'n gryg, a throi'n benysgafn i gyfeiriad y drws.

"Beth am y ffoil 'na o't ti ise?"

"Anghofia fe." Roedd ei llaw ar fwlyn y drws.

Bron na theimlai fel cyfogi gan gymaint o edifeirwch a redai drwyddi iddi fod mor ffôl â'i ddilyn, a dod i mewn yma; i siarad ag ef, i ddod yn agos ato, i gael ei denu ato eto, a hithau'n methu – ddim yn cael – ymateb.

"Aros funud bach, Margaret, aros 'da fi am damed bach mwy."

"Paid!"

"Dim ond siarad. Wy'n ca'l yr argraff licet ti…"

"Paid!" gwaeddodd yn uwch, ac roedd hi'n ymwybodol ei bod hi'n ysgyrnygu arno.

Mentrodd John gam tuag ati.

"Dere 'nôl," sibrydodd a'i lais yn floesg. "Dere 'nôl i iste. Naf i gwpaned."

Roedd e wedi gafael yn ei llaw, ac roedd hi'n ymateb yn yr unig ffordd y gallai, drwy ei ddilyn i mewn, wedi colli rheolaeth ar ei meddyliau. Dim ond nawr oedd yna, dim byd arall, dim ond nawr...

"Beth ti ise, 'te?" holodd Margaret heb eistedd. "Ambitu beth 'yt ti ise siarad?"

"Cynnig i *ti* siarad wy."

Câi ei thynnu i bob cyfeiriad. "Pam ddylen i fod ise siarad? Wy'n iawn. Sdim byd yn bod."

Wedyn roedd e'n cilio, yn tynnu ei law drwy ei wallt ac yn camu oddi wrthi, yn troi ei gefn arni er mwyn syllu allan drwy ffenest fawr y parlwr ar y môr.

"Wy ar fai," meddai John. "Sdim busnes 'da fi i wbod dim. Ti gyda Richard nawr."

Roedd hi'n ei golli eto, a hithau wedi dod yn ôl i mewn i'r ystafell yn berson gwahanol.

"Wy gyda Richard, odw. Wy'n wraig iddo fe, ond wy ffili siarad 'dag e am rai pethe. Wy'n ffindo hi'n haws siarad 'da rhywun arall, rhywun diyrth os ti ise. Fues i jyst â gweud wrth Elinor, ond wy ffili, ma'i rhy... Ti yw'n ffrind gore i, wy'n dala i feddwl amdanot ti fel 'ny. Falle na ddylen i fod wedi gadel i bethe fynd yn bellach na 'ny, achos ma 'ny wedi sboilo'n cyfeillgarwch ni, a ddim 'na beth o'n i ise."

Roedd e wedi troi ati eto.

"Granda arno fi 'da clustie doctor os yw hi'n haws," meddai wrtho, gan wybod ei bod hi'n mynd i ddweud y cyfan wrtho nawr. Ar ôl dechrau, allai hi ddim peidio.

"O's problem feddygol 'da ti?" Rhoddodd yr awch fach o ofn ar ei lais foddhad iddi.

"Wel, o's. Ma fe."

Roedd rhyw ddrygioni ynddi, rhyw awyrgylch newydd yn ei chylch. Penderfyniad, menter. Menyw ddieithr oedd wedi dod 'nôl i'r parlwr o'r cyntedd.

"Wy ffili bod yn wraig i Richard. Ddim fel dylen i."

Roedd yr hyn roedd hi'n ei awgrymu'n glir, a'i hystum wrth ei ddweud yn ategu'r ystyr. Daliodd John ei wynt. Ond cyn iddo orfod dweud dim byd, roedd hi'n bwrw rhagddi.

"Paid meddwl bod ni heb. Ni wedi. Sawl gwaith. Cyn ag ar ôl i ni briodi. Ond wy ffili ymateb iddo fe… i hynna. Wy'n 'i garu fe, John, ond sai'n galler cysgu 'dag e…"

Roedd hi'n amlwg na allai e farnu ai cast menyw gynllwyngar oedd yn gwneud iddi sefyll o'i flaen yn bwrw ei bol am bethau na ddylai wrtho fe, neu a oedd hi wir mor ddiniwed fel na welai pa mor anaddas oedd siarad fel hyn ag e, a gosod ei ffydd ynddo fel doctor a wyddai am y pethau hyn, er cyn lleied o hyfforddiant roedd e wedi'i gael.

"Ddim yn iawn, ta p'un 'ny. Wy'n meddwl gormod ohono fe i esgus bo fi'n twmlo pethach wy ddim."

"'Na beth ma lot fowr o fenywod yn neud."

"Sai fyl'a, a sai'n gallu credu bo ti'n disgw'l i fi aller bod."

Anadlodd John allan yn drwm ac eistedd. Safodd hithau o'i flaen, heb arlliw o arwydd ei bod hi am ffrwyno'i thafod.

"A wy'n credu bo fi'n gwbod beth yw'r broblem."

Rhaid bod John wedi sylwi ar y crygni yn ei llais gan iddo godi ei ben i edrych arni.

"Wyt ti?" gofynnodd iddi.

Yna roedd deigryn mawr yn rhedeg o'i llygad a'i hysgwyddau'n siglo'n ddilywodraeth. Doedd hi ddim wedi bwriadu torri, ond dyma hi'n gwneud, yn torri fel brigyn o'i flaen, wedi colli pob rheolaeth arni ei hun.

"Ti."

Cododd John ati, a gafael amdani.

"Hei, hei…"

"Wy wedi ca'l 'yn weiro'n rong." Roedd hi'n beichio llefain bellach.

Allai John ddim tyngu â'i law ar ei galon mai hi a'i cusanodd e gyntaf. Ond fyddai Margaret ddim wedi gallu tyngu â'i llaw ar ei chalon hithau mai fel arall roedd hi chwaith.

40

CYN IDDI EI adael roedd hi wedi addo y caen nhw gwrdd eto'n fuan, ac yntau wedi rhagweld pythefnos o ryddid gyda hi, pythefnos o oleuni rhyngddo a gweddill ei oes, nad oedd e'n gallu ei amgyffred. Pythefnos yn nhŷ Dot a Walter, oedd fel pe bai e wedi'i roi yno ar eu cyfer nhw ill dau yn unig. Pythefnos o gyfle i'w hargyhoeddi hi â phob cyffyrddiad o'i fysedd, â phob gair ar ei dafod a phob anadl oedd ynddo mai gydag e roedd hi i fod.

Ac roedd y pythefnos wedi crebachu, o ddiwrnod i ddiwrnod, nes gwasgu'r holl obaith oedd wedi bod ynddo allan ohono fel gwasgu clwtyn golchi llestri.

Bu'n galw yno'n nosweithiol, tua'r un adeg bob dydd, a Nesta o dan yr argraff mai mynd yno i ddarllen ei lyfrau coleg oedd e; lladd dau dderyn â'r un garreg – cadw llygad ar y tŷ a gwneud tamaid bach o astudio yr un pryd. Awr neu ddwy o lonydd.

Roedd Margaret wedi addo, ac yntau wedi bod mor ddwl â chredu mai heddiw y gwireddai ei haddewid. Ac roedd pob heddiw wedi troi'n ddoe, a hithau heb ddod. Byddai Walter a Dot yn dod adre yfory.

Bellach, roedd yr haul yn chwilio am y môr a'i haddewid hi yn bygwth boddi gydag e. Roedd e wedi oedi yno'n llawer rhy hir, wedi gadael i'w obeithion ei gario unwaith eto i dir dychymyg, wedi creu posibiliadau o'r hyn oedd mor amhosib.

Gwyddai, pan addawodd gadw llygad ar y lle i Walter, nad oedd angen gwneud hynny mewn gwirionedd, gan nad oedd e'n dŷ a safai ar ei ben ei hun mas o olwg pob man. Tŷ tref oedd e, a fawr o dorri i mewn i eiddo wedi bod, hyd y gwyddai. Nid oedd John yn gwybod am neb yn Aberaeron oedd wedi bod mewn mwy o drwbwl gyda'r heddlu na fe'i hunan, er bod hynny'n hen hanes bellach: gwyddai fod Walter yn llygad ei le ac mai cic yn ei din mas o'r coleg a gâi pe dôi'r awdurdodau yn y fan honno i wybod am ei droseddu.

A bythefnos yn ôl, daethai'r tŷ yn ffordd iddo fe a Margaret gyfarfod, yn union fel pe bai'r duwiau wedi barnu mai felly roedd hi i fod. Am eiliad, roedd e wedi gadael iddo fe'i hun freuddwydio, a nawr roedd yn rhaid wynebu'r ffaith nad yn nhir breuddwydion roedd e'n byw.

Daliodd ei hun yn meddwl eto beth roedd e am ei wneud â gweddill ei fywyd, ar ôl rhoi'r cyfan ar stop am eiliad tra bu'n dychmygu bywyd gwahanol gyda Margaret. Oedd, roedd e am raddio'n feddyg, ond yn lle ac ym mha fodd roedd e am weithio fel meddyg, doedd ganddo ddim syniad pendant o fath yn y byd. Un dewis yn unig oedd cynnig Walter iddo fynd yn bartner iddo mewn practis yn Aberaeron. Dewis da, yn bendant – gwyddai John pa mor lwcus oedd e – ond dewis diogel, dewis hawdd. Ac er iddo barhau hyd yn hyn i roi'r argraff i Walter mai dyna a wnâi wedi graddio, bellach doedd e ddim yn siŵr ai'r dewis hawdd oedd e ei eisiau.

Câi ei ddenu i fynd yn ôl at wreiddiau ei dad a gweithio mewn practis yn y Cymoedd, lle gwelai fwy o dalcen caled nag y byddai Aberaeron lewyrchus yn gallu ei gynnig iddo, a darn o'r Gymru sosialaidd go iawn oedd ond yn dechrau ailddihuno i'w Gymreigrwydd cynhenid.

Câi ei ddenu ymhellach hefyd o dan ddylanwad Antoine yn y coleg. Wrth glywed y Ffrancwr yn traethu am yr angen am weithwyr dyngarol â gallu meddygol allan yn Biaffra, roedd hi'n anodd peidio â chael ei ddenu i ddewis llwybr a roddai eraill yn gyntaf go iawn.

"No man is an island," meddai Antoine yn ei acen drwynol gan beri i John synnu unwaith eto at ehangder gwybodaeth ei gyfaill.

Ni allai anghytuno ag ef: un ddynoliaeth yw hi, un system gymhleth, gyd-ddibynnol.

Weithiau, ar ôl bod yn siarad ag Antoine, teimlai John fel pe bai e wedi bod drwy fangl. Ar yr un pryd, roedd e hefyd yn ymwybodol iawn ei fod e'n dechrau gweld y byd mewn ffordd gwbl newydd.

Soniodd Antoine am y garfan o weithwyr meddygol yn Ffrainc y bwriadai ymuno â nhw er mwyn mynd i weithio mewn gwledydd anghenus yn sgil newyn, rhyfel a thlodi. Bwriad Antoine oedd gorffen y flwyddyn yn y coleg a mynd i Biaffra neu wledydd eraill yn y rhan honno o orllewin Affrica lle gallai achub bywydau.

Weithiau, daliai John ei hun yn meddwl tybed oni ddylai yntau hefyd gyfeirio'i ddoniau at alw mwy enbyd na'r alwad yn ôl i Aberaeron. Câi anghofio Aberaeron yn Affrica – Aberaeron a Margaret.

Agorodd y drws i fynd mas, 'nôl at Nesta, a swper. Gallai ddychwelyd i Gaerdydd wedi i Walter a Dot ddod yn ôl yfory. Roedd bywyd yn haws yng Nghaerdydd.

Wrth gloi'r drws ar y tŷ gwag am y tro olaf, daliodd John ei hun yn ysu am gael casáu Margaret. Dôi hynny, meddyliodd, ei chasáu, yna peidio â theimlo dim tuag ati. Dôi hynny hefyd yn ei dro.

"SHWT TI'N GWBOD pan ti'n disgwyl babi?"

"So fe'n amlwg i ti 'te?" chwarddodd Elinor a mwytho'i bol, lle roedd ei hail yn mynd i fod yn clwydo am bum mis arall cyn glanio ar lwyfan y byd, yn frawd neu'n chwaer i Aled bron cyn i hwnnw godi'n flwydd oed.

"Na. Reit ar y dachre. Ti'n gwbod…"

A throdd Elinor bâr o lygaid fel soseri ati cyn gollwng gwich o gyffro.

"Na, na, na!" ceisiodd Margaret ei thawelu. "Sai'n gweud bo fi yn. Ddes i mla'n pw ddwrnod."

"Do fe? So 'ny'n amhosib whaith. Ddes i mla'n tro 'ma a tro dwetha, tam' bach. Unweth. Cyn i 'nhu mewn i sylweddoli bod e ddim i fod i w'idu."

A dyna pryd y trodd rhywbeth y tu mewn i Margaret, rhwng ei stumog a'i gwynt, gan wneud i afonydd o ofn lifo drwyddi.

A'r peth rhyfedd, meddyliodd yn syth wedyn, oedd na welodd Elinor y sylweddoliad enfawr yn gwawrio yn Margaret ei bod hi'n cario babi.

Llwyddodd i wenu a siarad yn ysgafn drwy'r ugain munud nesaf tan y bu'n rhaid iddi wneud esgus fod Richard wedi trefnu iddynt fynd am sbin heno 'ma a hithau mor braf, a byddai'n rhaid iddi fynd wir, ac y gwelai hi Elinor eto'n fuan. Llwyddodd i berfformio'i rhan yn wych tan iddi gyrraedd y ffordd fawr yn y car. Trodd i'r dde i gyfeiriad Aberystwyth ac yna i'r dde eto ger Llan-non, a bu'n dilyn ei thrwyn am hanner awr gyfan, bron heb wybod ble roedd hi na ble roedd hi'n mynd.

Wrth adael tŷ Walter a Dot dair wythnos a hanner ynghynt, bron wrth iddi fynd drwy'r drws, dechreuodd edifeirwch lifo drwy ei gwythiennau yn un ffrwd o wenwyn. Ffieiddiai at yr hyn oedd newydd ddigwydd, at yr hi arall honno oedd wedi ymroi'n ddilywodraeth i gyneddfau nad oedd ganddi hawl eu rhyddhau. Meddyliodd yn syth am Richard yn ei wendid adre ym Mryn Celyn, yn y tŷ roedd e wrthi'n ei droi'n balas iddi hi, yn galaru am ei dad, yn galaru am ei wraig nad oedd hi'n wraig chwaith.

Pa wendid oedd ynddi na allai wneud fel roedd hi i fod i'w wneud, pa ddiffyg a'i rhwystrai rhag ysgwyddo'i chyfrifoldebau'n gall? Roedd John wedi cynnau swits ynddi na allod Richard ei gynnau ers chwe mis o briodas, a deunaw mis a rhagor o'i nabod cyn hynny. Ac eto, Richard oedd ei bywyd, fe oedd wedi rhoi ei gyfan iddi.

Treuliodd y dyddiau wedyn yn llawn o gasineb ati ei hun, ac at John, er na allai resymu'n deg fod mwy o fai arno fe nag oedd arni hi. Ac i beth oedd angen beio, a'r hyn oedd wedi digwydd eisoes yn ffaith?

Doedd dim dewis ond cau'r drws a chamu ymlaen. Addo iddi'i hun na fyddai gorffwylltra'n cael ei meddiannu hi eto fel y gwnaethai ar noson claddu Cedric. Carthu'r digwyddiad o'i meddwl, ei anghofio fel pe na bai erioed wedi digwydd.

A nawr, hyn.

Chei di ddim anghofio, meddai'r bod yn ei bol nad oedd fawr mwy na neb.

Teimlodd waliau'n cau amdani, yn bygwth ei mygu, nes y bu'n rhaid iddi stopio'r car yn y diwedd. Wrth adwy i gae, gorfododd ei hun i feddwl yn glir.

Ac ar ôl pwyllo i ystyried a siarad y geiriau â hi ei hun, fu hi ddim yn hir cyn dod i'r penderfyniad a fyddai'n rhoi ffurf i weddill ei hoes – yn ei meddwl os nad yn ymarferol yn ei byw o ddydd i ddydd.

Yn gyntaf, byddai'n ailgychwyn caru â Richard. Heno 'ma. Pam lai? Byddai'n gwneud yr hyn y dylai fod wedi'i wneud o'r cychwyn cyntaf, a gorwedd gydag e, gwneud iddi'i hun fwynhau, ac os na lwyddai i wneud hynny, i ddioddef, i ddygymod, i ildio i'r anorfod, fel pob gwraig dda. Fel ei haeddiant.

Wnâi hi ddim mynd at y doctor nes iddi fod yn siŵr ei hun, ac erbyn hynny fyddai dim amheuaeth yn bosib yn Richard nad fe fyddai'r tad. Dim ond iddi weithredu ar unwaith, gallai dwyllo pawb arall, ac efallai ryw ddydd, hi ei hun hefyd, nad oedd dim oll wedi digwydd rhyngddi a John wedi'r cyfan, ei bod hi wedi chwarae rôl y wraig fach ifanc ufudd, ar drothwy bywyd, â'i gŵr a'i phlant, fel y dylai fod wedi'i wneud o'r cychwyn cyntaf, cyn iddi fynd yn orffwyll a chysgu gyda John.

A'r noson honno, dywedodd wrth Richard pa mor ddiolchgar oedd hi iddo am adael iddi ddod yn barod i'w dderbyn yn ei hamser hi ei hun. Caeodd ei llygaid wrth iddo'i chusanu drosti, a cheisio meddwl am John.

Ond daliodd ei hun yn cau hwnnw mas hefyd, rhag iddi ddrysu, a chaeodd ei dannedd yn dynn yn ei gilydd, a dysgu er gwaethaf popeth nad oedd dygymod hanner mor anodd ag y dychmygodd.

Ymhen deufis, aeth i weld Walter a chymerodd yntau ffiol o'i gwaed i'w yrru i Aberystwyth i gadarnhau'r hyn a wyddai Margaret.

Doedd Walter ddim yn gallu stopio'i hun rhag gwenu.

"So ti wedi gweud wrtho fe eto?" gofynnodd.

"Ddim eto – a pidwch chi â gweud wrtho fe cyn i fi ga'l cyfle," siarsiodd hithau'n ysgafn.

"Fydd e wrth 'i fodd," meddai Walter. "A sawl gwaith sy raid i fi weud wrthot ti 'ngalw i'n 'ti', ferch?" ychwanegodd. "Wy'n mynd i fod yn dad bedydd i dy blentyn di!"

"Pwy wedodd 'ny?" gwenodd Margaret arno, gan wybod ar yr un pryd na fyddai Richard yn breuddwydio gofyn i neb heblaw Walter ysgwyddo'r fath anrhydedd, y fath gyfrifoldeb.

"Bwda i am byth os na chaf i fod," cellweiriodd Walter. "Nawr'te, 'yt ti'n edrych ar ôl d'unan? Byta digon o lysie gwyrdd a chig coch a lla'th. Ti'n byta i ddou nawr, cofia." Cododd i roi anferth o goflaid iddi. "Hasta lan i weud wrth Richard, i fi ga'l gweud wrth Dot. Falle doith e â bach o lwc i ni'n dou nawr 'fyd, pwy a ŵyr?"

Gwasgodd hi'n dynn heb adael arlliw o argraff ei fod e'n genfigennus o'i llawenydd hi a Richard, am nad oedd asgwrn eiddigeddus yn perthyn i Walter.

Er mai dim ond ychydig dros flwyddyn oedd ers iddi ei gyfarfod e gyntaf, roedd Margaret yn hoff o Walter, a phleser o'r mwyaf oedd y ddeufis diwethaf wedi bod am fod Richard wedi dechrau gwahodd Dot a Walter mas gyda nhw i swper pan aent i giniawa yn y llefydd gorau yn yr ardal. Bu'r ddau yng nghartref Dot a Walter am swper unwaith hefyd, a Margaret yn twyllo'i hun lawn cymaint â'r lleill ei bod hi'n gweld y lle â llygaid newydd.

Y noson honno, daliodd ei hun yn eistedd ar y soffa yn y parlwr crand, yn union yn yr un lle ag yr eisteddai John pan ymwelodd â'r lle, yn yr un lle ag y cusanon nhw...

Y pryd hwnnw, sylwodd hi fawr ddim ar y celfi a'r olygfa dros Fae Ceredigion drwy'r ffenest, na lluniau Walter ar y wal, na chawg blodau hardd Dot ar ganol y ford.

Y pryd hwnnw, doedd dim ar ei meddwl ond John a'r hyn roedd ei chorff hi'n sgrechian amdano.

Y pryd hwnnw, yn yr un lle, pan genhedlwyd y babi yn ei bol.

Heno, byddai'n dweud wrth Richard ei fod e'n mynd i fod yn dad.

4 2

ROEDD NESTA WEDI gofalu fod llond y tŷ o flodau erbyn iddo gyrraedd yn ei ôl, tasg ddigon anodd a hithau heb eto orffen bod yn fis bach.

Rhoddodd ei gês i lawr yn yr ystafell fyw a mynd i afael amdani'n syth. Er bod mynych alwadau ffôn wedi bod rhyngddynt, doedd dim yn debyg i afael amdani, clywed ei llais cyfarwydd yn golchi drosto wedi misoedd o leisiau ac acenion dieithr Caerdydd a gweld ei gwên a doddai ei galon.

"Ti 'di altro," meddai wrthi ar ôl iddynt wahanu. Daliai i'w dal led braich er hynny.

"Wy whech mis yn henach, 'nai gyd."

"Ti'n fenyw ifanc nawr, Nesta. A boitu bod yn wraig ifanc."

"Pwy wedodd mai na pham ofynnes i ti ddod gartre?" meddai hi wrtho'n grac, nad oedd yn gracrwydd go iawn chwaith.

"Ame," gwenodd John arni. "So ti wedi siarad am neb ond Terry ers miso'dd, a pan ddachreuest ti ofyn pryd o'n i'n ca'l amser bant, o'n i'n gwbod bod 'na gyhoeddiad yn y gwynt."

"Jawl! Sboilo syrpréis."

Cofleidiodd John hi eto gan chwerthin a'i thiclo nes gwneud iddi hithau chwerthin. Roedd ôl ei llaw i'w weld drwy'r tŷ bellach, o'r llenni ysgafn blodeuog a hongiai yn yr ystafell fyw yn lle'r carthenni dros y rhelin a gofiai John pan oedd ei dad yn fyw, i'r sglein polish oedd ar bob celficyn. Y tu allan, roedd Nesta wedi troi'r ardd lysiau fach o flaen y tŷ yn ôl yn facyn poced o lawnt a border tenau o flodau pob lliw o'i chwmpas. Yn ddwy ar bymtheg oed, roedd Nesta'n hen law ar gadw tŷ.

"Sneb yn twlu llwch i'n llyged i."

Doedd e ddim wedi bod adre dros y Nadolig am fod Nesta wedi cael cynnig i fynd lan at deulu Terry yn Aberystwyth i dreulio'r ŵyl gyda nhw, ac yntau John wedi pwyso arni i fynd.

Soniodd am yr holl waith roedd disgwyl iddo'i wneud dros y gwyliau ta beth, gan orliwio tamaid bach i wneud y penderfyniad yn haws iddi. Roedd e'n ddigon parod i osgoi dod 'nôl i Aberaeron, ac yn well ganddo anghofio'r Nadolig am unwaith. Roedd wedi dechrau gosod hen ach yr haf y tu ôl iddo o'r diwedd: i beth âi e i gynhyrfu'r dyfroedd, i godi hen grachod drwy fentro 'nôl i'r fan lle gallai daro arni, a gwthio'i hun yn ôl i gamau cyntaf ei wellhad unwaith eto? Gormod o gamu 'nôl, gormod o ailadrodd camgymeriadau a fu, ac roedd hi'n haws ganddo ymddiried yn ei allu i ymwrthod â'i themtasiwn tra oedd e'n ddigon pell i ffwrdd oddi wrthi.

Ond roedd pen-blwydd Nesta'n ddeunaw oed, a'i hawgrym – nid anghynnil – ei bod hi a Terry, rheolwr tafarn y Ceffyl Du yn Aber, am ddyweddïo, wedi mynnu ei fod e'n dod adre, am benwythnos bach o leiaf. Byddai'n gyfle i siarad â Walter hefyd, ac yntau wedi penderfynu bellach beth roedd e am ei wneud â'i ddyfodol.

"Lle ma Terry 'te?"

Roedd hi'n fwriad gan John dreulio cymaint â phosib o amser yn ei gwmni y penwythnos hwn. Dyna oedd ei ddyletswydd fel brawd mawr i Nesta. Wedi'r cyfan, doedd ganddi na thad na mam i gadw llygad arni, i wylio'i bod hi'n gwneud dewisiadau priodol. Oedd, roedd Walter a Dot wedi camu i'r adwy, a Walter yn llawn edmygedd o'r Terry gweithgar, annwyl, agored a ddisgrifiai ar y ffôn wrth John, ond teimlai John mai ei le fe oedd rhoi sêl bendith derfynol, er nad oedd ganddo unrhyw fwriad yn y byd o wneud dim ond cefnogi penderfyniadau'i chwaer: pwy ar wyneb y ddaear oedd e i fynd i roi unrhyw fath o gyngor carwriaethol i neb a'r fath dalent ganddo i wneud potsh o'r unig berthynas go iawn fuodd e ynddi erioed?

Cofiodd am yr holl ferched roedd e wedi'u gweld yng Nghaerdydd ers yr haf. Wythnos barodd yr hiraf: prin y gellid galw'r un yn garwriaeth. Ffieiddiodd ato'i hun wrth eu cofio.

"Fydd e draw maes o law. Ise i ni ga'l amser 'da'n gili gynta."

Gwenodd John yn annwyl arni.

"Dr'eni nag o'dd Ianto'n gallu dod," meddai John heb dynnu'r wên.

Cawsai ei frawd mawr ei ddyrchafu'n fugail ar y ffermm fawr lle gweithiai, ac roedd pob argoel, yn ôl y galwadau ffôn a fu rhyngddo a John, ei fod wrth ei fodd yno.

"Wyna," meddai Nesta. "Ond mae e'n gwbod bo fi'n priodi. Pan wedodd e bod e'n ffili dod lan, o'n i'n meddwl ddylen i weud wrtho fe."

"Shwt ma gwaith?" holodd John.

"Digon da tra bydd e."

Roedd Nesta wedi bod yn gweithio fel ysgrifenyddes i Morris and Jones y cyfreithwyr ers yr haf, pan adawodd yr ysgol, a hyd yn hyn roedd hi wedi rhoi pob argraff ei bod hi'n mwynhau ei hun yno.

"Beth ma 'na'n feddwl? So ti'n colli dy waith?"

"Na, ond fe gollith e fi pan brioda i."

"Ti'm wir yn mynd i roi'r gore i dy waith?"

"Pam lai? Ma Terry'n neud digon o arian. Sdim ise i fi weithio. Wedodd e bod dim raid i fi."

"Nefo'dd. Gymres i set ti'n cario mla'n sbo plant yn dod o leia."

"Pwy sy'n symud yn ffast nawr?" tynnodd Nesta arno. "Ma digon o amser nes 'ny."

"O's. O's ma fe," cytunodd John, a methu peidio teimlo'n isel drosti. Oedd 'na ddim byd yn ei bywyd felly, dim byd heblaw Terry?

A chofiodd yn syth nad oedd e wedi bod yno iddi, felly pa hawl oedd ganddo i'w chyhuddo o ddiffyg uchelgais? Dros gwpwl o alwadau ffôn y llynedd y soniodd hi nad oedd hi'n gweld pwynt aros ymlaen yn hirach yn yr ysgol a chwblhau ei lefel A, er gwaethaf parodrwydd hael Walter i'w chefnogi'n ariannol drwy'r coleg at y grant llawn a gâi hithau fel John. Doedd dim angen iddi adael ysgol, ond dyna ddewisodd hi ei wneud, a dewis yn bendant hefyd.

Ond wrth gwrs, roedd Terry o Aber wedi camu i'r darlun erbyn hynny, yn doedd?

Cnôdd John ei dafod.

"Licet ti gwpaned? Fydd Terry 'ma tua saith, a ma ffowlyn yn ffwrn 'da fi i swper."

"Wy ffansïo wâc fach lawr at y tra'th os ti ise dod."

Gwrthododd Nesta – roedd ganddi lysiau i'w paratoi – ond anogodd ei brawd i fynd i wynt y môr.

"Neith les i ti, ond paid ti meiddio bod eiliad ar ôl saith yn cyrra'dd gartre; neith 'ny ddim lles o gwbwl i ti."

43

ANELU AM Y feddygfa ar y stryd fawr wnaeth John, nid am y traeth. Byddai Walter yn dod i ben â'i gleifion bellach, a châi gyfle i gael gair bach ag e cyn iddo fynd adre. Roedd hi'n well gan John siarad â Walter yn gyntaf, cyn sôn wrth Nesta: byddai Nesta annwyl wedi newid ei feddwl cyn iddo sylweddoli ei bod hi'n gwneud hynny.

Doedd e ddim yn edrych ymlaen at ddweud wrth Walter ei fod e am roi'r gorau i'w gwrs, chwaith, ond gallai wneud ymdrech deg i egluro pam. Er mor dda roedd e'n dod yn ei flaen yng Nghaerdydd, ac er cymaint roedd e'n mwynhau dysgu, roedd tynfa i ddianc, i godi pac am gyfandir arall a dechrau o'r dechrau mewn lle gwahanol, gyda wynebau newydd, fel geni eto i fyd ffres.

Oedd, roedd Antoine wedi llwyddo i ddwyn perswâd arno yn y diwedd i ddilyn llwybr gwaith dyngarol lle roedd angen pobl i atal y gwaedlif a'r newyn a ledai dros orllewin Affrica.

Teimlai mai dyma'r unig lwybr oedd yn agored iddo. Roedd e'n ifanc, yn lled wybodus ym meysydd gofal ac iechyd ac yn rhydd i ddilyn ei gŵys ei hun. Aethai i deimlo hyn mor gryf nes gallu gwadu effaith yr hyn a ddigwyddodd iddo dros y blynyddoedd diwethaf ar ei benderfyniadau. Daeth yn argyhoeddedig ei fod wedi'i eni i fynd allan i helpu; doedd dim i'w glymu at Gymru, wedi'r cyfan – dôi Cymru drwyddi hebddo fe. Dinesydd y byd oedd e nawr, ac er nad oedd e'n teimlo rithyn yn fwy rhinweddol o fod yn wynebu dyfodol – o ryw hyd – yn achub bywydau yn lle achub yr iaith ('Pobol sydd 'u hangen,' meddai Antoine wrtho, 'nid seintiau') doedd yr un o'r ddwy frwydr yn fwy teilwng o'i sylw na'r llall.

Ei le fe oedd mynd i Affrica.

Aeth i mewn i'r feddygfa lle roedd un dyn bach yn aros ei dro.

"Gaf i weld Walter ar ôl iddo fe fennu?" holodd i Lynwen y tu ôl i'r ddesg ar ôl ateb ei llu cwestiynau ynglŷn â sut roedd hi'n mynd yng Nghaerdydd – yn amlach na pheidio drwy ddweud 'iawn' fel robot i bob un: y cwrs yn 'iawn', y fflat yn 'iawn', y bywyd cymdeithasol yn 'iawn'. Cofiai Lynwen yn yr ysgol ddwy flynedd yn iau nag e, yn yr un flwyddyn â Nesta: gallai daeru fod swydd barchus wedi ychwanegu deg mlynedd at ei dwy ar bymtheg, yn ei hymdrech i wisgo'n trendi – y bŵts at y cluniau a'r *beehive* uchel a ychwanegai fodfeddi lawer at ei thaldra. Faint o gweryla oedd wedi bod rhyngddi a Featherton a doctoriaid hen ffasiwn y practis dros y gwallt, tybed? Daliodd John ei hun yn addunedu i ochri gyda Lynwen yn erbyn y deinosoriaid ynglŷn â'r gwallt pan fyddai e'n ymuno â'r practis – a chywiro'i hunan wedyn wrth gofio na fyddai e'n dod yn rhan o'r practis hwn nac unrhyw un arall, yn Aberaeron o leiaf.

"A'r crwydryn a ddychwelodd!"

Daeth Walter drwy ddrws ei ystafell tuag ato â'i freichiau'n agored i'w gyfarch. Rhaid bod Lynwen wedi gwasgu'r *buzzer* i ystafell Walter, neu fod Walter wedi clywed ei lais.

"Wyt ti wedi bennu?" holodd John gan roi hanner amnaid i gyfeiriad y claf oedd yn dal i eistedd yno'n aros ei dro.

"Featherton bia fe," meddai Walter wrtho gan roi ei law ar gefn John i'w gyfeirio i'w ystafell. Caeodd y drws, "… gwitha'r modd, achos sdim llawer o Susneg 'da Jack, ond lawr ar lyfre Featherton mae e am ryw reswm, a bygyr ôl o Gymrâg 'da hwnnw!"

"Cadw dy lais lawr," gwenodd John wrth ei geryddu, "neu ma Featherton siŵr o dy glywed di."

"Wy'n dachre peido becso. Geith e dowlu fi mas. Agora i bractis arall yn llawn o ddoctoried ifanc Cymrâg, yn barod at pan fyddi di'n dod ata i. Iste, iste."

Tynnodd ei gadair ei hun mas o'r tu ôl i'w ddesg iddynt gael eistedd gyferbyn â'i gilydd heb ddim byd yn y canol.

Crafodd John ei ben yn anghyfforddus. Sut roedd sôn?

"Wel!" aeth Walter yn ei flaen heb roi cyfle i John siarad. "Shwt mai'n mynd yn y ddinas fawr ddrwg? Ti wedi lladd rhywun 'to? A cyn i ti ateb, un o'r darlithwyr fi'n meddwl, ddim *patient*."

"Ie, wel..." dechreuodd John heb dynnu'r wên. "Ma'r ail flwyddyn yn waith caled, dim whare, fel ti'n gwbod dy hunan. O'n i itha balch pan ofynnodd Nesta i fi ddod gartre."

"Yw hi wedi gweud wrthot ti 'te?" holodd Walter, a sylweddolodd John fod Aberaeron gyfan wedi cael clywed am ddyweddïad ei chwaer cyn fe'i hunan. Ond ceryddodd ei hun bron cyn gorffen ei feddwl: doedd dim byd yn fwy naturiol na bod Nesta'n dweud popeth wrth Dot, a honno yn ei thro yn siŵr o rannu'r pethau pwysig â'i gŵr.

Byddai'n gymaint haws o hyn allan. Câi barhau ei gyfeillgarwch â Walter heb fod ei haelioni fe a Dot tuag ato fe a'i chwaer yn gwneud popeth mor gymhleth. O hyn ymlaen fe fyddai Nesta'n iawn, os nad oedd hi'n barod, i sefyll ar ei thraed ei hun, ac yntau wrth roi'r gorau i'w gwrs yn gallu gwirfoddoli i fynd dramor, a chael ei gostau prin wedi'u talu drosto.

"Granda, Walt, wy wedi bod ise gweud wrthot ti dros y ffôn, ond o'n i'n barnu ddylen i ddod i dy weld di'n lle 'ny."

"Hei! Beth sy'n dy boeni di?" Roedd gwên Walter yn dangos ôl pryder, er ei bod hi'n dal i hofran ar ei wefusau.

"Y cwrs."

"Ti'n ca'l trafferthion?"

"Na. Ddim 'ny. Ond wy wedi bod yn meddwl rhoi'r gore iddo fe."

"Pam?" Bellach, roedd y wên wedi mynd. Edrychodd John

mas drwy'r bleinds hanner-agored rhag gorfod edrych ar Walter.

"Wy ise neud rhwbeth mwy… mwy pwrpasol 'da 'mywyd."

"Na iacháu cleifion…?" holodd Walter heb arlliw o hiwmor.

"Nage. Wy ise neud 'ny. Ond ma llefydd yn y byd sy ffili aros i fi fennu peder blynedd arall o gwrs cyn galla i fynd mas 'na i helpu."

"Wy'n gweld," meddai Walter ar ôl eiliad neu ddwy, ac anadlu'n ddwfn.

"Wy'n twmlo 'na beth ddylen i neud."

"Diengyd."

Synnodd John, a chymerodd eiliad i hel ei feddyliau.

"Unrhyw beth *ond* diengyd, Walter. Mynd i gwrdd â 'nghyfrifoldebe, ddim rhedeg bant."

Wnaeth Walter ddim dadlau.

"Teimlo fod ise i fi neud rwbeth i helpu," ychwanegodd yn dawelach. "Wy'n rhydd i neud."

"Fyddet ti lawer mwy o help ar ôl bennu dy radd."

"Ma ise pobol nawr. Ma wastad llefydd angen pobol i helpu."

"Wasto dwy flynedd o addysg."

"Dala i ti 'nôl am bopeth…"

Safodd Walter ar ei draed a slamo'i law ar y ddesg nes bod yr ystafell i gyd yn drybowndian.

Welodd John erioed mo Walter wedi colli ei dymer, ond roedd e wedi'i cholli hi nawr. Sylwodd fod ei ddwrn ar gau: tan yr eiliad honno, fyddai John byth wedi breuddwydio y gallai Walter godi dwrn at bryfyn heb sôn am berson.

"Ddim y ffacin arian yw e! Shwt alli di fod mor dwp?"

Safai uwchben John, yn berson dieithr. Anadlai'n ddwfn, a rhaid ei fod wedi ymdrechu i reoli'i hun, gan iddo eistedd yn ei ôl ymhen eiliadau, a John erbyn hynny'n dechrau codi i fynd.

Rhoddodd Walter ei law ar ei arddwrn i'w gymell i eistedd drachefn.

Yn gyndyn, eisteddodd John yn ei ôl. Yna tynnodd Walter ei law drwy ei wallt.

"Maddeua i fi, sai arfer rhegi."

"Ti'n neud jobyn go lew ohoni o fachan sy ddim yn arfer."

Wnaeth Walter ddim chwerthin. Roedd arno ormod o angen bwrw ei fol, ac am unwaith doedd dim chwerthin, na thynnu coes, na dwli cyfeillion.

"Pan wedes i bo fi ise i ti fynd drwy'r coleg i fod yn bartner i fi, mewn practis newydd, call, ifanc, agos at y bobl, yn lle rhyw amgueddfa i ffosils fel y lle 'ma, o'n i'n feddwl e, John. Ma gymint i neud, prosiecte allen ni'u rhedeg i helpu bobol yr ardal 'ma, clinige, gwasanaethe, man 'yn wrth 'yn tra'd. Sai'n gwbod pam ti'n mynd mla'n am arian. Sai wedi buddsoddi'r nesa peth i ddim arian yndot ti. Ond wy wedi buddsoddi breuddwyd."

Methodd John ag atal ei hun rhag anadlu'n ddwfn o rwystredigaeth.

"Sdim byd i dy atal di, Walter. Sdim raid i ti ga'l fi 'da ti i agor practis arall. Ma digonedd o rei gwell na fi ddaw atot ti. A rho di beder blynedd arall, fydd hanner rhein wedi ymddeol ta beth."

Roedd Walter yn nodio.

"Ti'n iawn." Rhoddodd ei benelin ar y ddesg a dechrau cnoi gewin ei fawd. "Ti'n iawn, wrth gwrs. Diamynedd wy. Sdim hawl 'da fi stopo ti neud beth ti ise. Os mai 'na beth wyt ti ise, digon teg. Ond pam na nei di fennu'r flwyddyn 'ma cyn neud dim byd ar hast? Pum mis sy 'na tan yr ha'. Meddylia dros y peth yn yr amser 'ny a wedyn galli di neud penderfyniad, a threfniade fel bo ti mas 'na, lle bynnag ti'n golygu mynd, cyn mis Medi. A fydd 'da ti flwyddyn lawn arall o feddygeth dan dy felt. Neith e ddim byd ond lles. Pam wyt ti ar shwt gymint o hast i ddiengyd?"

Chwaraeodd John â'i fodiau. Erbyn i'r trefniadau gael eu rhoi ar y gweill, gallai'n hawdd fynd yn fis Gorffennaf beth bynnag: roedd gwirionedd yng ngeiriau Walter. Byddai gorffen y flwyddyn yn hynny fach o fantais.

Cododd Walter, wedi ailwisgo'r wên arferol ac yn llawn o'r bywiogrwydd hael a'i nodweddai unwaith eto.

"Nawr 'te, llai o siarad siop. Beth am bach o swper? Ma cwpwl o ffrindie'n dod draw nos fory, neith un bach arall ddim gwanieth."

Roedd John wedi derbyn yn ddiolchgar, wedi cofleidio'i gyfaill yn dynn ac wedi ffarwelio ag ef pan drawyd e ar y ffordd yn ôl i'r tŷ pwy fyddai'r 'cwpwl o ffrindie' a fyddai draw gyda Walter a Dot y noson wedyn.

Byddai'n rhaid iddo ffonio Walter i ymddiheuro. Fe wnâi hynny ar ôl cyrraedd y tŷ, cyn i Walter gael cyfle i sôn wrth Dot falle, a gallai egluro wrth Walter pam ei fod yn gwrthod, rhag i hwnnw feddwl mai dal dig oedd John am ei fod e, Walter, wedi gwylltio gynnau.

Wedyn aeth drwy ei feddwl na fyddai Walter byth wedi'i wahodd ac yntau'n gwybod cymaint o feddwl oedd ganddo'n arfer bod o Margaret. Ac eto, roedd elfen anghofus yn perthyn i Walter. Fyddai e byth yn creu trwbwl o fwriad, ond efallai na fyddai'n sylweddoli fod teimladau'n bethau araf i newid.

Ceryddodd John ei hun: roedd ei deimladau e wedi newid. Gwnaethai'n siŵr dros y misoedd diwethaf eu bod nhw wedi newid. Roedd e wedi aeddfedu, wedi'i chau hi ym môr y gorffennol a symud ymlaen. Allai e ddim ei hosgoi hi am byth, a byddai ei gweld yn brawf ar y ffaith ei fod e'n gallach nawr, wedi camu ymlaen oddi wrthi.

Pwy oedd i ddweud mai nhw fydden nhw? Byddai Walter wedi dweud, wedi'u henwi, ac yntau'n gwybod fod John yn nabod Margaret a Richard. Am wirion y byddai e'n teimlo pe bai e'n ffonio Walter a chael mai rhywun cwbl wahanol fyddai yno.

Anadlodd yn ddwfn cyn agor drws y tŷ a rhoi'r noson wedyn mas o'i feddwl. Plastrodd wên ar ei wyneb a gwthiodd ysgafnder i'w gerddediad wrth fynd i mewn i gyfarch ei ddarpar frawd yng nghyfraith.

Daliodd John ei hun yn gweddïo na fyddai'r crwt yn gofyn ei ganiatâd e am law ei chwaer mewn glân briodas, wir. Fyddai e ddim yn gallu atal ei hun rhag chwerthin.

44

ERBYN Y PRYNHAWN wedyn roedd John wedi dod i'r casgliad mai'r hyn oedd i'w wneud oedd taro heibio i Dot a Walter y prynhawn hwnnw a llithro rhyw reswm ffwrdd-â-hi pam na allai fynd draw heno i'w cwmni: gwnâi Nesta a Terry'n iawn fel esgus. Aethai'r ddau i'r Feathers tua thri o'r gloch i ddathlu'r dyweddïad, a'r bwriad oedd dal y bws i Aberystwyth lle roedd teulu Terry'n aros i'w llongyfarch ac i Nesta gael dangos y fodrwy i bob merch rhwng Llanrhystud ac Aberystwyth.

Cynigiodd John roi lifft iddynt yn lle'u bod nhw'n gorfod dal y bws, a gwnaeth hynny gan wybod y byddai'n esgus perffaith dros fethu â mynd draw at Walter a Dot yn nes ymlaen.

Roedd hi tua phedwar o'r gloch arno'n glanio yn y gegin lle roedd Dot hyd at ei cheseiliau mewn fflŵr. Cofleidiodd John hi heb boeni tamaid am y fflŵr ar ei siaced frethyn na'r menyn ar ei grys. Gwichiodd Dot wrth i'r fflŵr sgeintio oddi ar ei bysedd ar ei wallt.

Daeth Walter o'r ardd a llond ei ddwylo o flodau wedi'u torri.

"O'dd dim ise i ti," cellweiriodd John.

"Heno wedes i, ddim prynhawn 'ma," gwenodd Walter yn llydan. "Ond gan bo ti 'ma, gallwn ni ddachre." Edrychodd ar Dot fel pe bai'n chwilio am ganiatâd, ond nid arhosodd iddi ei roi: "Jinsen fach, bawb?"

"W, ie," meddai Dot.

Cyn i Walter gael cyfle i fynd drwodd i'r parlwr i arllwys diod, ymddiheurodd John na allai fynd draw yno heno wedi'r cyfan: roedd e wedi addo i Nesta a Terry, ac roedd hi'n ddiwrnod sbesial ar y ddau.

"Odi, ma 'ddi," meddai Dot, a gallai John dyngu iddo weld rhyddhad ar ei hwyneb.

Daliodd edrychiad bach, y lleiaf un, rhyngddi a Walter, a deall ar unwaith mai Richard a'i wraig oedd yn dod draw heno, a'i bod hi wedi dod yn amlwg i Walter, wedi i Dot nodi'r ffaith neithiwr, mai ffolineb oedd gwahodd John, a nhwythau'n gwybod cymaint o feddwl oedd ganddo o Margaret ers slawer dydd. I beth aen nhw i gynhyrfu'r dyfroedd?

"Wel, fel gweli di ore," meddai Walter yn llywaeth. "Ond cym un bach nawr, neith un bach ddim drwg."

Derbyniodd John y cynnig ac aeth y ddau i eistedd wrth y ford fawr yn y gegin lle roedd Dot yng nghanol ei choginio, i sipian jin a chyfnewid straeon am Aberaeron a Chaerdydd.

Ar godi i fynd roedd John pan ddaeth Margaret i mewn â hambwrdd o'i blaen dan liain sychu llestri.

Y peth cyntaf y sylwodd John arno oedd ei hwyneb, a'r ail, er gwaetha'r hambwrdd, oedd ei bol.

Symudodd popeth yn araf iawn wedyn, fel sy'n digwydd i berson sy'n dygymod â sioc. Aethai'r sylweddoliad drwyddo fel trydan, do, ond yn araf, araf deg y teimlodd ei gorff yn ymreoli, ymddistewi, llonyddu. Drwy'r cyfan, y meddwl uchaf oedd 'paid â bradychu dim', fel pe bai hynny'n mynd i newid ffeithiau, ond roedd amrantiad yn ddigon iddo gofio na fyddai Walter na Dot yn gwybod dim am y llynedd: o fewn chwarter eiliad, roedd e wedi ymbwyllo wrth sylweddoli mai'r cyfan a wydden nhw oedd ei fod e wedi bod yn swît ar hon cyn iddi briodi, dyna'r oll, a bod amser a dŵr a bywyd cymdeithasol Caerdydd a duw a ŵyr beth arall wedi mynd o dan y bont ers hynny.

Rhaid ei bod hithau wedi dilyn y camau niferus hyn, neu rai tebyg, yn ei phen yn ogystal. Estynnodd ei llaw iddo a gwenu:

"John! Shwt wyt ti?"

Cododd John, fel gŵr bonheddig, a gafael yn ei llaw.

"Margaret!"

Cusanodd ei boch.

"*Pavlova* a *cheesecake* i ti ar gyfer heno, Dot, i ti ga'l 'u rhoi nhw'n y ffrij."

Eto, doedd hi ddim yn estyn yr hambwrdd i Dot, dim ond dala i'w ddal yn un llaw wrth iddi ddefnyddio'r llall i dynnu ei chardigan dros ei bol.

Yna roedd Dot yn gafael yn yr hambwrdd ganddi, a Margaret bellach yn tynnu ochr arall ei chardigan hefyd dros ei bol mewn rhyw ymgais wirion i'w guddio.

"Llongyfarchiade!" meddai John, rhag i'w chuddio dynnu sylw Walter a Dot at rhyw ddrwg yn y caws. "Gweld bo ti'n ym…"

"Odw," meddai Margaret gan wenu'n boenus o llydan. "Pum mish a hanner."

"Whech da," meddai Walter, gan gadarnhau amheuon John. "Dylen i wbod a finne'n ddoctor iddi."

Chwe mis a hanner, dyna fyddai. A beth bynnag am ei honiadau, fyddai Walter ddim yn gwybod yn iawn chwaith: byddai wedi credu pa bynnag ddyddiadau y byddai Margaret wedi'u rhoi iddo. A dyma hithau'n ceisio ystumio pethau, i ddangos nad fe oedd y tad, ond yn llwyddo drwy ei hystumio i'w gwneud hi'n gwbl amlwg mai 'te. Teimlai'r cyfog yn codi i'w lwnc ond doedd e ddim eisiau gadael yr ystafell. Roedd e eisiau gweiddi'r gwir, a ddim am i Walter a Dot wybod ar yr un pryd… a sylweddolodd ar amrantiad mai yn yr ystafell nesaf, yn eu parlwr nhw, yn fan 'na, y cenhedlwyd y babi.

"Chi siŵr o fod wrth 'ych bodde," meddai John.

"Ma Richard wedi confyrto'r *west wing* ym Mryn Celyn yn barod," meddai Walter gan sychu llwy â lliain gwyn ar ôl anadlu arni.

"Y *nursery*," ategodd Dot, wrth estyn cynnwys hambwrdd Margaret i mewn i'w ffrij.

Rhyfeddodd John na synhwyrai'r un o'r ddau'r dymestl oedd yn yr aer rhyngddo a Margaret.

"Ma iyffach o lot 'da fi neud," meddai Margaret wrth droi ar ei sawdl.

"Dim gormod nawr," galwodd ei doctor ar ei hôl.

"Welwn ni chi tsha saith!" galwodd Dot hithau wedyn.

Oedodd Margaret am eiliad: "Ti am ddod, John?"

"Ffili, sori," meddai John. "Wy'n *chauffeur* i Nesta a'i chariad."

"Dr'eni," canodd Margaret, mor ddiniwed â'r dydd.

Caeodd y drws mas ar ei hôl.

"Whiw," meddai Walter. "Ma raid i fi weud y gwir wrthot ti, John, geso i danad 'tho Dot neithiwr am dy wahodd di heno, achos o'dd hi'n gweud fydde hi'n lletchwith, a tithe a Margaret, ti'bo... cyn iddi briodi."

Gwthiodd John wên i'w wyneb yn syndod o hawdd: ychydig funudau eto a châi fynd adre, i'w ystafell yn y tŷ, a gorwedd ar ei fol ar ei wely heb orfod twyllo neb.

"Ma sbel ers 'ny," meddai'n ddidaro.

"'Na fe, t'wel," meddai Walter wrth Dot. "Becso'n ddiangen 'bitu dim byd, glei."

Arhosodd John i siarad am chwarter awr arall rhag ennyn drwgdybiaeth y ddau.

Yna aeth adre a chloi'r drws ar ei ôl. Gorweddodd ar ei wely fel roedd e wedi dychmygu ei wneud, a theimlo'i galon yn curo fel gordd yn ei frest.

Blinodd ar orwedd, felly cododd ar ei eistedd a chladdu ei ben yn ei ddwylo nes blino ar hynny wedyn a gorwedd, gan dynnu ei goesau lan at ei frest fel ffetws, yn methu meddwl yn glir, yn methu meddwl yn iawn o gwbl, yn methu anadlu'n iawn chwaith, ac yn methu llefain.

Syllu fel delw i'r gwagle oedd e pan glywodd e lais Nesta'n galw drwy'r blwch llythyrau,

"John? John, ti 'na? Agora'r drws 'ma..."

4 5

GWYDDAI ERBYN Y bore na allai ddychwelyd i Gaerdydd heb gael gwybod y gwir ganddi.

Ond er mwyn ei gweld, byddai'n rhaid iddo aros ei gyfle. Ffoniodd ei diwtor yn y coleg ac egluro wrtho'i fod e wedi dal ffliw ac na fyddai'n ei ôl am rai dyddiau. Gwnaeth esgus i Nesta nad oedd ganddo ddarlithoedd tan y dydd Iau canlynol, ac nad oedd dim i'w rwystro rhag cael diwrnod neu ddau'n ychwanegol o wyliau yn Aberaeron cyn troi'n ôl am y ddinas. Llyncodd hi'r celwydd ar unwaith, gan dynnu ei goes ynglŷn â pha mor braf oedd bywyd myfyriwr.

Câi ychydig ddyddiau i feddwl am ffordd o'i gweld – tridiau i'r ffaith na allai mo'i gwadu gymryd ei lle yn ei ben.

Sut y buon nhw mor esgeulus? Chroesodd diogelwch mo'i feddwl wrth garu â hi, nac wedyn chwaith.

Freuddwydiodd e ddim y digwyddai hyn – prin oedd e'n ffit i alw'i hun yn fyfyriwr meddygaeth, wir, ac yntau'n gallu ymddwyn mor anghyfrifol. Rywle yng nghefn ei feddwl, roedd e wedi cymryd yn ganiataol y byddai hi wedi bod yn ofalus, y byddai gwraig briod wedi gwneud ei pharatoadau ei hun. Ble buodd hi'n bod mor esgeulus?

Tra bu'n stryffaglu i dynnu'n rhydd o'i rhaffau, oedd fel cadwynau dur amdano, bu'r celloedd yn tyfu y tu mewn iddi, yn edefynnau a'i clymai ato am byth.

Aeth draw i weld Walter fore Llun, gan lawn fwriadu dweud wrtho. Ond wrth aros i Walter orffen ei syrjeri bore, aeth dychmygu beth fyddai ymateb Walter yn drech nag ef, ac aeth oddi yno, gan fwmian yn ymddangosiadol ddidaro wrth Lynwen y gwelai e Walter rywbryd eto.

Wedyn, yn y prynhawn, roedd Walter wedi ffonio ta beth, yn synnu nad oedd e wedi mynd yn ei ôl i'r de. Cynigiodd

John yr un celwydd ag a roddodd i Nesta, a derbyniodd Walter hwnnw'n ddigwestiwn.

"Gore oll," meddai Walter. "Gei di ddod mas am beint 'da Richard a fi heno 'ma 'te. Y'n ni'n cwrdd yn y Feathers ar ôl Pwyllgor Carnifal marce naw 'ma."

Cytunodd John a dechreuodd gynllunio sut y gallai droi'r dŵr i'w felin ei hun. Os byddai Richard mas y noson honno, gallai ffonio Margaret i drefnu cyfarfod. Yna gallai ymddiheuro wrth Walter yfory nad aeth e i'r Feathers: fyddai Walter ddim dicach.

Hi ei hun atebodd y ffôn. Diolchodd John yn ddistaw bach: doedd ganddo ddim syniad os oedd hi'n dal i rannu'r tŷ â'i mam a'i chwaer yng nghyfraith ai peidio.

"Ma raid i ni siarad."

"Nag o's, John. Sdim byd i weud."

"Wy'n feddwl e, Margaret. Wy ise i ti ddod lawr i ben rhewl. Fydda i 'na am wyth."

"Sai'n credu 'ny."

Teimlodd ei hun yn colli rheolaeth ar y sefyllfa. Sut oedd gorfodi…?

"Ma raid i ti. 'Na'r peth lleia galli di neud."

Tawelodd Margaret ei llais, ond roedd min ffyrnig iddo.

"Ddim dy fabi di yw e."

"Shwt ti'n gwbod 'ny?"

Pam oedden nhw'n cael y sgwrs hon dros y ffôn? Dyma roedd e am ei ofyn iddi wyneb yn wyneb. Doedd e ddim haws â bytheirio wrthi dros y ffôn, a hithau'n debygol iawn o roi'r ffôn yn ei grud ar draws eu sgwrs os oedd e'n gwasgu'n rhy galed arni.

"Plîs, Margaret," erfyniodd a theimlo'r cryndod yn ei lais. "Wy'n haeddu hynna fach."

"Yr eglwys fach 'te," meddai hi'n frysiog. "Gerdda i lawr 'na. Pen pella'r fynwent. Dan y goeden bella, mas o'r golwg."

4 6

EISTEDDAI AR GARREG a'i chefn at yr ywen dywyll. Fyddai neb wedi gallu ei gweld hyd yn oed pe na bai'r goeden yn ei chuddio, heb na sêr na lleuad yn y golwg o'r tu ôl i'r cymylau. A doedd 'na'r un tŷ na'r un dyn byw o fewn chwarter milltir i'r lle.

"Sai'n gweld pwynt hyn," meddai wrtho heb edrych arno pan ymddangosodd rownd ochr y goeden o'i blaen.

"Paid gadel i ni wastraffu amser ar gelwydde nawr, Margaret. 'Na hynny fach o ffafr â fi."

Atebodd hi ddim, dim ond syllu heibio iddo ar gysgod y clawdd o'i blaen.

"Whech mis da wedodd Walter. Winne'n dyall digon ar y pethe 'ma 'fyd i wbod mai 'na faint sy 'na. Whech mis a hanner a bod yn fanwl gywir. A ti wedodd d'unan nag o'dd dim byd fyl'na rhyntot ti a Richard."

"Fe ddechreuodd e wedyn. Strêt wedyn."

Roedd tân yn ei llygaid, ac edrychai fel anifail wedi'i gornelu.

"Falle dylen i ddiolch i ti am 'ny," meddai'n sychlyd, ond yn methu cuddio'r panic yn ei llais. "*Kick start,* 'na beth o'dd ise."

"Cyfleus," meddai John, gan eistedd wrth ei hochr. Fentrodd e ddim eistedd yn ddigon agos iddynt gyffwrdd. Torrodd laswelltyn i'w dynnu rhwng ei fysedd.

"Falle," meddai Margaret. "Ond gwir."

"Iawn," meddai John, a gadael i'r tawelwch, a'i dderbyniad, beri dryswch iddi am funud cyfan wedyn.

"Ti'n 'y nghredu i 'te?" holodd hithau gan sythu fel pe bai hi'n paratoi i fynd.

"Os ti'n gaddo ar fedd 'y nhad," meddai John, ar ôl methu meddwl am neb digon agos iddi y gallai dyngu llw ar eu bedd.

"Ti'm yn meddwl bydde Richard yn gweld y peth yn rhyfedd os na fydden ni wedi bod yn 'i neud e?" holodd yn lle ateb.

"Ti'n gweld, Margaret," dechreuodd John wedyn gan ei hanwybyddu. "Ma raid i fi wbod. A ma raid i fi wbod nawr. Achos wy'n mynd bant cyn hir."

"I lle? I Ga'rdydd ti'n feddwl?"

"Nage. Wy'n mynd 'nôl i Ga'rdydd dydd Iau. Bant dros y môr wy'n feddwl. I weitho. Gwirfoddolwr meddygol. Nigeria. Neu unrhyw le arall ma angen."

"Ti'n rhoi'r gore i dy gwrs?" Am ryw reswm, roedd hyn wedi'i synnu. Edrychodd arno am y tro cyntaf, fel pe na bai'n credu ei chlustiau. "Ond o't ti fod i ddod 'nôl i fod yn bartner i Walter. 'Na beth o'dd y plan."

"So cynllunie byth yn mynd shwt ti ise iddon nhw fynd."

Meddyliodd John am y babi. Tybed a fyddai e'n debyg iddo, neu i'w dad, neu os mai merch fyddai, i'w fam, ei mam-gu, nad oedd e John yn cofio bellach sut un oedd hi.

"Alli di byth neud 'ny!" meddai Margaret, yn codi ei llais. "Alli di byth rhoi lan."

"Pam? Ma gwaith i'w neud yn bobman. Digonedd o lefydd."

"Pryd fyddet ti'n dod 'nôl?"

"Sai'n siŵr os delen i 'nôl."

Gadawodd i hyn suddo i'w hymennydd. Cnôdd hithau'r wybodaeth. Ni allai ddarllen ei hwyneb.

"Nele fe sens i ti," meddai John wedyn. "Llonydd i ddachre 'da llechen lân."

"Wy ise 'na," meddai hi. "Ond sai ise i ti offo mynd bant i ben draw'r byd er mwyn i fi ga'l dachre 'da llechen lân. Ti'n ffrind i fi. Sai byth ise newid 'na."

"A'th pethe'n rhy gymhleth."

"Do, ond sai ise i ti fynd bant. Heblaw bo ti ise mynd bant."

Anadlodd John yn ddwfn a thorri'r glaswelltyn yn ddarnau mân cyn siarad.

"Wy ise'r gwir, Margaret. Os wy'n mynd bant, wy ise gwbod nag o's 'da fi blentyn gartre man 'yn. Wy ise gwbod 'ny, gant y cant. Os o's e, af i ddim, ddof i 'nôl 'ma'n feddyg teulu 'da Walter. Weda i ddim gair wrth neb, 'yn gyfrinach ni'n dou fydd hi. Ond gaf i ddala i fod yn ffrindie 'da ti tra byddwn ni. Dim mwy. Ffrindie, fel ni wedi bod eriôd. A gaf i weld y babi'n tyfu, a gwbod 'i fod e'n ca'l popeth ddyle fe ga'l. Pob gofal. Pob cariad. Fydde 'ny'n iawn 'da fi. Yn ddigon da."

Oedodd am eiliad, gan boeni ei fod e'n mynd yn rhy gyflym iddi.

"Ma 'da Walter feddwl mawr o Richard," ychwanegodd wedyn, "a finne â meddwl mawr o Walter, wedyn 'ny ma 'ny'n ddigon da i fi. Neith Richard dad da."

Erbyn iddo orffen roedd e bron â rhedeg mas o wynt gan yr ymdrech i fwrw'i fol a chael mas yr hyn y bu'n ei benderfynu ers deuddydd.

"Dy benderfyniad di yw e. Odw i'n mynd i Affrica, neu odw i'n bennu'r cwrs a dod 'nôl man 'yn yn ddoctor. Ond dyalla. Os wy'n mynd, a bo fi'n clywed ymhen deng mlynedd, ugen mlynedd, mai fi wedi'r cwbwl yw tad y babi ti'n gario, 'naf i byth, *byth* fadde i ti, Margaret."

Clywodd hi'n sniffian yn sydyn i glirio dagrau, cyn codi ar ei thraed o'i flaen, a bu'n rhaid iddo estyn ei fraich iddi rhag iddi golli ei chydbwysedd.

"Ar fy llw, ac ar fedd dy dad, Richard yw tad y babi 'ma."

Yna, roedd hi wedi mynd. Rhoddodd ei ben yn ei ddwylo a gadael i holl ach y dyddiau diwethaf lifo mas ohono, nes bod ei ochrau'n gwneud dolur, ac yntau ddim mymryn callach ai rhyddhad neu siom oedd e'n ei deimlo.

PENDERFYNODD DARO I'R Feathers. Roedd e'n ysu am beint, ac ar ôl bod yn eistedd yn y car am hanner awr gyfan wedi iddo godi yn y diwedd a dod mas o'r fynwent, teimlai'n well. Doedd dim angen cuddio rhagor: roedd y llechen yn lân, a beth bynnag am y teimladau gwrthgyferbyniol a'i trawodd mor annisgwyl yn y fynwent, gallai eu llyncu am nawr.

Roedd e awydd tamaid o ysgafnder, ac er mai Richard oedd Richard, gwyddai y câi sbort arwynebol yn ei gwmni fe a Walter.

Cododd Richard yn syth i archebu peint iddo, yn fawr ei groeso. Aeth drwy feddwl John yn sydyn y câi Margaret wybod iddo fynd i'r Feathers, a gwnâi hynny hi'n haws iddo ymlacio hefyd: câi hi wybod felly gymaint o ryddhad iddo fe oedd gwybod nad oedd dim i'w glymu e â hi.

Datod yr edefynnau unwaith eto.

Yfwyd i iechyd pawb, sawl gwaith drosodd.

"Hasta lan i fennu yn Ca'rdydd, 'chan," meddai Richard wrtho tua hanner nos gan roi ei fraich am ei ysgwyddau, "ni angen bach o wa'd newydd yn y dre 'ma."

Llowciodd y *whisky chaser* roedd Walter wedi mynnu prynu iddynt ill tri gyda'u peintiau.

"Ma'r Bod Mawr wedi gweld yn dda i'n rhoi ni ar y pishyn pert 'ma o dir a'r golygfeydd mas dros Cardigan Bay. Y peth lleia allwn ni neud yw bod yn ddiolchgar am 'ny, a sugno bob cinog allwn ni mas o'r tyrfao'dd ddaw 'ma i'w gweld nhw. Ma 'da ni'r *commodity* gore mas – o dan 'yn tra'd ni. Daw ca' 'da ugen o garafáns â lot mwy fewn na ca' 'da ugen o dda. A nage dim ond ni'r ffermwyr alle elwa, ond siope a busnese'r dre 'ma."

Soniodd Richard am y cynlluniau mawr oedd ganddo ar

gyfer Bryn Celyn a thir Coed Ffynnon maes o law. Cynlluniau i greu meysydd carafannau gyda'r gorau yn y sir.

"Ma'r ddwy ffarm yn *prime sites*; erbyn i fi fennu, fydd dim pall ar yr arian ddaw miwn. Pwy ise slafo'n ffarmo – twristieth yw'r dyfodol, t'wel," meddai wrth John gan ledu ei freichiau led y pen. "Ag os nag y'n ni'r bobol leol yn gweld 'ny, ddaw estronied fewn i elwa. Ti'n cytuno 'da fi, wy'n siŵr?"

Ac erbyn ei bumed peint a'i drydydd wisgi, oedd, roedd John yn cytuno gant y cant â'i gyfaill newydd.

A chyn ffarwelio'n ansicr iawn ei gerddediad, roedd e wedi cytuno i fynd draw at Dot a Walter nos Fercher am swper ta-ta gyda'r ddau, a Richard a Margaret Morgan.

DOEDD HI DDIM wedi bod yn hawdd, ddim ar y cychwyn, ond buan iawn yr ymlaciodd Margaret. Roedd hi dan anfantais hefyd, gan nad oedd hi wedi cael mwy na gwydraid a hanner o win, a dau dun o stowt yr awgrymodd Walter a wnâi fwy o les iddi nag o ddrwg.

Gwyddai ei bod hi wedi ymddwyn yn rhagorol drwy'r nos, wedi serennu, fel y byddai'r *glossies* yn ei ddweud. Po ysgafnaf fyddai ei hymarweddiad, po fwyaf hafaidd, mwyaf sicr fyddai John ei fod e wedi cael y gwir ganddi.

Fe sylweddolodd Margaret y noson honno, yn fwy na'r un noson a fu erioed yn ei bywyd cyn hynny, gymaint o feistres, o arbenigwraig, oedd hi ar ddweud celwydd.

Os oedd y celwydd yn y fynwent wedi'i daro i'w le â morthwyl, roedd ei holl ymarweddiad nos Fercher yn ategu hynny â gordd.

Dawnsiodd o gwmpas y gegin, o fewn golwg i lle'r eisteddai John yn y parlwr, yn estyn hyn a'r llall i Dot, oedd yn dod i ben â'r pryd bwyd a baratôdd i'r pump ohonynt. Mwythodd ei bol 'heb feddwl' o flaen Richard, a rhoi'r gorau iddi wedyn fel na thynnai ormod o sylw ati ei hun.

Gwyddai fod John yn gweld drwy'r ffalsio i raddau oherwydd bod cymaint wedi bod rhyngddynt, ond gwyddai hefyd na allai e ond credu mai'r gwir roddodd hi iddo yn y fynwent gan mor naturiol oedd hi, gan mor ymddangosiadol ddibryder. Roedd hi wedi aeddfedu cymaint dros y blynyddoedd diwethaf, a hithau'n dal yn bell o fod yn ugain oed.

Pe baen nhw ond yn gwybod! Câi ei chnoi'n barhaol gan yr ymwybyddiaeth mai hi oedd yn mynd i wneud i John roi'r gorau i'w uchelgais oes i fod yn ddoctor. Efallai nad oedd e'n gwybod ei hun eto mai dihangfa'n unig oedd Affrica, dihangfa rhagddi hi. Doedd hi ddim am fentro honni fod ganddi fwy o le yng nghalon John nag oedd, ond roedd e'n benderfyniad mor od ar ei ran. Gadael Cymru am bellafion byd, gadael uchelgais oes: allai e ddim â bod yn ddim byd heblaw dianc. Ac arni hi roedd y bai.

Câi lonydd ganddo i fyw gweddill ei hoes fel roedd hi'n ei ddymuno, heb ei bresenoldeb i'w hatgoffa am ei hawr wan, ei hawr benboeth, ynfyd. Pe bai hi'n dweud y gwir wrtho, a allai hi gredu y cadwai at ei air, y byddai nabod ei fab neu ei ferch yn ddigon, na fyddai'n hawlio perchnogaeth a rhwygo'i bywyd hi a Richard wrth wneud hynny? I beth âi hi i fentro credu ei air ar hynny?

Yn bendant, pe bai e'n cadw at ei air, câi hi ei gadw'n ffrind na fyddai pellter byd yn lleihau ei hiraeth amdano. Câi ei gwmni, câi wybod ei fod yntau hefyd yn fodlon ei fyd, os nad yn hapus, â sefyllfa ryfedd ond gyfforddus.

Gwelodd Walter, Richard a John yn sgwrsio'n fywiog am bopeth dan haul a dychmygodd nhw, flynyddoedd lawer o nawr, yn yr un lle, yr un mor falch o gwmni ei gilydd a'r trafod a daniai frwdfrydedd y tri. Beth bynnag wnâi Margaret, roedd bygythiad i'r heddwch gwâr hwn, cyfeillgarwch dynion o gyffelyb frid.

"Pryd fyddi di'n hedfan draw 'na?" clywodd Richard yn gofyn, a sylweddolodd mai trafod Nigeria oedden nhw.

"Saim'bo 'to," meddai John. "Af i ati i drefnu pan af i 'nôl nawr, fel bo fi'n galler mynd cyn gynted â phosib ar ôl bennu'r flwyddyn."

Gwyliodd Margaret e a gwybod nad oedd ei galon ar fynd, ddim go iawn.

"Lle peryglus ar jawl," meddai Richard. "Cofia edrych ar ôl d'unan."

Cododd John ei olygon a dal ei llygaid hithau wrth iddi sefyll yn y drws.

"Mwya ohonon ni eith mas 'na, lleia peryglus fydd e i'r lleill."

Anelodd Margaret am y grisiau i fynd i'r tŷ bach am rai munudau ar ei phen ei hun.

Caeodd y drws a phwyso'n ôl yn ei erbyn gan gau ei llygaid. Doedd hi ddim am fod yn gyfrifol am ei yrru e i ffwrdd, fyddai hi byth yn gallu maddau iddi ei hun am wneud hynny. Bob tro yr edrychai ar ei phlentyn, fe fyddai hi'n gwybod. A phe dôi yntau i wybod flynyddoedd lawer i'r dyfodol iddi ddweud celwydd wrtho, fyddai bywyd ddim yn werth ei fyw.

Ond fel arall, sut gallai hi ddygymod â'i gael e yn ei bywyd yn gyson, yn gwylio'i phlentyn hi a Richard gan wybod y gwir, yn clywed Richard yn brolian ei fab o'i flaen a thafod John ynghlwm? Roedd hi'n amlwg ei fod e'n teimlo'n gartrefol yng nghwmni Walter a Richard, er ei fod e'n iau na'r ddau arall.

Hi oedd â'r penderfyniad. Ei dewis hi oedd pa drywydd a ddewisai, pa lwybr a lywiai weddill ei hoes. Teimlai'r cyfrifoldeb yn drwm, yn llawer trymach na'i bol. Mwythodd ei lwmp, fel pe bai gallu gan hwnnw i wneud iddi ddewis yn derfynol beth i'w wneud.

Âi John yn ei ôl yfory, a byddai'n rhy hwyr wedyn iddi ddweud wrtho. Byddai'n dechrau cynllunio'i ddyfodol ymhell bell oddi wrthi.

Daeth allan o'r ystafell ymolchi ar ôl tynnu tshaen y tŷ bach. Anelodd am ben y grisiau, a dod wyneb yn wyneb â John a'i droed ar y gris cyntaf.

"O... sori," bustachodd yntau'n lletchwith, a thynnu ei droed yn ôl.

"Am beth?" meddai hithau'n ddidaro.

Pasiodd eiliad anghyfforddus rhwng y ddau. Cododd John ei law at ei bol a gofyn:

"Gaf i?"

Gwyddai y gallai wrthod, ond roedd e'n ei gwylio. Yn union fel pe bai iddi wrthod ei gais yn gyfaddefiad o ofn, ofn y câi e sicrwydd wrth gyffwrdd â ffurf ei blentyn mai fe oedd ei dad.

"Cei, wrth gwrs," meddai Margaret yn ysgafn braf, a gosododd John ei law'n ofalus arni, fel pe bai e ofn pechu'r plentyn wrth wneud.

Sylwodd Margaret ar Dot yn dod drwodd o'r gegin am y parlwr, a'u gweld.

Gwenodd arni. Gwenodd Dot yn ôl yn anghyfforddus. Tybed oedd yr olygfa wedi gwneud iddi amau rhywbeth, meddyliodd Margaret. Ond thynnodd hi ddim yn ôl rhag llaw John, a dim ond gwenu oedd hi pan basiodd Dot. Go brin y gallai amau…

"Ma Richard yn fachan lwcus iawn," meddai John gan dynnu ei law yn ôl o'r diwedd.

"Odi, odi ma fe," gwenodd Margaret arno, a'i basio am y gegin.

49

DISGWYL GALWAD I ddweud fod Bet wedi marw oedd Margaret, felly doedd hi ddim wedi cael cyfle i baratoi ei hun am yr hyn a'i hwynebai pan gerddodd i mewn i ystafell wely'r hen forwyn.

Cyrhaeddodd gwynt henaint – sy'n wahanol i wynt piso, er ei fod yn ei gynnwys – ei ffroenau cyn iddi agor y drws.

Oedodd Margaret ar y landin i gael ei gwynt ati ar ôl dringo'r grisiau.

Digwyddodd y dirywiad terfynol yn Bet yn eithaf cyflym yn y pen draw, wedi blynyddoedd o ddrysu graddol, yn union fel pe bai ei chorff o'r diwedd wedi dirnad y cyfeiriad roedd ei meddwl yn mynd iddo a sylweddoli nad oedd gwella i fod.

"Meddwl licet ti'i gweld hi cyn iddi fod yn rhy hwyr," meddai ei mam ar y ffôn.

Diolchodd Margaret iddi.

"Tria bido becso," meddai Mary wrthi.

Pa adeg well i fecso na phan fo'r diwedd yn dod, y cau terfynol ar obaith, ar fod – pam na ddylai hi fecso ar adeg felly?

"Pidwch chithe becso whaith," meddai Margaret wrthi yn lle hynny. Ei mam, wedi'r cwbl, fu'n nyrsio'r hen wraig, er gwaetha'r holl fygythiadau ar un adeg mai mewn cartref y byddai Bet yn diweddu ei hoes. Rhaid bod mwy o galon yn ei mam nag a feddyliodd. Naill ai hynny neu fod arni ormod o ofn i bobl feddwl yn wael ohoni am roi'r hen forwyn a fu mor wasanaethgar drwy'i hoes mewn cartref.

Rhoddodd y ffôn yn ôl yn ei grud a mynd i ddihuno Richard â'r newydd ei bod hi'n mynd 'nôl i Goed Ffynnon am rai dyddiau.

Yng nghegin Coed Ffynnon roedd ei mam yn berwi llieiniau ar yr Aga ac yn troi uwd neu botes o ryw fath.

"Ti'n trwchuso, ferch," meddai wrth Margaret wrth i honno dynnu ei chot.

"Dros whech mis nawr," meddai Margaret. A thair wythnos at hynny wedyn, ychwanegodd yn ei phen.

Trodd ei mam ati i wenu, gan roi'r gorau i droi'r uwd er mwyn gwneud.

"Lwcus wyt ti," meddai. "A ninne hefyd. Ma shwt gyment o ferched yn colli'u ffordd dyddie 'ma."

"Dr'eni am Bet," meddai Margaret, rhag gorfod gwrando ar bregeth ddall ei mam.

"Glywest ti bod Nel Blaen Waun wedi colli babi?"

Synnwyd Margaret nes na allodd guddio'i syndod.

"Odi 'ddi wedi priodi?" rhyfeddodd. Am ba hyd fu hi'n clwydo o olwg y byd ym Mryn Celyn?

"Nag yw, wir. Y rhei tawel yw'r rhei gwaetha," datganodd ei mam. "Wedodd Mr Evans Bethania bod colli'r babi y peth gore alle ddigwydd, yn lle bod pobol yn whilo mas, a fydde 'dag e ddim dewis wedyn 'ny ond 'i thorri hi mas o Bethania. Ond ma pawb yn gwbod ta beth."

Pe bai Margaret wedi clywed, byddai wedi mynd at Nel i siarad â hi yn lle bod y Gweinidog a rhieni 'ganrif ddiwethaf' Nel yn gwneud hynny: byddai wedi gofalu amdani'n well na nhw, damo nhw a'u gwenwyn.

"Gwas Blaen Waun ma pawb yn weud. Hen hwrgi jawl ag e."

Synnodd Margaret at y rheg, ond gallai ddirnad, yn ôl ymateb ei mam, nad yn llwyr o'i gwirfodd roedd Nel wedi rhoi ei hun, os rhoddodd hi ei hun o gwbl i'r gwas.

Mwythodd Margaret ei bol. Oedd, roedd hi'n teimlo'n lwcus. Ond ni allai lai na meddwl beth fyddai gan ei hen weinidog i'w ddweud wrthi hi pe gwyddai'r gwir am dad y plentyn a gariai.

Ar ôl meddwl hynny, sylweddolodd Margaret na fyddai

ganddo ddim oll i'w ddweud, yn fwy na 'Shsh! Gofalwch na chaiff neb wybod!' Byw celwydd oedd pawb, a chyhyd â bod yr holl wir brwnt dan glo, byddai pob dim yn iawn. Crefydd y geg ar gau oedd crefydd Mr Evans a'i rhieni, a phawb o'r genhedlaeth o'i blaen. Câi'r babi yn ei bol ei fagu'n llai rhagrithiol na hynny.

Y babi yn ei bol, meddyliodd yr eiliad wedyn, y celwydd yn ei chroth. Châi e byth wybod y gwir. Pa hawl oedd ganddi hi i feirniadu?

"Chi ise i fi fynd â rwbeth lan i Bet?" holodd i'w mam, i gael dianc.

Ysgydwodd ei mam ei phen. "Soi'n byta rhagor," meddai.

Ar ben y grisiau, tynnodd Margaret ei llaw dros ei bol unwaith eto am gynhaliaeth. Byddai Bet wedi gadael cyn i'w babi gael ei eni.

Doedd Bet ddim callach ei bod hi wedi dod i mewn. Gorweddai'n ôl ar obennydd uchel â'i llygaid ar gau.

Rhyfedd mor sydyn, mor rhwydd yw heneiddio, meddyliodd Margaret am y tro cyntaf yn ei byw. Tynnai croen Bet yn dynn dros ei hesgyrn, fel lledr, ac eto'n denau fel papur, fel pe na bai'n ddigon i ddal y dim ond esgyrn oedd yn weddill ohoni. Roedd ei dwylo ymhleth ar y gynfas wen a blygwyd dros y flanced drosti, yn felyn yn erbyn y gwyn startsh, yn frigog frau.

Beth oedd disgwyl i Margaret ei wneud?

Byddai Bet, Bet o'r blaen, wedi dweud wrthi: cere draw, paid ag ofan, iste wrth 'i hochr hi, gafel yn 'i llaw hi, 'na ti, 'na ferch dda.

Dere Bet, dere, gafel yn 'yn llaw i.

Cododd y llaw, na theimlai fel llaw Bet, a'i theimlo'n gynhesach na'i golwg yn ei llaw hithau.

Daliodd ei hun yn ysu am gael bod yn fach eto, ar goel Bet, yn marchogaeth ar ei phen-glin, ji-yp, Nedi, ji geffyl bach, lan a lawr, uwch, uwch! A Bet yn chwerthin fel hŵter – byddai ei thad a'i mam ymhell, yn y dref, yn y tŷ, a nhwythau ill dwy, ill tair ag Elinor yno hefyd, a Bet â'i holl fryd ar wneud iddynt chwerthin. Byddai'n tynnu at ei saith deg yr adeg honno hyd yn oed, ond ei rhieni, nid Bet, oedd yn hen yn y dyddiau hynny.

"Mistres," daeth llais fel rhuglo cerrig o'r gwely, a'r nerth bron â'i adael wrth i'w llysnafedd fygwth trechu ei llwnc.

"Paid cyffro, Bet fach. Fi sy 'ma, Margaret."

Rhaid bod clywed hynny wedi ei drysu gan iddi dawelu. Gratiai ei hanadlu llafurus ar glustiau Margaret a byddai wedi gwneud unrhyw beth i'w chael hi'n ifanc eto, yn Bet fel roedd hi, yn gwmni beunydd, yn gyfaill cyn bod cyfeillion, yn hwyl rhag tasgau gorfodol ei byw bob dydd, yn ddwli rhag rheolau rhieni. Ei Bet hi.

Yn y ganrif ddiwethaf byddai Bet wedi bod yma'n blentyn ei hun, ond yn gweithio i dad-cu a mam-gu Margaret a rhieni ei thad-cu. Unwaith, credai Margaret wrth wrando ar Bet yn siarad fod yr hen forwyn wedi bod erioed.

A nawr gwelai nad oedd hi, neu fyddai hi ddim yn ymladd am ei hanadl a'i heinioes o'i blaen.

Châi hi ddim gweld cenhedlaeth arall, er iddi ddod yn agos. Ni châi'r ganrif ddiwethaf ysgwyd llaw â'r ganrif nesaf drwy gyfrwng y babi yn ei bol.

Ystyriodd Margaret y cenedlaethau fel na wnaethai o'r blaen, a thybied efallai mai dyma yw tyfu'n oedolyn: cydnabod ein lle yn y gadwyn fawr.

Daeth ton o hiraeth am y dyfodol drosti wrth iddi ystyried na châi cenhedlaeth arall ei byw yng Nghoed Ffynnon. Dôi'r gadwyn i ben gyda hi, gyda'i babi hi a Richard.

Oedd hi'n rhan o dwyll yr oesau, y twyll sy'n gwneud i ni gredu mai dim ond ni, dim ond nawr, sydd ac a fu ac a fydd byth? Oedd Margaret, drwy gelu'r gwir am y babi yn ei bol, yn celu – rhagddi hi ei hun yn gymaint â rhag neb arall – rhyw wirionedd na ddylid ei gelu, yn union fel Mr Evans y Gweinidog: papuro dros wirionedd oesol er mwyn y 'nawr' tila, byr, disylwedd?

Cyfforddus. Mae celwydd yn fwy cyfforddus. Âi John i bellafion byd, yn gyfforddus yn y celwydd.

Cododd ysfa yn Margaret i osod llaw Bet ar ei bol. Pe bai rhywun yn gallu ei harwain, Bet fyddai honno. Cododd at y gwely ac estyn llaw'r hen wraig tuag ati. Ofnai y dôi'r fraich yn rhydd yn y gwraidd. Gosododd y llaw ar y lwmp.

"Etifedd Coed Ffynnon," meddai Margaret yn ddistaw.

Y celwydd eto. Châi hwn ddim byw yng Nghoed Ffynnon, ac roedd Richard eisoes wedi sôn am *chalets*, carafannau, pethau diwreiddiau...

Ni ddangosodd Bet iddi glywed na deall. Ni symudodd ei phen, ni newidiodd yr anadlu llafurus, a thybiodd Margaret nad oedd hi'n gwybod dim byd bellach am beth oedd yn digwydd yn y byd hwn.

Eisoes, roedd hi wedi gadael Margaret.

Gosododd y llaw fregus yn ôl i orwedd ar y llall yn ystum marwolaeth ac eisteddodd drachefn.

"Gwa'd," meddai Bet, sibrwd fel chwa o wynt.

Roedd hi wedi teimlo'r gwaed newydd. Hon nad oedd o'r un gwaed â nhw, Margaret ac Elinor, ei thad a'i hewythrod a'i modrybedd, yr un a roddodd ei bywyd i'w gwaed nhw.

"Teulu," meddai Margaret.

Ac yn y tawelwch a ddilynodd, fel cawod gynnes yn golchi drosti, y gwelodd Margaret mai yn y canol rhwng y gwir llawn a chelwydd pur roedd pethau i fod.

50

ROEDD E WEDI bod yn ciwio yn y Swyddfa Bost fawr ar Queen Street ers dyn a ŵyr pryd, a'i goesau wedi dechrau cyffio. Cyfrodd y bobl o'i flaen: tri arall, a châi ymwared. Ailbentyrrodd y dogfennau o'i flaen: y pasbort, y dystysgrif eni, lle syllai enwau ei rieni lan ato'n ddiwybod, farw, fud. Beth ddweden nhw, tybed? Byddai ei dad yn siŵr o ganmol, er yn drist hefyd na chyflawnai John ei freuddwyd, yr un y gwyddai'r tad amdani ers pan oedd e'n grwt bach, gan mai 'doctor' oedd e'n dweud oedd e am fod ar ôl tyfu'n fawr, bron o'r adeg pan ddaeth i ddeall ystyr y gair gyntaf – o'r dyddiau hynny pan oedd ei fam yn yr ysbyty.

Byddai gofyn iddo fynd i Lundain yfory i drefnu fisa a chael hawl terfynol i deithio. Yno byddai'n cadarnhau ei benderfyniad i ymuno â'r Groes Goch fel gwirfoddolwr meddygol.

Roedd ei feddwl yn gliriach nag y bu ers amser. Cyfaddefai wrtho'i hun bellach nad oedd e wedi bod yn sicr yn ei feddwl ynglŷn â hyn tan iddo fynd yn ôl i Aberaeron, a'i fod wedi'i daflu oddi ar ei echel yn llwyr ar ôl gweld fod Margaret yn feichiog.

Roedd e wedi meddwl yn syth mai fe oedd y tad, fel oedd e ddwla. Fel pe na bai neb ond fe a Margaret yn bodoli. A do, fe'i lloriwyd wedyn wrth ei chlywed yn gwadu hynny, a'r cymysgwch o siom a galar a aeth drwyddo wrth chwalu darlun arall yn ei feddwl ohono'n dad i'w phlentyn, na fu yno'n hir, ond yn hen ddigon hir i wreiddio.

Doedd dim ffurf i hynny chwaith ac yntau'n gwybod na adawai Margaret mo Richard.

Doedd hi erioed wedi deall ei meddwl ei hun, dyna'r broblem, meddyliodd John.

Ffrindiau oedden nhw wedi bod, roedd e'i hunan yn gweld hynny o'r diwedd, a ddylai e byth â bod wedi gadael i bethau dyfu o hynny. Dros y misoedd, roedd e wedi dygymod â'r camgymeriad a dysgu ei roi y tu ôl iddo, dysgu ei rhoi hi heibio, a nawr roedd gofyn iddo fynd yn ôl i hynny.

Roedd Margaret wedi dechrau planta gyda Richard, ac roedd hi'n hen bryd iddo fe, John, symud ymlaen, symud i ffwrdd, symud o'r ffordd.

Diengyd ddywedodd hi. Ie, falle'n wir, cyfaddefodd. Ond pa ots, os oedd da i'w ganlyn?

Dangosodd y dogfennau i'r dyn yn y Swyddfa Bost a chael gwybod yr hyn roedd e'n ei wybod yn barod am yr angen i fynd i Lundain, a daeth oddi yno, ar ôl tri chwarter awr o giwio, stamp ar ffurflen yn elwach ei fyd.

Dwyawr oedd ganddo tan ei ddiwtorial. Gallai fynd i gaffe i gael cinio, ond ceisiai osgoi talu'n rhy ddrud am ei fwyd. Rhatach fyddai mynd adre i'w ystafell i agor tuniaid o gawl tomato.

Gobeithio'r nefoedd nad ar gawl tomato y byddai e'n gorfod byw dros y blynyddoedd nesaf 'ma. Roedd e eisoes wedi cael dwy flynedd o'r stwff: hen ddigon i unrhyw fod dynol.

Cyrhaeddodd y stryd yn Nhreganna. Gwelodd siâp rhywun yn sefyll wrth y drws a gwyddai'n syth pwy oedd hi. Roedd y Mini coch wedi'i barcio o'i blaen.

"Ti'n anodd i dy ffindo," meddai hithau wrth iddo'i chyrraedd. "Wy wedi dreifo rownd y ddinas i gyd."

Gwahoddodd hi i mewn, a difaru'n syth wrth daflu ei ddillad a'i lyfrau i gornel i wneud lle iddi eistedd ar erchwyn ei wely.

Edrychodd hithau o'i chwmpas yn bryderus.

"Ddylet ti ddim goffo byw fel hyn."

"Fydd hi lawer gwa'th lle wy'n mynd."

Edrychodd hithau arno'n hir, nes ei wneud yn ddiamynedd.

"Ti heb ddod yr holl ffordd o Aberaeron i godi dy drwyn lan ar shwt wy'n byw."

"Naddo, John. Ond wy wedi dod 'ma i fegian arnot ti beido rhoi'r gore i dy gwrs."

Chwarddodd John. Sawl gwaith oedd raid dweud wrthi mai dyma oedd e ei eisiau? Sawl gwaith oedd hi'n mynd i ymyrryd cyn gadael iddo fyw ei fywyd hebddi?

Daeth cnoc sydyn ar y drws, ac fe'i agorwyd gan Antoine.

"I'm sorry, I didn't know…"

Glaniodd ei lygaid ar fol Margaret a gwenodd yn llydan wrth eu codi i edrych ar John. Ond roedd ei aeliau wedi ymffurfio'n gwestiwn, a gwyddai John y byddai ganddo waith egluro wedi i Margaret adael.

"You're… I didn't know…"

"Antoine…" galwodd John arno, ond roedd Antoine wedi mynd a chau'r drws ar ei ôl.

"Ma'n flin 'da fi," dechreuodd John, er nad ei le fe oedd ymddiheuro.

"Mae e'n iawn," meddai Margaret. "Y bachan 'na, Antoine. Ti yw'r tad."

Yn raddol y deallodd John, fel pe bai'r frawddeg yn gwawrio yn ei ben.

"Ma'n flin 'da fi fod wedi gweud fel arall wrthot ti. Wy ddim yn gwbod os galla i drysto'r hyn wedest ti, ambitu gadel fi a Richard i fod, ambitu bod gwbod yn ddigon, ond ma raid i fi dy drysto di, achos do's dim dewis arall: allen i ddim â gadel i ti fynd heb i ti wbod, beth bynnag sy'n mynd i ddigwydd."

Rywle'n ddwfn y tu mewn iddo, gallai John weld nawr ei fod e'n gwybod o'r eiliad gyntaf y gwelodd e'i beichiogrwydd hi mai fe oedd tad y plentyn.

Gafaelodd yn ei dwylo, a methodd hithau â dal rhag llefain. Gallai weld ei hofn, gallai ei deimlo, a gwyddai mai fe oedd wedi achosi'r dagrau.

"Weda i ddim byd," addawodd John, i'w chysuro yn fwy na dim, a dim ond ar ôl ei ddweud y sylweddolodd na allai byth fynd yn ôl ar ei air iddi ar ôl ei roi, waeth pa mor anodd fyddai ei gadw.

"Fyddwn ni'n hapus, gei di weld, fydd dim raid i ni dorri calon neb."

Gwasgodd John ei dwylo. Roedd rhan fach ohono eisiau gafael yn ei gwddf a'i thagu, a rhan fach arall ohono eisiau ei chusanu hi, a'i chymryd hi eto ar wely oedd prin yn ddigon mawr i un. Yn lle hynny, daliodd i afael yn ei dwylo, yn addfwyn o agos ac yn barchus o bell yr un pryd, tra gollyngodd dagrau edifeirwch ohoni – edifeirwch na fentrai e geisio dychmygu am beth yn union: am geisio'i dwyllo, neu am ei holl ymwneud ag e erioed, a'r cariad a fu rhyngddynt?

"Wy fod i fynd lan i Lunden fory," dechreuodd John, a'i gadael hi ar hynny.

"Gwêd wrth Walter," erfyniodd Margaret, "gwêd wrtho fe ei di'n bartner iddo fe wedi'r cwbwl. Fydd e'n falch, John, fyddwn ni i gyd yn falch."

"Ti'n hapus gyda Richard," meddai John, gan sylweddoli mai ei ddweud fel gosodiad a wnaeth, nid ei ofyn fel cwestiwn.

"Odw," meddai Margaret, a'r dychryn yn ei llygaid eto'n bradychu ei hofn yr âi e 'nôl ar ei air.

Methodd edrych arni wrth ailadrodd ei addewid: "'Yn cyfrinach ni'n dou fydd hi."

"Ddoi di 'nôl, yn nei di? Ddoi di 'nôl ar ôl bennu'r cwrs?"

Methodd John â'i hateb. Methodd ag ateb y cwestiwn yn ei feddwl ei hun. Ai troi cefn, cau'r gorffennol o'i fywyd, neu aros, a wynebu'r gwir na allai mo'i rannu, yn ddyddiol o'i flaen?

WEDI I MARGARET fynd, ac yntau'n dal heb roi ateb terfynol iddi, aeth John draw i ystafell Antoine.

Roedd hwnnw ar ei hyd ar ei wely yn llenwi ffurflenni a fyddai'n ei ryddhau i fynd dramor gyda chriw o ddoctoriaid rhyngwladol i wneud gwaith dyngarol yn Nigeria.

Cododd ar ei eistedd pan ddaeth John i mewn, a rhoi'r ffurflen heibio.

"You should have said something."

Ystyriodd John sut i'w ateb: ddim fi yw tad y babi? Ddim fi oedd tad y babi? Penderfynodd beidio â dweud dim.

"You're needed here," meddai Antoine.

Sut wyt ti'n gwybod, Antoine bach? Sut galli di ddweud?

"She's married," meddai John wrtho yn y diwedd. "To someone else."

Gallai weld y cogs yn troi heb gyrraedd unman, neu bobman yr un pryd, ym meddwl Antoine.

"You have responsibilities," meddai Antoine. "You're not free to go."

Ystyriodd John ddweud wrtho nad ei gyfrifoldebau e oedden nhw. Gallai fod wedi dweud celwydd ar ei ben wrth Antoine – ei chwaer e oedd hi, ei gyfneither, ei ffrind – ond roedd ganddo ormod o barch at Antoine i wneud hynny. Doedd e ddim am ddatgelu'r gwir cyfan wrtho chwaith, er y gwyddai na fradychai Antoine mo'r gyfrinach.

Penderfynodd beidio â rhannu: câi oes o beidio â dweud, a gwell iddo ddechrau arfer.

Sylweddolodd yn sydyn *fod* cyfrifoldebau ganddo beth bynnag – i gadw llygad, i wylio o bell na ddôi cam i'w blentyn, i ddysgu ambell beth iddo, fel y byddai ewythrod yn ei wneud.

"You have your battles here anyway," meddai Antoine, gan

ddilyn trywydd yr aethai ar hyd-ddo o'r blaen. "You have Wales, you have Welsh."

"I've given up that struggle," meddai John.

"No, you haven't. Every time you open your mouth to speak it, you continue the struggle," meddai Antoine. "And now, you need to do so with the next generation. There are others for Africa."

52

Dechreuodd y poenau ganol nos, fel roedd hi'n gwybod eu bod nhw'n tueddu i wneud. Llamodd Richard o'i wely pan sibrydodd hi wrtho, "Ma nhw wedi dachre", a neidio o gwmpas fel iâr heb ben wrth chwilio am ei ddillad.

"Ma'n nhw'n fuan."

Bron bythefnos yn hwyr, meddyliodd Margaret.

"Wythnos neu ddwy," meddai wrtho.

"Af i i weud wrth Mam," meddai yntau ar ôl llwyddo rywsut i wisgo'i drowsus, a'i wyneb yn wyn.

"Na nei!" gorchmynnodd Margaret a mwytho'i hochr. "Ma digonedd o amser. Dim ond dau bo'n wy wedi ga'l, ag o'dd cwarter awr da rhynton nhw."

"Halith hi ddeugen munud i fynd lan i Bronglais. Ddylen i ffono ambiwlans?"

"Paid â siarad drwy dy hat," meddai Margaret wrtho a chodi o'r gwely i roi trefn ar ei dillad hithau. Oedd pwynt iddi wisgo os mai dadwisgo'n syth y byddai gofyn iddi ei wneud ym Mronglais? Ond roedd y syniad o fynd mas mewn gŵn nos yn anweddus hefyd. Estynnodd am ei ffrog.

"Wy ise cwpaned o de cyn bo fi'n mynd i unman," cyhoeddodd, gan ryfeddu ei hun mor ddigyffro y teimlai. Roedd hi wedi blino bod yn fawr ac roedd hi'n hen bryd i'r babi 'ma ddod mas.

"Af i i weud wrth Mam," meddai Richard eto, wrth iddo fethu â chuddio'r panic.

"Na nei! Gad iddi gysgu, er mwyn y nef, sdim ise honno 'ma i gymhlethu pethe." Gobeithiai fod ei chyflwr yn rhoi esgus iddi siarad yn ddilornus o'i fam o'i flaen. Roedd hi wedi gobeithio y byddai Dora ac Anita wedi hen symud i'r bynglo cyn i'r babi gyrraedd, ond roedd hi wedi sylweddoli ers wythnosau na ddigwyddai hynny bellach. "Wedwn ni wrthi pan fyddwn ni'n mynd."

"Walter 'te? Well i ni ffono Walter!"

"Na! Ddim Royal Command Performance yw hwn, ti'bo."

Teimlodd wayw arall yn cychwyn. Doedd y ddau gyntaf ddim wedi bod yn rhy ddrwg, gwaetha'r modd: byddai'n dda ganddi pe bai'r boen yn waeth, iddi gael bod gymaint â hynny'n agosach at orffen.

"Sdim ise ffono Walter os yw popeth yn mynd yn itha reit. A *ma'n* nhw'n mynd yn itha reit. Cere lawr i hôl y te 'na."

Cododd y gwayw ar hyd ei hasgwrn cefn, yn gryfach poen o'r hanner na'r diwethaf. Gwasgodd ei dannedd yn ei gilydd. Bustachodd Richard i wisgo'i slipyrs.

Tynhaodd y cyhyrau ar waelod ei bol nes gyrru ffrwydrad o boen ddirdynnol drwyddi. Anelodd Richard am y drws.

Taflodd ei braich mas. "Richard, paid â 'ngadel i!" sgrechiodd, nes bygwth tynnu'r to am ei phen – a dihuno Dora.

"CERE MIWN I weld e," anogodd Dot e yn y coridor. "Un bach sobor o bert yw e."

"Odw i'n ca'l?" holodd John ac edrych o'i gwmpas am nyrs neu unrhyw un a fyddai'n gallu rhoi rhyw sicrwydd o unrhyw beth iddo.

Gwyddai ei fod e'n crynu o dan ei ddillad, a heb stopio gwneud ers i Dot ei ffonio o'r ysbyty awr ynghynt i gyhoeddi dyfodiad mab hynaf Bryn Celyn i'r byd. Diolchodd mai yn Aberaeron oedd e, ar benwythnos o wyliau, yn hytrach na hanner diwrnod o waith bodio i ffwrdd yng Nghaerdydd. Gwthiodd y bwnsiaid o flodau i ddwylo Dot.

"Sai'n gwbod wir, sai'n deulu... sai'n gweld nhw'n gadel neb ond teulu fewn i'w gweld nhw."

"So 'na'n wir. Wy wedi bod 'ma ers amser cino. Ma 'stafell 'i hunan 'da'i, wedyn 'ny so nhw'n mindo cyment."

"A ma'r ddou'n iawn?"

"Fel y boi."

"Odi Margaret yn gwbod bo fi 'ma?"

"Hi wedodd wrtha i dy ffono di, John." Gafaelodd Dot yn ei fraich a syllu i'w lygaid. "Ma hawl 'da ti weld e." Doedd hi ddim yn gwisgo'i gwên mwyach. "Mwy o hawl na neb."

Cynhyrfodd hyn John. Tynnodd ei law'n ôl oddi wrthi.

"Ma popeth yn mynd i fod yn iawn," meddai Dot wedyn, ac ailwisgo'i gwên. "Wy'n gwbod bod e."

Gwasgodd John fwlyn y drws, a mynd i mewn.

Gorweddai Margaret yn ôl ar obennydd a gwên anferthol ar ei hwyneb gwelw. Sylwodd John na adawodd iddi lithro chwaith pan gerddodd e i mewn.

Roedden nhw wedi cyfarfod droeon ers i John gael gwybod ganddi yng Nghaerdydd mai fe oedd tad y plentyn. Yng nghwmni Richard, Walter a Dot bron bob tro.

Ond roedden nhw wedi siarad yn breifat hefyd, ac wedi cael cyfle i sicrhau ei gilydd mai dyma oedd orau i bawb. Calonogwyd John gan ei hawydd hi i wneud pethau mor hawdd â phosib iddo, heb beryglu'r gyfrinach, a chalonogwyd Margaret gan ei awydd e i gynnal ei hapusrwydd priodasol hi a Richard.

Ac yntau, câi yntau'r bywyd delfrydol y breuddwydiodd amdano droeon mewn oes a fu: câi oes o wella eraill, fel na lwyddodd i wella'i fam; câi gyfforddusrwydd swydd a dalai'n dda er mwyn iddo gael y pethau hynny y treuliodd ei blentyndod yn dyheu amdanynt heb eu cael; câi ffrindiau a'i cynhaliai drwy'r cyfan, a bywyd teuluol drwyddynt, heb orfod ymroi'n ormodol ei hun. Ymrwymo, ie, ond o bell. Doedd pethau ddim yn ffôl arno. Gallai feddwl am sawl sefyllfa waeth.

"Daw dy amser di," meddai Margaret wrtho y tro hwnnw, a gobeithiai o waelod ei galon ei bod hi'n rhagweld y gwir. Edrychai ymlaen at adeg pan na fyddai e dros ei ben a'i glustiau mewn cariad â hi.

Yn y cyfamser, fe gâi ei chwmni, a chael nabod ei blentyn.

Dawnsiai Richard o gwmpas y crud plastig a ddaliai'r babi.

"Sai'n gwbod pwy ben yw p'un," meddai a'r fath olwg o falchder yn gwrth-ddweud y gwamalrwydd yn ei eiriau, nes i John deimlo cynhesrwydd mawr tuag ato.

Trodd Richard ato: "Dere 'ma! Der i weld e!" Roedd ei lygaid yn fflachio o gynnwrf. "Dere i weld Hywel!"

Yn ofalus, dyner, cododd y babi o'r crud ar ei fraich, a gofalu dal ei ben â'i law i'w ddangos i John.

"Helo, ddyn bach," meddai John wrth Hywel yn wên o glust i glust. "Croeso i'r byd! Fi yw dy Wncwl John di."

"Drych!" gwaeddodd Richard. "Drych ar y trwyn 'na! 'Run sbit ag un Dadi!"

"Bryn Celyn hyd at winedd 'i dra'd," tarodd John ei law'n gyfeillgar ar ysgwydd Richard.

Trodd at Margaret wedyn, a phlygu i roi cusan fach ar ei boch.

"Shwt wyt ti, bach?"

Lleucu Roberts

SIARAD

Trychineb yn Efrog Newydd.
Damwain yng Nghaerdydd.

y Lolfa

£5.95

LleucuRoberts

'Eiliad o wallgofrwydd.
Dyna oedd hi.'

Rhyw Fath o Ynfytyn

y Lolfa

£7.95

Am restr gyflawn o lyfrau'r Lolfa, mynnwch
gopi am ddim o'n catalog
neu hwyliwch i mewn i'n gwefan

www.ylolfa.com

lle gallwch archebu llyfrau ar-lein.

TALYBONT CEREDIGION CYMRU SY24 5HE
ebost ylolfa@ylolfa.com
gwefan www.ylolfa.com
ffôn 01970 832 304
ffacs 832 782